ドミノ倒し

貫井徳郎

地方都市・月影市で探偵業を営む十村は，亡くなった元恋人の妹から「殺人事件の容疑者となっている男の無実を証明して欲しい」と依頼される。久しぶりの依頼に，十村は旧友の警察署長も巻き込んで，癖のある月影市の住人たちを相手に早速調査に着手する。しかし調査を進めていくうちに，過去に月影市で起きた別の未解決殺人事件との奇妙な共通点が見つかり，さらに別の殺人事件との繋がりも浮かび上がる。ドミノ倒しのように真実を追えば追うほど異様に広がっていく事件。その真相に探偵が迫るとき，恐るべき結末が待ち受ける——。人間の歪みと捩れを浮き彫りにする，衝撃の長編ミステリ。

ドミノ倒し

貫井徳郎

創元推理文庫

DOMINO EFFECT

by

Tokuro Nukui

2013

目次

ドミノ倒し

第一章　厄介事は美女とともに

1

厄介事は美女とともにやってきて欲しい。常日頃そう願ってはいても、実際にそんなことが起きる確率は隕石が降ってきて地球が滅亡するより低いと思っていた。まして、美女が旧知の人物によく似ているときては、驚かずにいる方が難しい。持って回った言い方をしているが、要はその女が事務所に飛び込んできたとき、おれはあんぐり口を開けて出迎えてしまったということなのだった。

「こちら、探偵事務所ですよね。外の郵便受けにそう書いてあったけど……」

出迎えの言葉を何も発さないこちらを不審に思ったか、女は恐る恐るといった体《てい》で確認した。おれはようやく口を閉じ、椅子から立ち上がって頷《うなず》いた。

「そうです。ご依頼ですか」

「はい、あのう、調べていただきたいことがあって」

調べていただきたいこと。そのような台詞《せりふ》は、久しぶりに耳にした気がする。探偵事務所で調査依頼が久しぶりとは奇異に感じる向きもあろうが、現実は散文的なのである。おれの現実については、おいおい話す機会もあろう。

「どうぞ、こちらにおかけください」

応接セットの方を指し示して、促した。秘書もいない個人事務所なので、客に出す茶も所長手ずから淹《い》れなければならない。おれがキッチンで湯を沸かしている間、女は物珍しそうに事務所内を見回していた。もっとも、見回したところで三十平米《へいべい》そこそこの小さい事務所には目を惹く物など何もないのだが。

「承《うけたまわ》りましょう」

女の前に湯飲み茶碗を置き、相対した。緊張して喉が渇いていたのか、女は遠慮もせずに茶に口をつける。そして、自分の名を名乗った。

「あたし、エガミユリといいます。姉のことはご存じですよね。江上沙英《えがみさえ》」

やはりそうだったのか。ひと目見たときから血縁関係は疑っていなかったが、それでも本人の言葉で語られると改めて戸惑いを覚える。街中で偶然会うことは想定していても、まさか依頼人という形でこの事務所にやってくるとは思わなかった。

「ここを訪ねてきたのは、お姉さんの遺言か」

そんなはずはないとわかってはいても、軽口でも叩かないことには動揺が面《おもて》に出てしまいそうだった。探偵が口をあんぐり開けて依頼人を迎えてしまっただけでも醜態なのである。ここは定石どおり、軽口のひとつも叩かねばなるまい。

「違いますよ。でも、姉から十村《とむら》さんのことは聞いていたので、真っ先に思い浮かびました。どうか、力を貸してください」

江上ユリは少し潤んだような目で、こちらを真っ直ぐに見据《みす》えた。そんな目つきをされると、否応もなく沙英のことを思い出す。この時点でおれは、その依頼内容にかかわらず仕事を引き受けることを決めていたのだった。感傷的に過ぎることは、自分でもよくわかっていたが。

「話を聞こう」

おれは頷き、改めて江上ユリの顔を正面から観察した。姉妹だけあって、沙英とは本当によく似ている。ユリがドアを開けて入ってきたときには、沙英が生き返ったかと錯覚したほどだった。しかしよく見てみれば、見分けがつかないほどそっくりというわけではない。沙英より目が吊り気味だし、唇も薄い。鼻は高く、頤《おとがい》は尖《とが》っていた。全体に性格がきつそうに見える顔立ちであり、似てはいても印象はかなり違う。果たしてユリは、見た目どおりに気が強いのだろうか。

「この前、三崎町《みさきちょう》の山の中で女性の全裸死体が発見された事件はご存じですよね」

ユリはそう切り出した。むろん、存じている。この月影市《つきかげ》に住んでいて、あんな扇情的な事件を知らないでいるのは、部屋に引き籠ってずっとネットゲームに熱中している世捨て人くらいだろう。市内のあらゆる情報に精通している必要がある探偵が、知らないで済ませられる話ではなかった。

「ひょっとして、被害者と知り合いだったのかい？」

そんなことがあるはずないと思いつつ尋ねると、案の定ユリは首を横に振った。しかし、続く言葉はおれの意表を衝《つ》いた。

「あたしが直接知ってたわけじゃないんですけど、知り合いの知り合いなんです」

「ほう」

この市に腰を据えてからこちら、事件らしい事件とは一度も関わっていないおれとしては、驚きの声を上げざるを得なかった。まさかこんな田舎町の探偵事務所に、殺人絡みの依頼が舞い込んでくるとは。子供のように胸が高鳴り、思わず身を乗り出したくなるのを必死にこらえなければならなかった。

「もっと具体的に話しますね。あたしの知り合いというのは、あたしの元彼なんです。名前はサキヤマコウイチといいます。前後ろの前に山と書いて前山《さきやま》、畑を耕す一で耕一《こういち》です」

ユリはテーブルの上に指を走らせ、元彼の名前を説明する。元彼の年齢は二十四歳。ユリよりひとつ年上とのことだった。

「あたしはあいつのことをコーって呼んでたんですけど、コーはあたしと別れた後、亡くなった女性にちょっかいを出していたらしいんですよ。それで、警察に目をつけられちゃったんです」

ユリは特に感情を交えず、淡々と説明した。その口振りからすると、今はコーのことをなんとも思っていないらしい。いいことだ。おれはすでに、コーに対して反感を覚えていたのだった。

というのも、事件が話題になったのは若い女性が全裸死体で発見されたことに加え、被害者が美人だった点も大いに影響していたのである。若い女性の被害者は誰でも美人に仕立て上げられるのが通例だが、今回ばかりは本当だったようだ。ユリも見てのとおり、男なら誰でも振り向く美形である。美女から美女へと渡り歩く奴に、好感を覚える男はさほどいないだろう。

「実際、どうなんだ？　コーがやったのか」

この際コーが犯人でいっこうにかまわないのだがと内心で思いつつ、確認した。ユリは眉根を寄せて、「いいえ」と答える。

「コーにそんな度胸はないですよ。ゴキブリだって殺せないヘタレなんですから。コーが犯人だったら、逆に誉めてやります」

ユリは物騒なことをさらりと言ってのけたが、まあコーの人となりはよくわかった。そんな性格にもかかわらず警察に目をつけられてしまったとは、不運だったなと言ってやるしかない。

「やってなくても、コーは容疑者筆頭ってわけか」

「そうなんですよっ」ユリはテーブルの上に、音を立てて手を置いた。「警察の捜査は的外れもいいところなんです。このままじゃコーが本当に犯人にされちゃうから、十村さんになんとか無実を証明してもらいたいんですよ」

なぜユリがこうもむきになるのかが気になるところだが、腐れ縁というやつだろうと勝手に解釈しておいた。それよりも、そんな現状でおれが事件に関わる余地はあるのかと疑問に思った。

「警察だって馬鹿じゃない。調べりゃコーが無実だってことはわかるんじゃないか」

「だって最近はほら、冤罪《えんざい》で捕まることだってよくあるみたいじゃないですか。気が弱い人ほど、やってもいないのにやりましたと言っちゃうと聞きましたよ。コーって、いかにも濡れ衣を着せられそうなタイプなんですよ」

冤罪で捕まることはそうちょくちょくあるわけではないと思うが、確かに気が弱い人ほど無実の罪を着せられる可能性が高い。たとえ今は別れた男のことであっても、不安に感じるのは理解できた。

「コーのアリバイは？　成立してないのか」

死体の発見は早かったので、死亡推定時刻は絞り込まれていると聞いていた。警察に目をつけられているということは、その時間帯のアリバイがないのだろう。そう考えての確認だったが、案に相違してユリは首を振った。

「アリバイはあるらしいです。それなのに警察は、ぜんぜん信じてくれないんですよ」

「おかしいじゃないか。アリバイに穴があるのか？　だったらかえって、下手なアリバイ工作をしたと思われてるんだな」

「引き受けてもらえます？　もし引き受けてくれるんなら、本人から直接詳しいことを聞いてもらうのが一番いいと思うんですけど」

選択権がこちらにあることを不意に思い出したかのように、ユリは少し首を竦《すく》めておれを上目遣いに見た。そんな顔しなくたって引き受けるよ。おれは内心で白旗を揚げながら、表面上の態度は多少傲慢《ごうまん》に出た。ありがたくて涙が出そうでも、揉み手をして依頼を引き受けるなど、おれの美意識に反するのである。

「断ったら、死んだ沙英に申し訳が立たないからな」

「引き受けてくれるんですか。やった！」

ユリはたわいもなく喜んだ。きつそうな顔をしているが、案外素直じゃないか。そう心の中で評価したものの、表情はぴくりとも動かさない。美女が喜んでいる様を見て相好《そうごう》を崩すような真似は、探偵たるものしてはならないのだった。

2

正式に依頼を受理するために、書類に必要事項を書いてもらった。それによると、名前は友《ゆ》梨《り》という漢字を当てるらしい。年齢は沙英より五つ下。そういえば沙英は、妹とは少し年が離れているのでかわいくて仕方がないと言っていた。いつかおれと引き合わせたいと沙英は望んでいたが、まさかこのような形で実現するとは思わなかった。

コーとはいつ会えるかと尋ねると、おそらく今日なら可能なはずだと友梨は答えた。コーは美容師らしく、火曜日の今日は休みなのだという。ちなみに友梨自身は、不動産屋に勤めるOLだそうだ。不動産屋は水曜定休だが、もう一日の休みは火曜日に取ることが多いのだと友梨は説明した。

どうせコーはビビって家に籠っているはずだと友梨は決めつけ、その場で電話をした。

「ねえ、今、暇？　暇だよね。あたし、この前話した探偵さんのところにいるのよ。でね、コーの無実を証明してくれるって。だから直接コーから話してよ。今から会えるよね」

友梨は名前も名乗らず、いきなりぽんぽんと言葉を投げつけた。案外素直と評価したばかりだが、やはり顔立ちどおりきつい性格ではないかという疑いが頭をもたげる。顔は似ていても、どうやら姉とはぜんぜん違うタイプらしい。

「大丈夫です」携帯電話を閉じて、友梨はおれに告げた。「ファミレスで会う約束をしましたので、行きましょう。すぐに来ると言ってました」

上着とバッグを引き寄せ、今にも立ち上がりそうな気配である。このまま主導権を握られそうで、おれは慌てた。出かける支度を手早く終え、「行こう」と友梨に声をかけた。

愛用のワーゲンビートルに乗り込み、出発した。何度も沙英を乗せた助手席に、そっくりの顔をした女が坐《すわ》っていることにはどうにも違和感を覚える。だが当人は何も感じていない様子で、涼しい顔で正面を見ていた。おれはそんな横顔をチラ見しながら、話しかけた。

「ところで、探偵じゃなくて弁護士を頼った方がよかったんじゃないか。弁護士なら、警察にきちんと抗議をしてくれるだろうに」

そうします、と言われても困るのだが、念のために確認した。一般の人にとって、探偵事務所も弁護士事務所も気軽に訪ねられない場所であることに変わりはないはずだ。すると友梨はこちらに顔を向けて、「弁護士なんて、当てがないですもん」と言った。

「それに、一度十村さんにも会ってみたかったんですよ。お姉ちゃんの面影を追って、この月影市までやってきたんでしょ。ロマンチックですよね」

「別にそういうわけじゃない。どうせなら土地勘がある場所で事務所を開きたかっただけだ」

あのときの判断を、おれは大いに後悔している。考えてみるまでもなく、田舎で探偵事務所を開けばどんな羽目《はめ》に陥るか、簡単に想像がついたはずだ。認めたくはないが、やはり自分の感傷に酔っていたと言うしかない。

「でも、まだ探偵事務所のままでよかったですよ。てっきりもう、看板を便利屋さんに変えているかと思いました」

遠慮会釈もないことを、友梨はずばずばと言ってのける。それだけは言われたくないことだった。

「おれは探偵を辞める気はない」

「そうですよねー。がんばってください」

元気よく励まされて、続ける言葉に困った。以後は車内に沈黙が満ちたが、それを重苦しく感じているのはおれだけのようだった。

ファミレスの駐車場に車を停めると、友梨は先に降りてさっさと建物の中に入っていった。おれは遅れまいと後を追う。友梨は窓際に坐っている男を見つけ、そちらに近づいていった。

「こいつがコーです。こちらは十村さん」

そんなふうに、友梨はおれたちを引き合わせた。こいつ呼ばわりされても、コーはへらへらと笑っているだけである。なるほど、ヘタレという事前情報どおりだ。頭をちょこんと突き出すような動作は、会釈のつもりらしい。おれは友梨と並んで、ヘタレの正面に坐った。

美女から美女へと乗り換える美容師と聞いて、おれはイケメンの優男を想像していたが、実際のコーはこちらの予想を大きく上回るいい男だった。なるほど、これなら女にもてるわけだ。男の顔など細々《こまごま》描写したくないから省略するが、韓流スターみたいな整い方だと思ってもらえれば間違いない。

「警察に疑われていると聞きました。具体的には、どんなことを言われたんでしょうか」

ドリンクバーからコーヒーを持ってきて、おれはすぐに本題に入った。コーは整った顔にへらへら笑いを浮かべたまま、「いやー」と首を傾《かし》げる。

「それがー、なんかー、ストーカーだと思われたみたいなんだっさー。ちょっとぼくもー、もう少し押せばなんとかなるかなーとしつこくしたんだけどー、ストーカー扱いはひどいさー」

おれは椅子からずり落ちそうになるのを、懸命にこらえなければならなかった。韓流スター並みの顔をしていて、喋《しゃべ》り口調は月影弁丸出しだった。いやもちろん、月影に住んでいるからには月影弁で喋っても不思議ではないのだが、もう少し格好つけようという意識はないのか。月影にいる限り、月影弁で喋った方が女にもてるのだろうか。

「ストーカー。いったい何をやったんですか」

気を取り直して、質問を続けた。コーはまた「いやー」と前置きして、笑う。今度は照れ笑いのようだ。

「大したことはしてないさー。家の前で出てくるのを待ってたり、郵便受けの中を覗《のぞ》いたり、ゴミ袋を開けて中を漁《あさ》ってみたりしただけさー」

そこまでやって、ストーカー扱いを心外だと思う感覚の方が不思議だった。横に坐る友梨に視線を転じると、どん引きした顔をしている。

「何それッ！　そういうのを世間ではストーカーって呼ぶんだよ。あたしにもそんなことしてたんじゃないでしょうね」

「安心してくれ。二、三回しかやってないさー」

「やったのかよ！」

テーブルを挟んでいなければ、コーの頭をぱかりと殴っていたところだろう。手が届かないのが忌々《いまいま》しいとばかりに、友梨は腕を胸の前で組む。いい機会だから言っておくと、友梨はスタイルも抜群だった。胸は沙英より大きい。腕を組むとそれが目立ち、おれは思わず凝視してしまいそうになった。

「ええと、ということは、君は殺された女性と付き合っていたわけじゃないんだね」

そこは勘違いしていた。てっきり被害者の彼氏だと思い込んでいたが、ストーカーをしていたということとは違うのだろう。思い出してみれば、友梨は『ちょっかいを出していた』と説明していた。実際はちょっかいというレベルではなかったようだが、一応正確な説明だったわけだ。

「付き合う一歩手前だったわけさー」

コーの認識は世間には受け入れられないと思うが、いちいち突っ込んでいると話が先に進まなさそうなので、流しておいた。ともかく、被害者との関係を確認するのが先決である。

「被害者とはどこで知り合ったんですか」

「ナンパさー」

「ナンパ。いい女だったから、声をかけたわけですね」

「違うさー。向こうがぼくに声をかけてきたんだっさー」

本当だろうか。どうもコーは現状認識能力に難があるようなので、いまいち鵜呑《うの》みにできない。友梨に判断を求めると、渋い顔で頷いた。

「コーは中身はヘタレだけど、見た目だけはいいから、よく声をかけられるみたいですよ」

羨《うらや》ましい、と口走りたくなるのをなんとか抑え、コーに疑問点を質《ただ》す。

「向こうから声をかけてきたのに、あなたの方がつきまとっていたのはどうしてですか」

「つきまとっていたわけじゃないさー。人聞きの悪い」

むしろ婉曲《えんきょく》な物言いをしたつもりだが、コーには通じなかった。さらにマイルドに言い直す。

「失礼。アプローチしていた、ですね。それはなぜですか」

「あるとき突然態度を変えて、冷たくなったんだっさー。納得いかないから、どうしてなのか教えてもらおうとしていたわけさー」

女性が突然態度を変えた理由は、聞かずともわかる気がした。ともあれ、おおよそのところだが状況は把握できた。警察が目をつけたのも、無理からぬことと言わねばなるまい。

「事件があった日時にはアリバイがあったと聞きました。本当ですか」

おもむろに本題に入った。たとえ心証が真っ黒の相手でも、確固としたアリバイがあれば警察も疑いはしない。コーの言うアリバイは、突っ込みどころがあるに違いなかった。

「あったさー。立派な立派なアリバイが」

コーは強調して胸を張る。しかしもうこちらはコーの人となりを把握していたので、話半分で聞く準備ができていた。

「どちらにいらっしゃったんですか」

「友達と居酒屋で飲んでたのさー。友達もみんな、それを証明してくれてるんだっさー」

「ではなぜ、警察は疑いを晴らさないのでしょう?」

「警察は無茶苦茶なんだっさ」

コーの説明によると、その日は木挽《こびき》駅のすぐ近くにある居酒屋で飲んでいたそうだ。飲み会がお開きになったのは九時半。都会の常識ではずいぶん早いと感じるだろうが、月影ではまあこんなものだ。これより遅くまで飲んでいると、電車はなくなるし運転代行業者も出払ってしまい、帰れなくなる。何より、遅くまでやってる店など皆無なのだった。

「警察が言うには、死亡推定時刻は七時から十時の間なんだそうだー。だから九時半に店を出れば、殺すのには間に合うってことなんだっさー」

確かにそういう理屈になる。それではアリバイは成立していないではないか。おれがそう突っ込むと、コーは初めてムッとした顔をした。

「死体は次の日の朝には発見されたわけでしょ。ということは、夜のうちに山に運ばれたんじゃないですかー。全裸の死体を運ぶのに、負《お》ぶっていったりリヤカーに乗せて引っ張っていくわけにはいかないでしょ。つまり犯人は、車で運んだわけさ。でもぼくは、酒を飲んでいたから運転はできなかったんさー」

それがアリバイか。警察もこいつの相手をするのは疲れたのではないかと同情する。

「これは一般論ですが、人殺しをするような人間は酔っぱらい運転をためらわないと思うので、警察が疑い続けるのも無理はないのでは」

「ぼくは酔っぱらい運転なんて悪いことはしないさー」

殺人よりも飲酒運転の方が重罪だと思っているかのような、コーの口振りである。こちらもどう言葉を重ねればいいか迷ったが、ともあれ、この程度の薄弱な根拠で自分の無実を主張するのは逆に信憑性があるとも言えた。もっと工作の臭いがすれば疑うところだが、このヘタレにそんな頭脳があるとはとうてい思えない。

「阿呆なアリバイだと思うでしょうけど」たまりかねたといった様子で、友梨が口を挟んだ。

「コーは本当に酔っぱらい運転なんてしないタイプなんですよ。酔っぱらい運転のせいで起きた悲惨な事故のニュースを聞いては、本気で腹を立ててるんですから」

「酔っぱらい運転なんてする奴は、死刑でいいさー」

ずいぶんと物騒な意見を、コーは表明する。わかったわかった。もう疑ってないよ。

「だからあの夜、コーがお酒を飲んでいたなら、犯人のはずがないんです。でもいくらそう主張しても、警察は信じてくれないんですよ」

そりゃあ信じないだろうな。もっとも、警察がコー本人の事情聴取をしているなら、本気で容疑者候補の筆頭と見做《みな》しているとはとても思えないが。いくらなんでも、警察はそこまで馬鹿ではないだろう。

「それで、十村さんにお願いしたんです」

友梨はこちらを見ると、ぐいと顔を近づけてきた。でかい胸が迫ってきて、おれは思わず身を遠ざける。

「十村さんの個人的なコネで、コーが犯人じゃないってことを警察にわからせてやって欲しいんですよ」

「へっ？」

おれはハードボイルド探偵にあるまじき、間抜けな声を発してしまった。

3

「個人的なコネって、何を言ってるんだ？　おれは警察に知り合いなんていないぞ」

これまで事件らしい事件を扱ったことがないのだから、警察と接点ができるわけない。そう言いたかったのだが、友梨はごまかされなかった。

「とぼけないでくださいよー。隠したって、みんな知ってるんですから」

「み、みんな？　みんなって、どの辺までみんな？」

不覚にも動揺してしまった。仕事にどんな悪影響を及ぼすか知れないから、ひた隠しにしてきたことだったのに。いったいどこで情報が漏れたのか。そして、どこまでその情報は広がっているのか。

「みんなと言ったらみんなですよ。月影市民で、知らない人はいないんじゃないですか」

「えええっ」

思わず目を剝《む》いてしまった。いくらなんでも、それは大袈裟《おおげさ》だろう。おれは月影市民全員に知られるほどの有名人ではないはずだ。せいぜい、友梨の周りの数人がたまたま知っていただけではないのか。

「十村さん、まだまだ月影のことがわかってないですね。都会と違って、隠し事なんかできないんですよ。署長さんが赴任してきてから、何度か会ってるでしょ。そうしたら、そんな噂はあっという間に広まりますよ」

そ、そうなのか。ここはプライバシーもくそもないほどの田舎町だったのか。過疎の村ではないのだから、それなりに匿名性は保たれているものと思っていた。おれだけが無自覚だったということだろうか。

「十村さんは、頼めばゴミ捨てでもトイレ掃除でもなんでもやってくれる人として、けっこう有名なんですよ。仕事には困ってないでしょ」

友梨は一番触れられたくないところに、容赦なく手を突っ込んでくる。確かにおれがこの町で探偵事務所を開いてからこちら、依頼といえばそんなことばかりだ。ひとり暮らしの老人が切れた蛍光灯を交換できなくて困っているだの、猫のみーちゃんが逃げ出したので捜して欲しいだの、引っ越しするのに人手が足りないから来て欲しいだの、探偵がどういうものか知らないのかと一喝したくなる依頼が連日舞い込んでくる。閑古鳥《かんこどり》が鳴くどころか、商売繁盛と言ってもいいくらいだ。むろん、断りたい気持ちは山々だが、そんなことをすればたちまち食うに困ることは目に見えていた。だからおれは、今回のような事件がいつか舞い込んでくることを信じて、散文的な日々を耐え忍んできたのだった。

「それに、あの署長さんも目立つ人じゃないですか。東大出でしょ。東大出身者なんてこれまで見たことないって人が、月影ではほとんどですよ。そんなふたりが会ってたら、噂にならないわけがないじゃないですか」

そうだったのか。おれはこの町に来てから初めて、周囲の目が気になった。ではおれとあいつが一緒に飲んだ居酒屋のおばちゃんや、周りのテーブルに坐っていたおっさんたちは、素知らぬ顔をしてこちらの会話に耳をそばだてていたのだろうか。そしておれたちが引き揚げると同時に、あちこちに電話して言い触らしていたのか。なんだか田舎町が怖くなった。

「だからそんなに驚いてないで、署長さんに直接コーのことを話してくださいよ。仲いいんでしょ」

こちらの当惑をものともせず、友梨は強引に迫る。おれにはもう、選択肢は与えられていないようだった。

「わかったよ。話はしてみるけど、あまり期待しないでくれよ。東大出のキャリア署長ってのは、単なるお飾りなんだから。現場に口出しなんて、あいつはできないらしいぞ」

「そんなことはないでしょう。だって偉いんでしょ」

友梨は素朴に言い切る。おれはあいつからそう聞かされただけだから、実態は知らない。もしかしたら捜査方針に介入できるのかもしれないが、だとしたら横車を押すようでよけい気が進まなかった。

「じゃあ、取りあえず電話をしてみる。ただ、向こうはそれこそお偉い署長様なんだから、簡単に連絡がとれるなんて期待しないでくれよ」

「わかってます。でもなるべく早くね」

本当にわかっているのだろうか。大いに疑問に思いながら、かつ友梨の人使いの荒さに先が思いやられながら、おれは電話をするためにファミレスを出た。建物の横手に回り込み、周囲で聞き耳を立てている人がいないことを充分に確認してから、携帯電話を操作する。向こうも仕事中だから電話には出ないだろうと思っていたが、案に相違してあっさり繋がったので驚いた。

「ああ、よっちゃん。久しぶり。元気だった?」

ハードボイルド探偵に向かって「よっちゃん」と呼びかけるのはいかがなものか。人前では絶対にそう呼ばないで欲しいものだ。

「久しぶりだな。忙しいところ、電話なんかしてすまん」

「ぜんぜんかまわないよー。暇で暇で退屈してたんだから」

おいおい、本当かよ。警察署長がそんなことを言っていいのかと思ったが、考えてみれば警察が暇なのは喜ばしいことだ。いや、今は殺人事件の捜査真っ直中なのだから、やはり暇ではまずいのではないか？

「殺人事件を抱えてるんだろ。暇だなんて、おれに気を使わなくていいぞ」

「気なんて使ってないよー。ぼくはただのお飾りなんだって、何度も言ってるじゃん」

いくら幼馴染み相手とはいえ、仮にも警察署長がぶっちゃけすぎではないだろうか。周りに誰もいないのだろうなと、こちらが心配になる。

「いや、実はな、その殺人事件についてちょっとお前の耳に入れておきたいことがあるんだ。忙しいところ悪いが、聞いてもらえないか」

「あ、そう。そんな情報が入ってくるなんて、さすが自称探偵だね。じゃあ今から来る？」

自称探偵という表現には引っかかるものがあったが、こいつ相手に文句を言っても暖簾《のれん》に腕押しなのは長い付き合いでわかっている。大人の忍耐力を発揮して聞き流し、後段だけに答えた。

「ああ、行かせてもらうよ。署のそばで、どこか話せるところがあるのか」

つい先ほど友梨から聞いたことが頭に残っていたので、人が多い場所は避けたいと思った。

すると先方は、こともなげに言い切った。

「署長室においでよ。お茶ぐらい出すからさ」

なんとも気安い署長室もあったものである。相変わらずペースを狂わせてくれるが、外で会うよりはずっといいだろうと考え直した。

4

ファミレスに戻って友梨たちにいとまを告げ、ワーゲンビートルを駆って宵崎《よいざき》警察署に向かった。警察署長と個人的繋がりがあることは隠していたので、署に直接乗りつけるのは初めてだ。田舎の常のだだっ広い駐車場に停め、一本電話を入れる。受付で名前を名乗っていいものかと、ためらったのだ。

「かまわないよー。婦人警官が案内してくれるから、そのまま署長室まで来て」

先方はどうにも呑気《のんき》なものである。探偵たるもの孤高を保つべきと考えていたので、堂々と署長室を訪問するのは気が進まなかったが、これも仕事の一環と思えばやむを得なかった。

言われたとおりに受付で案内を乞い、署長室まで連れていかれた。私立探偵は警察官から邪険にされるべき立場だと思うのに、先導した婦人警官は下にも置かない扱いで接してくる。どうにも居心地が悪いまま、署長室のドアをくぐった。大きな机の向こうに坐っていた男が立ち上がり、両手を広げて歓待の意を示した。

「よっちゃん。いらっしゃい」

だからよっちゃんはやめて欲しいのだが。婦人警官が背後で吹き出しそうになっているのではないかと想像すると、怖くて振り返れない。そそくさと後ろ手にドアを閉めて、頷きかけた。

「ああ、しばらくだな」

警察署長は、おれと四歳のときから付き合いがある幼馴染みだった。親同士が友人で、気づいてみればずっと一緒にいたようなものだ。学校も一緒、放課後も一緒、休みの日も一緒で、旅行まで一緒に行くほど双方の家は仲が良かったから、夏休みの思い出をも共有している。あまりいつも一緒にいるので、中学在校時はホモなのではないかと周りに疑われていたのはいやな記憶だ。こいつがまた、見た目がなよなよしてかなりかわいい顔をしていたから、その疑いに拍車をかけて始末に悪かった。

こいつの名前は新明《しんめい》と言った。新明佑《たすく》。昔はたーちゃんと呼んでいたが、むろん今はそんな呼びかけ方などできない。佑、と呼ぶのもどこか気恥ずかしいので、できるだけ名前は呼ばないことにしている。だから以後も、〝こいつ〟とか、〝署長〟という呼称でいきたい。

「いやー、口調からしてすっかり私立探偵だねー。よっちゃんには似合ってるからかっこいいよ。ま、坐って坐って」

誉めてもらえるのはありがたいのだが、そう思うならこちらのペースを崩すような接し方をしないでもらいたいものだ。互いにおねしょをしているときからの付き合いであれば、そんな願いも空《むな》しいことはよくわかっているが。

「今、お茶を持ってきてもらうからさ。こんな立派な個室をひとりで使って、電話一本でお茶を持ってこさせるなんて、偉そうでしょ。笑っちゃうよねー」

東大を出て、国家公務員I種試験に合格したバリバリのキャリアなのだから、偉そうにしてもいいのではないか。いつまでも偉ぶらないのは立派ではあるが、こいつを受け入れた警察署の人間たちの戸惑いを想像すると、気の毒になる。

「例の事件、捜査本部ができてるんじゃないのか」

へらへらと涼しげな顔をしているが、本当は分刻みの忙しさの合間を縫って会ってくれているのだろうと推察した。だからさっさと本題に入ったのだが、署長の口調はいっこうに変わらない。こいつが喋っているところを見て、超優秀なエリートだと見抜ける人はほとんどいないに違いない。

「できてるよー。でも、朝と夜の捜査会議に出れば後は暇なんだ。ぼくも聞き込みとかやってみたいのになー。キャリアは箱入り娘的な扱いだから、つまらないよ」

そんなことを言って、口を尖らせる。二十八歳の男のすることとは、とても思えない。加えて顔立ちが今すぐにでも男性アイドルになれそうなかわいらしさだから、威厳がないこと甚《はなは》だしかった。

韓流スターにイケメンアイドルと続いたので、ここで両者を比較しておこう。コーの見た目は確かに韓流スター的だが、どうにも偽物臭いというか、B級の匂いがぷんぷん漂っている。それに比べてこの署長は、実際に何度もスカウトされた経験があるくらいだから本物だ。なまじ頭がよかったからそちらの道には進まなかったものの、仮にアイドルになっても成功していたことは間違いない。何をやっても完璧という人間はいるもので、こいつはその数少ないひとりだとおれは思っていた。

「だからね、よっちゃんが情報を持ってきてくれると言うから、わくわくしてたんだ。やっぱり持つべきものは友達だね。ねえねえ、情報ってなんなの？」

署長は目をきらきらさせて、身を乗り出させる。こんなところは四歳のガキのときから変わらないなと、おれは妙な感心の仕方をした。ちょうどそこに、婦人警官がお茶を運んでくる。署長がにっこり笑いかけて「ありがとう」と言うと、婦人警官は顔を真っ赤にして下がっていった。こいつ、婦人警官たちには絶大な人気があるのだろう。

「容疑者筆頭の前山耕一のことは知ってるよな。被害者にストーカーしてた奴だ」

いくら口調が馬鹿そうでも、頭はとんでもなく切れるこいつのことである。当然コーのことは把握しているものと見做して、おれは切り出した。

「うん、知ってるよー。前山のことなんだ？」

「今、前山と会ってきた。奴の訴えを聞いてきたんだよ」

「酔っぱらい運転はしないって話？」

やはりこいつは、きちんと情報を得ていた。捜査会議で出た話を丸ごと暗記するくらい、きっと屁でもないのだろう。

「ああ、それを聞かされた。無実を主張するには薄弱な根拠だとは思うが、心証的にはシロだ。あんな奴に、殺しはできないよ」

「あ、そうなんだ。捜査会議じゃ、そこまでわからないからね。やっぱり現場に出たいなー。よっちゃんは容疑者に直接会えていいなー」

被害者の遺族がこんな言葉を聞けば、さぞや不安に思うことだろう。だが、こいつを現場に出せば必ずや成果を挙げるに違いない。署長の椅子に坐らせておくのは、確かに警察の損失ではあった。

「そうだ。いいこと思いついた」不意に署長は、嬉しそうな顔で手を叩いた。「よっちゃんがぼくの代わりに動き回ってくれればいいんだよ。よっちゃんが拾ってきた話を、逐一《ちくいち》ぼくに聞かせてくれない？　ぼくは頭脳派、よっちゃんは行動派で、ちょうどいい役割分担じゃん」

気軽に言ってくれるが、警察の犬になるのは探偵としての矜持《きょうじ》が許さなかった。耳寄りな話があれば伝えるが、指示は受けないと突っぱねると、署長はまたしても「えーっ」と口を尖らせる。

「ケチだなぁ。それくらい手伝ってくれたっていいじゃん。ちゃんとお金を払って依頼しようか？」

探偵の矜持をケチ呼ばわりしないでもらいたいものだ。それに、もうこの件に関しては依頼を受けているので、二重に引き受けるわけにはいかないのである。

「捜査の邪魔はしないし、お前を蔑《ないがし》ろにもしない。それでいいだろ」

「しょうがないなぁ。男の美学ってやつ？　友情を大切にするのもハードボイルドだと思うんだけどね」

なにやら不満そうにぶつぶつ呟《つぶや》いているが、無視しておくことにした。ともあれ、これで依頼人に対する義理は果たした。この情報を署長がどのように受け取るかまでは関知しない。用が済んだので、さっさと引き揚げようとした。

「ええと、よっちゃんの心証は心証で、重要な情報として聞いておくけど、前山の理屈は通ってないよ」

腰を上げかけたおれに、署長は不意にそんなことを言った。おれは動きを止め、童顔を見返す。

「どういうことだ」

「酔っぱらい運転はしない、という主張はまあ認めてもいいよ。でも、翌朝までに死体を山に運べばいいんでしょ。ということは、明け方まで待てば、酔いなんか覚めるんじゃないの? 結局アリバイは成立してないんだよ」

言われてみればそのとおりだ。コーのキャラに眩惑《げんわく》されて、突っ込んで考えてみようとしなかった。不覚だった。

「まあ、そんな穴だらけの主張しかしないところが、ホンボシっぽくないけどね。よっちゃんがシロだと言うなら、そうなんでしょ」

署長はあっさりと言い切った。そこまで信頼してもらえることに礼を言うべきところだが、おれはむしろ、改めて頭の切れを見せられて感服していた。

5

ここで事件の概要をおさらいしておこう。被害者の名は世良朱実《せらあけみ》。二十七歳。出身は月影市中奥町《なかおくちょう》、大学進学の際に東京に出たが、つい数ヵ月前に月影に戻ってきていた。家族はまだ月影に住んでいるらしい。

世良朱実が死体で発見されたのは、九月二十八日早朝のことだった。犬を連れて山を散歩していた老人が、土に埋められている死体を発見した。正確に言えば、犬が掘り起こしたのである。犬のとんでもない手柄にさぞや老人は驚いただろうが、こんなことでもなければ死体の発見はもっと遅れていたはずだ。死体は山道沿いに埋められていたわけではなく、ほとんど人の行き来のないエリアで見つかったからである。

老人はいつも犬を山道伝いに散歩させていたが、その日に限って愛犬は道を逸《そ》れた。道を逸れれば足許《あしもと》が危ないので、老人はなんとか犬を引き戻そうとしたが、ふだんは素直な犬がそのときばかりはどうしても言うことを聞かない。やむを得ず引っ張られるままに樹の間をくぐり抜けていくと、犬が猛然と地面を掘り始めた。そして出てきたのが、人間の手だったというわけだ。

むろん、人間の死体が自然に地面の下に埋まるわけがない。自殺した人間が土の中に潜れるはずもない。誰が見ても他殺という状況であり、実際、死体の頭部には殴打痕《おうだこん》があった。加えて死体は全裸で、服やアクセサリー、その他の小物などはいっさい見つからなかった。つまりそのままであれば、身許を特定することすら困難だったのである。

だが死体には、虫歯を治療した跡があった。それを基《もと》に歯科医を当たったところ、世良朱実の名前が浮かび上がった。警察が世良家を訪ねてみたところ、朱実は二十七日夜から帰宅していなかった。朱実が使っていた部屋から採取した指紋が死体のそれと一致し、身許が確定した。死体の早期発見が、警察の捜査を大いに助けたことになる。掘り当てたのは金銀財宝ではなかったが、犬のお手柄には間違いなかった。

死亡推定時刻は、前述のとおり二十七日の夜七時から十時の間。死因はやはり、頭部への殴打。殴打痕は後頭部にあり、埋められていたことを抜きにしても自殺は不可能な状況である。他殺と断定した県警は、おれの幼馴染みがいる警察署に捜査本部を設置したのだった。

これらの情報はすべて、新聞やインターネットで入手したものだ。つまり調べれば誰でも知ることができる程度の情報であり、おれが探偵だから知り得た事実はひとつもない。コーが容疑者と見做されていることすら、今日になるまで知らなかったのである。殺人なんて物騒な事件に、一介の私立探偵が関わる余地はない。

とはいえ、今のおれには大義名分があった。コーの無実を証明すること。これはれっきとした依頼であり、単なる好奇心ではない。おれは仕事のために、事件に首を突っ込まなければならないのである。喜々として厄介事に巻き込まれていくのではないことを、ここに明言しておこう。

コーの無実を証明するには、事件を詳しく知る必要がある。事件を詳しく知るには、被害者の家族や知人に話を聞くべきである。被害者の人となりを把握せずに、事件の背景に精通することはできない。背景が何もないところに、殺人などという大事件は起きないはずだからだ。

そこでおれはまず、被害者の両親に会いに行くことにした。親であれば子供のことをよく知っている、とは限らないものの、基礎的なデータは得られるだろう。親の住所は、調べれば簡単にわかる。むろん公開されているわけではないが、田舎町のこととて、個人情報もほとんど筒抜けだった。

インターネットでちょろっと調べただけで、世良朱実が住んでいた町の名前がわかった。両親は中奥町から引っ越していなかったようだ。町名がわかれば、特定できたも同然である。おれは事務所を出て、ビートルに乗り込んだ。

中奥町は典型的な住宅街だ。国道からは距離があるため閑静で、月影では人気のエリアと言っていい。その分、比較的ハイソな家庭が多いというイメージがある。建っている家も、他の地域に比べればやや大きめだった。

適当なところでビートルを停め、徒歩で世良家を捜した。歩き回って見つからないようなら人に尋ねようと思っていたが、そうするまでもなくあっさり《世良》という表札が目に留まった。珍しい名字だったのがありがたい。これがよくある名字であったら、ひと手間増えているところだった。

現在の時刻は午後四時。世良朱実の父親の職業は知らないが、在宅していない可能性が高い。

それでもまずは母親に会えれば充分と考え、やってきたのだった。おれは特に戦略も練らず、インターホンのボタンを押した。

「はい」

あまり若くない女性の声が応じた。おそらく、朱実の母親だろう。おれはためらいなく、口を開いた。

「突然失礼します。わたくし、朱実さんの事件について調査しております私立探偵です。少しお話を伺わせていただけないでしょうか」

「私立探偵?」

なにやら胡散臭《うさんくさ》い単語を聞いたかのような口調で、母親は尋ね返してくる。おれは極力愛想のいい声で答えた。

「ええ。事件解決のために調査をしています」

「調査って、誰の依頼で?」

「それはちょっと申し上げるわけにはいかないのですが」

「じゃあ、帰ってください」

ぴしゃりと言われ、おれは面食らった。待ってくれ。押し売りじゃないんだから、そんなけんもほろろの扱いはないだろう。

「いや、あの、決して興味本位で事件を調べているわけではなく、少しでも早く事件を解決するために――」

「お帰りください」

にべもない言葉に続き、受話器を置く音がして通話が途切れる。おれは身を屈《かが》めてインターホンに口を近づけた姿勢のまま、しばし硬直した。

ミステリー小説に登場する私立探偵なら、こんなとき話も聞いてもらえず門前払いを食ったりはしない。おれも当然、いろいろ語ってもらえるものと高を括《くく》っていた。しかし、現実はそう甘くないようだ。誰も見ていないのはわかっていつつも、肩を竦めて「参ったね」と呟くのが関の山だった。

6

親に話を聞くという道を閉ざされてしまうと、早くもお手上げ状態になってしまった。事件捜査って、意外と難しいんだな。これなら引っ越しの手伝いの方がよほど楽——なんて考えが頭をよぎったなどということは断じてない。決してない。

楽といえば、署長にもっといろいろ訊いておけばよかったとは思った。あいつなら、おれが訊けばぺらぺら教えてくれただろう。だが今から取って返して、行き詰まったから情報を分けてなどと頼むのはあまりに不様だ。不様な真似をするくらいなら、死んだ方がましである。あくまで言葉の綾だが。

そうなると、手繰《たぐ》るべき糸はもはや一本しか残されていなかった。おれが知っている被害者の知り合いは、コーしかいない。コーから話を聞くならさっきまとめて尋ねておけばよかったのだが、殺人事件の調査なんて初めてなのだから段取りが悪いのも仕方がなかった。いささか格好悪いと思いつつ、友梨に電話をかける。

「あー、探偵さん。早いですね。もう何かわかったんですか？」

期待に満ち満ちた声で応じられ、おれとしては恥じ入りたくなった。早くも行き詰まっている、などとはとても言えない。

「成果はたっぷりあった。だが、まだ言える段階にない」

「そうですかー。さすがですね。プロの探偵さんは違いますね」

無邪気にそう言われると辛い。おれはさっさと本題に入った。

「それで、コーに確認したい点が出てきたんだ。さっき別れたばかりで悪いが、もう一度奴に会う段取りをつけてくれないか」

「えーっ、またですかぁ。あいつと会うと疲れるから、いっぺんに済ませて欲しかったんですけどぉ」

文句を言いたくなるのはよくわかるが、あんな男と付き合っていたのはキミではないか。男を見る目がないにもほどがあるぞ、と言ってやりたかった。

「コーのために動いているんだ。これからも何度もコーには会う必要がある」

あらかじめ予防線を張っておくと、友梨はぶつぶつ言いながらもコーを呼び出すことを承知してくれた。ビートルの中で十分ほど待っていたら、折り返しの電話がかかってくる。また先ほどのファミレスで落ち合うことにしたそうだ。おれはエンジンをかけ、ビートルを発進させた。

　ファミレスにはおれが一番乗りだったので、コーヒーを飲みながらふたりが来るのを待った。三十分ほどで、コーと友梨が揃った。二度手間をかけさせたことを詫《わ》びてから、質問を開始する。

「調べられる限りの被害者の情報は入手したんだが、まだ充分とは言えないので、君からも聞かせて欲しいんだ。まず、被害者の家族構成について教えてくれ」

　調べられる限りの情報は入手したと豪語する割には、ずいぶん基本的な質問だと自分でも思う。しかし阿呆のコーは、その点を突っ込んでくることもなかった。友梨がどう思ったかは、隣に坐っているから顔が見えなくてよくわからない。

「ええと、両親でしょ、それから弟がいたさー、確か。四人家族だっさー」

　相変わらず脱力する、こてこての月影弁である。ずっこけそうになるのをこらえ、確認する。

「弟。年は？」

「さあ。ふたつ三つ下じゃないかなー」

　だとしたら二十四、五か。親が駄目なら、この弟に当たってみるという手もある。

「弟の名前は？」

「そこまでは知らないさー。興味ないもん」

　それはそうか。そもそもこいつは、被害者と付き合っていたわけではないのだし。

「被害者の職業は？」

この質問をしたら、横から「ええっ？」と小さな驚きの声がした。もちろん、無視する。

「無職だったさー。こっちで働く気はあったみたいだけど、まだ仕事を探している最中だと言ってたさ」

「無職」

ならば、職場の人間に話を聞くこともできない。どうにもとっかかりの少ない女である。

「東京にいたときにはどんな仕事をしてたか、聞いたことはあるか？」

「普通のOLだと言ってたさー」

「会社名は？」

「知らない」

あまり役に立たない。恋人だったのではなく、単なるストーカーなのだからこんなものか。

「父親の職業は知ってるか？」

「たぶん、サラリーマンだと思うさー」

「たぶん？　そう思う理由は？」

「だって、毎月会社から一定額の振り込みがあったから。あれは給料でしょ」

「なんでそんなことを知ってる？」

「そんなの、銀行から送られてくる毎月の報告書を見れば、一発でわかるさー」

「いや、だから、どうして君がそんなものを見られるんだ？」

「ゴミの中に入ってたのさー」

前言撤回。ストーカーも役に立つ。

「じゃあ、世良家の経済状況もわかるわけだな。中奥町に住んでいるくらいだから、世良家は裕福なんだろ」

「そうさねー。でも、朱実本人は金欠みたいだったよ」

無職なら、それもやむを得ないだろう。親許にいて家賃がかからないだけ、まだ恵まれていたのではないか。

「金を貸してくれと言われたこともあったけど、断ったさ。よく知らない相手に、金なんか貸せないからね」

それが常識だと言わんばかりに、コーは胸を張る。いや、君さ、世良朱実の気を惹《ひ》きたかったんなら、そんな態度はないんじゃないか。

「コイツ、筋金入りのケチなんですよ」

横から友梨が注釈を加える。自らの体験談に基づいた意見なのだろうから、実感が籠っていた。

「ケチとはなんだー、ケチとは。女性に対して公平に接しているだけさー」

「だからいつも割り勘だったわけね」

「そうさー」

「その割には何度か、あたしが奢《おご》った憶えがあるけど」

「ぼくは憶えてないさ」

別れて正解だったなと、友梨に言葉をかけてやりたくなる。

「ちょっと確認したいけど、最初は朱実さんの方から君に声をかけてきたんだよね。それなのに、あるときから離れていった。そのきっかけはなんだったんだ?」

ケチの本性がわかったからではないかと推測して尋ねたのだが、コーは首を捻《ひね》るだけだ。

「心当たりはまったくないのさー」

「三十分も話をすれば、声をかけたのが間違いだったと気づくでしょ」

友梨が茶々を入れるが、そう言うキミはなぜ付き合っていたのかとおれは問いたい。若気の至りか。

「東京から戻ってきた理由は、聞いたことあるか?」

「都会の生活に疲れたとか言ってたさー。だから、ぼくの月影弁を聞くとホッとするって」

若い人で、これだけこてこての月影弁を話す人は少ない。まあ、ホッとする気持ちはわからなくもなかった。

「そもそも、君と朱実さんはどれくらい親しかったんだ? 親しく話をしていた期間は、それなりに長いのか」

いまさらではあるが、肝心要《かなめ》の質問だった。友梨が言うように三十分でいやになったのなら、コーは被害者の人となりなど知らないことになる。

「何回かデートしたさ。互いを知るには充分な期間さー」

不本意そうにコーは口を尖らせるが、額面どおり受け取るわけにはいかない。本人から聞いた話に、ストーカー行為で得た知識を加えた情報だろうと解釈しておく。

「じゃあ、朱実さんの性格もわかるわけだな。どんな人だったんだ？」

話半分に聞くつもりで、一応尋ねる。コーは顔をにやけさせて、答えた。

「優しい人だったさー。美人なのにつんつんしたところがなくって、大人の色気に満ち満ちていたさ。二十歳《はたち》そこそこの小娘には出せない色気だったなー」

「なんでこっちを見るんだよ」

友梨の口調はすっかり怖くなっている。触らぬ神に祟《たた》りなしなので、おれは聞かなかった振りをした。

「それから？」

「ちょっとお金に困っている感じはあったし、東京時代のことはあまり語りたくないようだったけど、陰があるところがまたいいんだなー。改めて話してると、殺されたなんてまだ信じられなくて、ショックでかいわー」

にやけた顔から一変し、コーはとたんにしょげかえる。根はいい奴なのかもしれない。頭は悪そうだが。

「じゃあ、殺されたことはどう思ってる？　朱実さんが何かに怯えていたとか、誰かに恨まれていたとか、そんな話を聞いてないか」

「どうかなー。誰かに恨まれるような人ではなかったけど。単なる通り魔だと思うさー」

本当に通り魔だとしたら、厄介なことになる。被害者と利害関係がない犯人は、なかなか捜査線上に浮かんでこないからだ。つまり、コーの無実が証明されるのも遠い話になってしまう。本人はそんなことも知らず、呑気な口調で幸せそうだ。

他に訊くべきことはあるだろうか。しばし考えてみたが、思いつかなかった。だが後から出てくる可能性もあるので、次は本人に直接連絡がとれるように電話番号とメールアドレスを訊いておく。コーは至って気楽に、「いつでも連絡してくれていいさー」と言った。

「で、最後の頼みだ」おれは切り出した。「事件当夜に君が一緒に飲んでいた人たちを紹介してくれないか。できれば、君たちが飲んでいた店で会いたい」

コーが犯人ではないだろうと思ってはいるが、裏を取らないわけにはいかない。今のところ手詰まりなのだから、できることはすべてやっておくべきだった。

「わかったさー。じゃあ、こっちから十村さんに連絡すればいいかな」

「ああ、頼む」

そんなやり取りを最後に、おれたちはファミレスを出た。しかし、いかに先見の明があるおれでも、次にコーがどんな用件で電話してくるかは予想できなかった。

その日の夜のことである。おれの携帯電話が鳴り、うろたえたコーの声が耳に痛いばかりに響いた。

「出た出た出た出た出た出た」

「出たって、何が？」

開口一番わけのわからないことを繰り返すコーに、おれは呆れながら確認した。するとコーは音を立てて唾を飲み込み、実に馬鹿げたことを言った。

「ゆゆゆゆゆゆ幽霊さー。朱実の幽霊が出たんだっさー！」

第二章　馬鹿は馬鹿を呼び、馬鹿げた話を語る

1

「ちょっと落ち着け。幽霊なんてものはいないんだ。なんでそう思ったか、詳しい状況を説明してくれ」

もちろんおれは、一緒になって驚いたりはしなかった。阿呆な奴が阿呆な見間違いをしただけとしか思えない。だが、何を見間違えたのかには興味があった。

「いやいやいや、ぼぼぼぼくが見たんじゃないさー。ぼくの友達が見たと言ってるんだっさ」

「友達が」

もともと怪しい話ではあるが、伝聞だとさらに怪しさ倍増である。おれは電話を当てていない方の耳をほじくりながら、尋ねた。

「君の友達が幽霊を見ようがネッシーを見ようが自由だが、それをどうしておれに報告するんだ」

「だだだって、ぼくの友達に会いたいと言ってたでしょー」

「もしかしてその友達って、朱実さんが殺された日に一緒に飲んでた人か」

「そうさー。会う約束をしようとしたらそんなことを言うんで、背筋が寒くなったさー」

おれは一瞬だけ考えた。そんな幽霊話は正直どうでもいいのだが、もともと会おうと思っていた相手が言っているのだとしたら、聞くだけ聞いてみてもいい。話を聞くのは探偵の仕事だ。

「わかった。ともかく、その友達と会わせてくれ。日時は決まったのか」

「明日にしたさ。夜七時から。店の場所は知ってます?」

「ああ、わかる。じゃあ、明日」

おれは電話を切った。なんとなく、疲れた気分になっていたのは言うまでもない。

翌日は、もっぱらデスクワークに徹した。探偵が足で捜査するのは、ひと昔前のイメージである。今や情報収集は、インターネットを探索した方が効率的だ。むろん、ネットを過信しすぎてはいけないが、今はまだ歩き回るにしても方針が立てられない。事件の情報は、ネットを検索すると掃いて捨てるほど引っかかった。大半はマスコミ報道か、あるいは眉唾《まゆつば》な話ばかりだが、その中に宝石が埋もれていないとも限らない。朝から夕方まで、目が痛くなるほどディスプレイと向き合っていた。

そして午後六時過ぎに、事務所を出発した。アルコールを口にする気はないから、車を使う。飲まなければ、コーが目くじら立てることもないだろう。

呼び出した側の礼儀として、早めに店に着いた。開店と同時に入ったので、他に客はいない状態でコーたちを待ち受ける。居酒屋はテーブル席が五つとカウンター席だけの、小規模な個人経営の店だった。カウンターの向こうにいる髭面《ひげづら》の男が、おそらく店主だろう。

「すみません」

おれはウーロン茶と適当な料理を注文してから、店主に話しかけた。店主は手を止めることなく、目だけをちらりとこちらに向ける。

「この前、三崎町で女性の死体が発見されたじゃないですか。その前日の夜のことは憶えてますか」

大事件だから印象に残っているだろうと予想し、訊いてみた。店主は特に表情を変えることなく、頷いた。

「憶えてますよ」

「あのとき、二十代半ばくらいの男性たちがここで飲んでましたよね。彼らは常連だったんですか」

「お客さん、警察の人？」

店主はこちらを怪訝《けげん》に思う気持ちを隠さなかった。まあ、当然の反応だろう。おれは「失礼しました」と詫びて、名刺を差し出した。

「探偵？　探偵って、浮気調査とかするあれ？」

「私は浮気調査はしませんが」

むしろ引っ越しの手伝いとか散らかった部屋の片づけとかだ、とはつけ加えない。探偵は無口なくらいでちょうどいいのだ。

「私は警察から容疑者扱いされている人物の無実を証明すべく、動いております。依頼者は事件当夜、こちらで飲んでいたらしいので、そのアリバイ証言の裏を取るために来たのです」

「容疑者扱いって、コーちゃんのこと？」

どうやらコーは顔馴染みのようだ。

「そうです。彼から依頼されました」

「あー、そう。そんなに疑われてるんだ。警察も馬鹿だねぇ、的外れな捜査して」

この口振りからすると、店主はコーの無実を疑っていないのだろう。コーが事件当夜にここにいたことは、間違いないと見てよさそうだ。

その日のコーの振る舞いなどを根掘り葉掘り訊いたが、店主は特に迷うこともなくすらすらと答える。後で友人たちの証言と照合するが、店主が嘘をついているとはおれも思っていなかった。

そうこうするうちに、若い男の客が入ってきた。おれを見つけると、「探偵さんですか？」と気さくに話しかけてくる。コーの友人のようだ。

わざわざ来てくれたことに対する礼を述べていると、さらにふたりが顔を出した。肝心のコーがなかなか来ないから、やむを得ず勝手に宴会を始める。なんだか妙なシチュエーションである。

彼らは小学校からの友人だそうである。田舎は付き合いが長くなりがちで、こうした話も珍しくない。だからアリバイの証人としてはいささか不適格だが、そもそもアリバイが成立していないのだから関係ないとも言えた。彼らは皆一様に気さくなので、おれも居心地が悪くはなかった。

「おれらがここで飲んでるときにあんな大事件が起きてたなんて、びっくりしたさー」

全員、示し合わせたようにこてこての月影弁である。若い人は使わなくなったと言われている月影弁なのに、どっこいしぶとく生き残っているようだ。

「コーが亡くなった女性と面識があったって、知ってた？」

誰にともなく質問を向けると、三人が揃って頷く。

「知ってたさー。コーはここ最近、ずっとあの子のことばかり話してたからね」

「そうそう。コーってもてるから、女を取っ替え引っ替えしているように見えるけど、根は一《いち》途《ず》な奴なんだっさー」

「コーと一緒にいると、合コン相手に困らないからありがたいんだっさ」

最後の台詞は本音だろう。

「ずっとあの子のことばかり話してたってことは、コーは相当のぼせ上がってたのかな」

少し誘導気味に水を向けると、三人は微妙な反応をする。

「のぼせてたって言うかー、嬉しそうだったさー」

「あー、そうね。嬉しそうだった。あいつはいつもそうなんだっさ」

「基本的に、人との出会いが好きなんだよね。男女問わず」

なるほど。確かに人なつっこい面はある。それがもてる秘訣なのだろうか。ちょっと勉強になった気がした。

「でも、女性の方の気持ちが離れて、コーが追いかけ回す形になっていたそうだけど、それはどうしてだか知ってるか？」

コーと長い付き合いなら、本人が自覚していないこともよく見えているかもしれない。そう期待しての質問に、彼らはよく応えてくれた。

「コーはちょっと鈍いところがあるから、相手の気持ちの変化に気づかないいんだっさー」

「具体的な原因は知らないけど、まあ珍しい話ではないんだっさ」

「せっかくのイケメンを生かしてなくて、もったいないさ。あんな無駄遣いするなら、おれにその顔をくれと言いたいさー」

いつものことなのか。納得できる話ではある。

「君たちは、亡くなった女性に会ったことはあるの？」

この質問には、皆一様に首を振る。そして、苦々しげに吐き捨てた。

「別に会いたくもなかったっさ。金を貸してくれなんて、ろくな女じゃないさー」

「そうそう。どうせ悪い女に決まってるさ」

「コーが金を持ってないとわかったから、離れていったんだと思うさ。コーは被害に遭わなくて、よかったっさ」

偏見に満ち満ちている証言である。被害者遺族が聞いたら、怒り狂うだろう。

「ちょっと待ってくれ。会ったことはないんだろう？　単なるイメージで言ってるんだよな」

思わず確認したくなった。あまりに悪し様《あざま》な言いように、もしかして根拠があるのかと考えたからだ。

「会わなくったってわかるさ」

「東京にいられなくなったのも、さんざん悪さをしたからに違いないさー」

「美人にろくな女はいないさ」

最後の台詞は個人的恨みが籠っているように聞こえるが。

ともあれ、死者を鞭打《むちう》つことをまったくためらわない彼らのお蔭で、被害者への興味がますます増した。本当はどんな人物だったのか、故人を直接知る人に訊いてみたくなった。

そうこうするうちに、ようやくコーがやってきた。我々が早く着きすぎていただけなので、遅刻というわけではない。今ちょうど七時になろうとしているところだ。意外と時間には正確なのか。

「やー、お待たせしてすまんさ。あっ、もう始めてるのね。うんうん、そうして欲しかったったさ」

コーは賑やかに言って、空いている席に坐った。揃いも揃って皆こてこての月影弁だから、文字で書くとどれが誰の台詞だかよくわからなくなる。

「みんなでぼくの悪口を言ってたんかー？　鈍いとかイケメンの無駄遣いとか言ってたんだろー？」

隠れて聞いてたんじゃないだろうな。

「そんなこと言うわけないさー。コーは女にもてて羨ましいって話をしてたんだっさ」

「そうそう。それと、死んだ女の話をしてたのさ」

「コーはあんな女と深い付き合いにならなくてよかったと言ってたのさー」

まあ、おおむね間違いではない。

「そうかー。で、十村さん。事件の日にぼくがここで飲んでたことは信じてくれました？」

そういえば、まだ聞いてなかった。もっとも、店主の言葉があるので彼らに改めて確認するまでもなかったのだが。

「君がここで飲んでたことは疑ってないよ」

「ということは、警察を納得させてくれたのかー。いやー、さすが腕利きの探偵さんは違うさー」

そんなふうに感心されると、期待しないでくれとは言いにくくなる。やるべきことはやったが、署長がどれだけ現場の捜査方針に介入できるかわからないし、そもそもあいつがどう思っているのかも今ひとつ把握できていないのだ。おれが警察署長と知り合いだというだけで、コーは過大な期待を抱いてしまっている。

「おれは君がここで飲んでいたことを、署長に伝えた。でも、それだけではアリバイは成立していない。だからこうして、君の無実を証明するために動いているんだ」

「えーっ、じゃあ署長さんはまだぼくを疑ってるんですかー？　迷惑この上ないさー」

なんとかしてやってくださいよー、かわいそうじゃないですかー、と友人たちはおれを責め立てる。まるでおれのせいでコーが疑われているかのようだ。

「被害者について、君の友達たちの意見を聞いた。被害者は悪い女だったと彼らは言っているが、それに対して君はどう思う？」

このまま吊し上げ状態になりそうだったので、慌てて話を逸らした。単純なコーはすぐに乗っかり、自分の窮状を忘れて答える。

「うーん、まあそういう一面もあったさ」

えっ？ と思わず声を上げそうになった。庇《かば》ってやらないのか。なんてひどい男だ。

「つまり君も、悪い女だったと思っているのか」

「人からお金を借りようとするのはよくないさ」

それだけで悪女呼ばわりされては、故人もたまったものではないだろう。こいつらはドケチ集団なのか。

「確かにそういう考え方はある。でも、君は朱実さんのことが好きだったんだろう？ 違うのか」

「好きでも、金の貸し借りはできないさー」

堂々と言い切られると、この件についてはもうこれ以上突っ込む気がなくなる。天は二物を与えずと言うが、いくら顔がよくても性格がこれでは女も引くのは当然だと納得した。

「じゃあ質問を変えるが、君は朱実さんが殺されてもおかしくないと思っているのか？ 誰かの恨みを買っているとか、そういう話は聞いているか」

「いや、それは聞いたことないさー。そこまで親しかったわけではもごもご」

最後は曖昧《あいまい》に言葉を濁す。そうだよな、そんな話を聞かされるほど親しかったら、ストーカーなんてしないよな。

「誰かに恨まれてたかどうかは知らないけど、あの女の恨みが残っているのは間違いないさー。だっておれ、幽霊を見たもん」

横から友人のひとりが口を挟んだ。ああ、そうだった。その話があった。

2

かなりどうでもいい気分ではあったのだが、発言した当人は話す気満々のようなので、一応耳を貸すことにした。ちなみに、コーの友人と十把《じっぱ》ひと絡《から》げに呼んでいたが、もちろん彼らにも名前はある。発言したのはリョーと呼ばれている、キャップを前後逆に被《かぶ》ったチャラい若者だった。

「聞いてくださいよ。おれ、見ちゃったんさー、幽霊」

「どこで?」

ひとまず訊いてやるおれは優しい男である。探偵は優しくなければならないと、過去の人も言っている。

「《メコス》でさー」

《メコス》というのは、市街地から少し離れた場所にできた、大型ショッピングモールだ。日本中の地方都市のご多分に漏れず、このショッピングモールができたせいで月影市内の駅前商店街はたちまち閑散としてしまった。まあ、それも仕方なかろう。東京がそのまま引っ越してきたかのようなおしゃれな雰囲気で、有名ブランド店に始まり雑貨、服、本、家電、食材とあらゆる店が揃い、映画館まで併設されているのだから、一日いても飽きない。若い衆は競うように《メコス》でデートをするし、おばちゃんたちは精一杯よそ行きの服を着て大挙して押し寄せる。《メコス》は月影市内ただひとつの都会だった。

「《メコス》でって、あそこはいつも人でごった返してるじゃないか。あんなところで見たんなら、単なる見間違いだろ」

別に《メコス》ででなくても、見間違いに決まっている。それがわかっているのに突っ込んでしまったのは、おれもまだ忍耐が足りなかった。

「見間違いなんかじゃないさー。ひと目見て、あれは朱実だとわかったっさ。いやもう、背筋が寒くなったさー」

リョーは自分の腕を抱いて、大袈裟にぶるぶると震える。その表情は真に迫っていて、おれをからかっているようには見えなかった。少なくとも、リョーが幽霊を見たと本気で信じているのは間違いなさそうだった。

「ちょっと待て。つまり君は、生前の朱実さんと会ったことがあるんだな。さっきはそんなこと言わなかったじゃないか」

おれはすかさず、矛盾点《むじゅんてん》を突いた。雑踏の中で見かけた人が朱実だと断言するからには、当人を知っていなければおかしい。

「会ったことはないけど、顔は知ってたさ」

リョーは不服そうに口を尖らせる。おれはまだ納得できない。

「なぜ?」

「だって、あの女はちょっとした有名人だったから」

有名人? どういうことだ。

「なんで有名人だったんだ」

「いやー、それは」

リョーは困ったように左右に助けを求める。すると右側の若者が、ずいと身を乗り出した。

「美人だったからさ」

「美人だと有名人になるのか」

「そりゃそうさー。だから友梨のねーちゃんのこともみんな知ってるし、探偵さんが友梨のねーちゃんと付き合ってたことも有名な話さー」

えーっ! おれが署長と幼馴染みだと知られているだけでも驚きなのに、沙英とのことまで知れ渡っているのか。田舎にはプライバシーというものはないのか。

「あのねーちゃんと付き合っていたというからどれだけイケメンかと思ったら……」

「意外と……」

「思ったほど……」

お前ら、途中で口を噤《つぐ》む気遣いができるなら、最初から黙っておけ。

「お、おれと沙英の話はどうでもいい。朱実さんの幽霊の話だろ。じゃあ、どんなふうに見かけたのか、詳しい話をしてみろ。聞いてやろうじゃないか」

ものすごく不本意な成り行きではあるが、幽霊話を真剣に聞かざるを得なくなった。リョーはぽんと手を叩いて、「そう、幽霊幽霊」と言う。

「昨日のことだっさ。おれは仕事の途中にちょっと息抜きをしようと思って、《メコス》に寄ったのさ。建物の真ん中の大きな通路、プロムナードって言ったっけ？　あそこのベンチに坐って、缶コーヒーを飲んでたのさー」

リョーはいったん話を切って、周りの反応を窺《うかが》う。コーを含めた三人は一度聞いている話のはずなのに、くそ真面目な表情で聞き入っていた。

「あそこに坐ってると、大勢の人が前を通るでしょ。そういう人たちを、見るともなく見てたのさ。あっ、もちろん仕事中だから、女の子をナンパしようなんて思ってなかったさー」

誰も疑ってないのに、リョーはわざわざそんな言い訳をする。まあいい。先を続けてくれ。

「平日の昼間だからおばちゃんの方が多くて、たまに若い人がいるとつい目で追ってしまうのさ。そんな感じで右に左にときょろきょろしていたら、あの女がいたのさー。あー、怖」

「顔を見たのは正面からか、それとも横顔か？」

成り行き上、確認してしまった。人間の顔は、見る角度によって印象がかなり変わる。正面から見たのでなければ、やはりちょっと似ている程度の人でしかなかったのだろう。

「正面から見たさ」

しかしリョーは、自信満々に答える。そうなのか。ならばそれはものすごく似ている人であって、もちろん幽霊などではない。それが常識的な判断だった。

「そんなに似てたのか」

「似てたというか、あれは本人だっさ」

いや、だからどうしてそういう結論になるのか。足はあったんだろ。

「そっくりさんじゃないのか」

「あんな似てる人が世の中にいるわけないさー。まさに瓜ふたつなんだから」

「朱実さんの兄弟は、弟だったな」

「そうそう。女の兄弟はいないよ。探偵さんが何を考えているかわかるけど」

そのとおり。おれは世良朱実の姉妹ではないかと考えたのだ。弟しかいないなら、女装していたとか？

「念のために確認するが、弟の性別は男だよな。性同一性障害で性転換したなんて落ちじゃないよな」

「だったら幽霊なんて思うわけないさー。それに、たとえあの弟が女装しても、そんなにそっくりにはならないし」

なるほど。そうなのか。では、誰と見間違えたのか特定するのはひとまず諦めよう。

「で、そのそっくりさんを見て、君はどうしたんだ？　話しかけてみればよかったじゃないか」

「そんなことできるわけないさ！　相手は幽霊だよ、幽霊」

だから、違うって。でもリョーがそう思い込んでしまったのなら、確かに話しかけることなんてできるわけがない。

「じゃあ、その幽霊だかなんだかが通り過ぎるのを、ただ黙って見送ったってことか」

「どうしようもなかったさー。その場を動けなくなって、ただがたがた震えてたさ」

「女は君に目を向けたか」

「いんにゃ。前を向いてただけさ。もし見つめられてたら、命を奪われていたのかなー」

こんなふうに本気で怖がるのは、リョーが田舎の純朴な青年だからか、あるいはただ頭が悪いからか。コーの友人であることを勘案すると、後者の可能性が高いとおれは考えた。

「命を獲《と》られなくてよかったな」

皮肉混じりで言ってやったのだが、リョーにはまるで通じなかった。それどころか他の連中も、何度も頷きながら「ホントさー」と口々に同意する。彼らはいい友人関係を構築しているようだ。

「幽霊になって出てくるってことは、さっき君が言っていたとおり、恨みが残っているからだよな。じゃあ朱実さんの幽霊は、誰を恨んでいるんだと思う？」

おれは何も、この話が殺人事件と絡んでいると考えたわけではない。それどころか、聞くだけ無駄だと思っていた。その事前予想は大当たりだったので、ここいらで話を軌道修正したのである。

「そんなこと知らないさ。恨まれてるのは犯人でしょ」

「君の目の前に幽霊が現れたということは、君が犯人なんじゃないのか」

もちろんこれは冗談だが、リョーには通じなかった。

「おおおおおおれは犯人なんかじゃないさ。じょじょじょ冗談きついさー」

「恨まれてる相手に心当たりがある人はいるか？」

おれは他の連中にも尋ねたが、皆一様に首を振るだけだった。彼らから聞き出せる話も、ここまでだろうか。

そろそろ失礼するから君たちは好きに楽しんでくれ、と言い置いて席を立った。自分の分の勘定として、二千円置いておく。ウーロン茶一杯に二千円は高いが、むろんこれは経費だ。とはいえ友梨に出させるのはかわいそうだから、後でコーに請求してやろう。

3

家に帰り着き、風呂にでも入ろうと考えていたときに、携帯電話が鳴った。ディスプレイに表示されている名前は、思いがけない人物だった。おれは通話ボタンを押して、携帯電話を耳に当てる。

「どうした。捜査本部が立ってる真っ最中なのに、一介の探偵に電話している暇があるのか」

相手は署長だった。電話がかかってくること自体は珍しくないが、今このタイミングで向こうから連絡があるとは思わなかった。署長のことだから、単なる世間話がしたくて電話をかけてきたのではないだろうと予想する。

「ぼくは暇だけど、よっちゃんは忙しいんだよね。仕事の邪魔しちゃった？」

太平楽《たいへいらく》な声で言う。幽霊話を聞かされて帰ってきたところだ、とは答えにくかった。

「いや、仕事は終えた」

「じゃあ、疲れてるかなぁ。もしよかったら、うちに遊びに来ない？」

まるで子供の誘いのようだが、相手が所轄の警察署長ともなれば、意味合いは当然異なる。疲れているのは確かだが、断るわけにはいかなかった。

「おれに話があるのか」

「まあ、そういうこと。来る？」

「ああ、行かせてもらう」

おそらく署長は、他人の目や耳がないところでおれと話がしたいのだろう。あいつが住んでいるのは、セキュリティーがしっかりしているマンションだ。人目を気にせず話をするには、もってこいの場所と言える。

風呂に入るのはやめて、ふたたび車に乗った。署長のマンションまでは、十五分もあれば着く。来客用駐車場に車を突っ込み、署長をインターホンで呼んで自動ドアを開けてもらった。

署長が住んでいるのは十二階、月影では数えるほどしか建っていないタワーマンションの一室だった。

「ごめんねー、急に呼び出して」

おれを迎えた署長は、微笑《ほほえ》みを浮かべながらそう詫びた。おれは「かまわないさ」と応じながら、中に入る。何度も来たことがあるので、勝手はわかっていた。

廊下を突き当たりまで進み、ドアを開けた。するとそこには、二十畳近いリビングルームが広がっている。本革張りの高級ソファにハイセンスなガラステーブル、今はカーテンが閉まっているが、開ければ見事な夜景が一望の下だ。北欧家具のキャビネットに大画面テレビ、おまけに部屋の片隅にはカウンターバーまである。マンションのモデルルームをそのまま再現したかのようなインテリアが、署長の住まいなのだった。

「車で来たんだよね。飲み物はジンジャーエールでいい？」

署長はまめまめしくおれに尋ねた。それでいいと答える。署長が常備しているジンジャーエールはコンビニで売っているジュースとはひと味もふた味も違い、顔を顰《しか》めたくなるくらい辛い。これこそ本物のジンジャーエールだという味で、おれは気に入っていた。

署長がどれくらい給料をもらっているのか知らないが、こんな高級マンションに住む財力は当人だけのものではない。親が金持ちなのだ。どうしてそんな金持ちとうちの親が付き合っていたのか、今に至るも謎である。

「話ってなんだ？　まさか捜査情報じゃないよな」

いくら親しくても、そんな情報を流してもらえるとはこちらも期待していない。署長の力添えを当てにするなら、阿呆な幽霊話になど付き合う必要はなかったのだ。

「ううん、捜査情報だよ」

だが斜め前に坐った署長は、あっさりとそんなことを言う。おれは思わず目をしばたたいた。

「何を言ってるんだ。警察官として、それでいいのか？」

職業倫理を疑いたくなる発言に、つい真面目な指摘をしてしまった。それなのに署長は、涼しい顔で言い切る。

「ぼくはお飾りに過ぎないんだって、何度も言ってるじゃん。謙遜じゃなくて、本当にそうなんだよ。だからぼくが事件捜査に関わろうと思ったら、誰かの力を借りるしかないんだ」

「それにしても、頼る相手が部外者の探偵でいいのか」

「いいよ。よっちゃんなら信頼できるもん」

その信頼は嬉しいが、いささか重かった。何しろこちらが摑んだ新情報と言えば、阿呆な幽霊話だけなのだ。

「ギブアンドテイクを考えているなら、無理だぞ。おれには守秘義務がある」

内情は明かさずに格好をつけたら、またしても署長は簡単に「いいよ」と応じる。

「ぼくが一方的によっちゃんに情報を教えるから。それでよっちゃんが事件を解決してくれたら、警察としても助かるしね」

そうだろうか。警察は面子《メンツ》を重んじると聞くから、一介の探偵に先回りなどされたら腹を立てるのではないか。そして、誰が情報を漏らしたか犯人捜しを始めるに違いない。署長の立場が悪くなりそうで、心配だった。

「じゃあその点は、よっちゃんがうまく判断して動いてよ」

おれがそうした不安を口にしても、蛙の面《つら》に小便だった。当人がそこまでお気楽に考えているなら、こちらが案じてやるのも馬鹿馬鹿しくなる。せいぜい、情報漏洩《ろうえい》が発覚しないように気をつけてやるしかなかった。

「わかった。お前には迷惑がかからないよう、配慮するよ。で、いったいどんな情報があるんだ」

「よっちゃんは月影に越してきて、二年くらいだよね」

わかっていることをわざわざ確認するからには、意味があるはずだ。おれが頷くと、署長は柔和な笑みを浮かべたまま、妙なことを言った。

「月影って、未解決事件が多いと思わない？」

「えっ」

そうだったろうか。おれはこの二年間のことを思い返してみる。すぐに思い当たることはないが、おれが月影で起きるすべての事件に精通しているわけではないのも確かだった。月影は日本の地方都市にありがちな、いろいろな点で中途半端な規模だった。過疎化が進んでいるほど人口密度が低いわけではないし、かといって都会にはほど遠い。つまり、駐在さんひとりいれば用が足りるほどの田舎町ではなく、犯罪もそこそこ起きているということだ。そのうちの何件かが未解決のまま終わっていても、特に不思議ではなかった。

「統計を見たことがあるわけじゃないから、知らなかったよ。そうなのか」

「窃盗だの交通事故だのは、他の市とあまり変わらないよ。でも、ちょっと目を惹くのが殺人の件数なんだ」

署長は表情を変えず、物騒なことを言う。月影はそんなに殺人が多いのか。知らなかった。

「お前の言う未解決事件とは、殺人のことなのか」

「そう。この十年間で四件あるね」

もしなんの予備知識もなくその数字だけを聞いていたなら、そんなものかと思っていただろう。だが署長があえて指摘するからには、少なくない数なのに違いない。とはいえ、その数字が何を意味するのか、署長が何を示唆《しさ》しているのか、おれには見当がつかなかった。

「まさか、その四件の殺人の犯人が同一人物だなどと言うんじゃないだろうな」

「可能性は否定しないよ」

とんでもないことを言っているのに、署長の口調はあくまで涼しげだ。こちらの方が面食らった。

「それじゃあ、こののどかな田舎町に、警察の目をまんまと欺《あざむ》いて人殺しを繰り返す殺人鬼がいるってのか」

「そんな言い方をすると、なんだかフィクションの世界みたいだね」

署長はにっこり微笑む。おいおい、笑っている場合じゃないだろ。

「お前のことだから、その四件のことを調べてみたんだろ。もしかして、共通点でも見つけたのか」

「ううん、何も」

なんだよ。背筋が強張《こわば》る思いで質問したのに、拍子抜けだ。依然として、署長の真意がよくわからない。

「つまり、警察の検挙率の低さを嘆いているわけか」

警察署長としては、それが当然の反応だろう。たとえお飾りの署長だとしても、職務に忠実であろうとすれば気になる点なのではないか。だが、ならばおれに相談するのは筋違いである。おれに警察官たちの尻を叩けるわけがない。

「まあ、それもあるんだけど。なんだか引っかからない？」

尋ねられても、即答はできなかった。気になると言えば気になるが、警察なんて全国どこに行ってもそんなものだろうとも思う。警察の不祥事をニュースで聞いても、昨今は誰も驚かないのではないか。

「おれは今の日本の犯罪検挙率がどれくらいか、知らないからな。こんな田舎町にしては、殺人の件数が多いと言っているのか？」

「そうじゃなくって、あくまで未解決事件のことなんだけどさ。よっちゃんは月影の警察のレベルが低いと思う？」

どうなのだろう。これまで警察官との付き合いはなかったから、なんとも言えない。交番のお巡りさんは、東京に比べれば親切だと思うが。

「肌感覚での話になるが、おれは特に月影の治安が悪いと感じることはないぞ。つまり、警察のレベルが低いというわけではないんだろう。ただ、お前の目で見て警察が一定の基準に達しているのかどうかは、わからない。お前は警察庁のお偉いさんだから、いろいろ至らない面が目につくんじゃないのか」

「ぼくはお偉いさんなんかじゃないよ。そんなに厳しく周囲を見ているわけでもないしね」

幼稚園の頃からほとんど変わっていないような童顔で言われると、確かに厳しい警察署長などという表現はギャグにしかならない。署長はジンジャーエールをストローでチューッと吸うと、納得したように頷いた。

「わかったよ。よっちゃんがそう言うなら、ぼくの考え過ぎなのかもしれない。月影市民が治安をどう感じているか、聞けてよかった」

署長はそう言うが、何を案じているのか結局わからなかったこちらとしては、なんとなく収まりが悪い。未解決事件の数が多いとしても、それが同一犯によるものでない限り、ことさらに着目する理由はないと思うのだが。

「話はそれだけじゃないんだろ。もっと何か、世良朱実殺しに関する具体的な証拠なり新事実なりがあるんじゃないのか」

署長は先ほど、「捜査情報」と言った。未解決事件が多いという統計上の数字だけでは、捜査情報とは言えない。おれの耳に入れたいのは、別のことのはずだった。

「うん、そうなんだ。よっちゃんも知ってると思うけど、警察はマスコミに公開しない事実をいくつか抱えている。犯人しか知り得ない事実というやつで、それを知っているかどうかが逮捕の決め手になるからね。三崎町事件でも、当然それはあるんだ」

もしや、そんな重大なことをおれに話そうというのか。正直に言えば、勘弁して欲しかった。万が一にも濡れ衣を着せられでもしたら、おれは犯人ではないと証明できなくなってしまうではないか。

「ちょっと待ってくれよ。なんでそれをおれに話すんだ。おれがそんな情報を聞いても、お前の役には立てないぞ」

「そんなことないよ。よっちゃんしか頼れる人はいないんだから」

頼られたって困るよ、と内心で思っても口にできないのが辛いところだった。ハードボイルド探偵に泣き言は許されないのである。

「実は、被害者の足の裏に奇妙な傷跡があったんだ」

耳を塞《ふさ》ぎたいこちらの気持ちも顧《かえり》みず、あっさりと署長は漏らしてしまった。しょうがない、乗りかかった船だ。その情報を得ることで何が変わるわけでもないが、悩み相談みたいなものだと捉えて聞いてやろう。

「奇妙な？　どんな」

「バッテンというか、十字というか、こんな感じの」

署長は左右の人差し指を交差させて、おれに示す。なるほど、確かに単なる怪我ではなさそうだ。

「刃物で切ったような傷なのか」

「そうだね。皮膚をごく浅く切っただけだけど、擦り傷みたいなものとはぜんぜん違う。誰かが意図的につけた傷なのは間違いないんだ」

なんだろうか。犯人による何かのメッセージとも受け取れる。

「切られたのは生前か、死後か？」

「生活反応はなかったので、死後だね」

となると、被害者本人がつけた傷という可能性は消える。もっとも、ダイイングメッセージだとしても、足の裏の傷というのはあまりに奇妙だが。

「それが犯人のメッセージだとしたら、次の犯行を心配しているわけか」

ようやく話が繋がったように思えた。月影の警察の検挙率の低さが、次なる殺人を許してしまうのではないかと署長は懸念していたわけだ。

しかし署長は、こちらが思ってもいなかったことを口にした。

「いや、次のじゃないよ。同じ傷跡がある遺体が、すでに発見されているんだ」

第三章　ひょっとして連続殺人？

1

話の不穏さと、署長のあっけらかんとした態度があまりにアンバランスで、どう受け止めるべきか困惑した。だが署長がこんな悪質な嘘をつくわけはなく、足の裏に同じ傷跡を持つ遺体が見つかっているのは事実のはずなのだ。ならばなぜ、警察はもっと大騒ぎしない？

「それじゃあ、連続殺人かもしれないんじゃないか。もしかしてそっちの事件は、すでに解決しているのか？」

そうとしか思えなかった。しかし実は連続殺人なのだとしたら、前の事件の真犯人はまだ逮捕されていなかったことになる。つまり冤罪だったということか。

「ううん、違うよ。未解決のまま」

「だったら、同一人物による犯行の可能性があるんだろ。どうして警察はそれを発表しない？極秘に捜査する必要でもあるのか」

「別にないよ。だって、連続殺人だなんて誰も考えてないもん」

思わず脱力する、緊張感のなさである。こいつは本当に自分の言葉の重大性に気づいているのか、と疑いたくなる。

「……なんで考えないんだよ。頼むから考えてくれよ」

なぜおれが懇願《こんがん》しなければならないのか。現実は常に理不尽である。

「いろいろ理由があるんだけど、そのひとつが、管轄外の事件だということなんだ」

署長は人差し指をピンと立てて、説明する。なるほど、そういうことか。警察の縄張り意識が強いことは、おれも知識として知っている。宵崎署の管轄外というだけでなく、もしや隣県のことなのではないか。

「遺体が発見されたのは、隣の県なのか」

確認すると、署長はにっこり笑った。

「大正解。さすがよっちゃんは名探偵だね」

だからよっちゃんはやめてくれ。

「理由のひとつが、と言ったな。他の理由はなんだ。単なる縄張り意識のせいで、ふたつの事件の関連性が無視されているわけじゃないんだろう?」

「そうなんだ。もうひとつの大きな理由は、足の傷以外に共通点がまったくないことなんだよ」

それを聞いて、おれはようやく得心した。管轄違いの上に共通点もないふたつの事件を関連づけて考えているのは、警察署内でこの署長だけなのではないか。足の傷の形が似ていたとしても、前例万歳の事なかれ主義の連中には単なる偶然としか思えないのだろう。現場の苦労も知らないおぼっちゃんキャリアが、何を的外れなことを言っているのかという雰囲気になっているに違いない。

「もちろんお前は、足の傷については指摘したんだよな。部下たちはどんな反応だったんだ?」

「ぜんぜん無視だね。誰も耳を貸してくれなかったよ」

やっぱり。だからこそ、おれに捜査上の秘密を打ち明けているというわけだ。

「わかったよ。ちゃんと話を聞こうじゃないか。もうひとつの事件について、詳しく説明してくれ」

「よっちゃんはかっこいいなぁ。頼り甲斐《がい》があるなぁ」

馬鹿にしているように聞こえるかもしれないが、本人は至って本気である。ただ第三者にはわかりにくい本気なので、誉めるのはふたりだけのときにして欲しい。いや、ふたりだけでもかなりこそばゆいのだが。

「事件は二年前に起きていたんだ。被害者は三十八歳の男性。衣類は身に着けていた。つまり、もうこの時点でこっちの事件との共通点なんてほとんどないんだよ」

署長はそう説明を始めた。我々のいる県と隣県との境には、酒香川《さこうがわ》という比較的大きな川が流れている。河川敷は広く、ススキを始めとする丈高い雑草が生い茂っているのは、向こう岸もこちらも変わらない。その茂みの中から、死体は発見されたという。

「河川敷で見つかったんなら、本当はどっちの県で殺されたのかわからないじゃないか。川向こうに運んで捨てるくらい、そんなに手間じゃないだろ」

おれの指摘に、署長は軽く頷く。

「そうなんだよ。実際、被害者はこっちの住人だったしね」

ならばますます、事件の主舞台は隣県ではなくこちらである可能性が高い。犯人は捜査の混乱を狙って、死体を隣県に捨てたのではないか。

「被害者の名は大関善郎《おおぜきよしろう》。独身で、母親と一緒に月影市三国町《みくにちょう》に住んでいた。就職はしてなくて、アルバイトで収入を得ているフリーターだよ」

署長が調べたところ、こちらの県警も向こうの捜査に協力したらしい。だが遠方ならともかく、橋を渡れば気軽に来られる距離である。捜査協力は問い合わせに答える程度で、実際にはほとんどノータッチだったそうだ。だから隣の県警がどんな捜査をしたのかは、書類上からは不明だった。

「でも、訊けば教えてくれるんだけどね」

キャリア様の問い合わせなら、先方も無下《むげ》にはできない。教えてもらったことが摑んでいる情報のすべてかどうかは定かでないが、少なくとも最低限の死亡状況は理解できたそうだ。

大関善郎の死因は絞殺だった。背後から紐状のもので首を絞められ、窒息死している。他にも、後頭部には殴打痕があった。首を絞められた場合、紐を引き剝《は》がそうとして自分の首の皮膚を引っ搔《か》いてしまうことが往々にしてあるが、大関の首にはそのような痕跡はなかった。その点からして、後頭部を殴られて昏倒している間に、絞殺されたものと推測される。

犯行現場が河川敷か、あるいは他の場所から運ばれてきたのかは、はっきりしなかったという。死体に現れる死斑に、動かされた痕跡がなかったからだ。とはいえ、死斑が出る前に運んでしまえば、検死で死体の移動を見破ることはできない。被害者の生活拠点がこちらの県だったことからすると、やはり向こうに運ばれた可能性が高いのだろう。

死亡推定時刻は、二十二時から深夜零時にかけて。その時刻の死体発見現場付近は真っ暗で、人通りはない。河川敷で争い事があったと証言する人は見つかっていなかった。

死体が発見されたのは、翌日早朝のことだった。犬を散歩させている人が発見して、一一〇番通報している。なにやら世良朱実の死体発見状況と酷似しているが、丈高い雑草の中に遺棄されていた死体なら、犬でもなければ見つけられないだろう。この点は単なる偶然の一致と思われる。

「被害者は衣類は着ていたけど、財布はなかった。だから、物取りの犯行という線も捨てきれなかったらしいよ」

身分証明書の類は財布とともになくなっていたが、顔を潰されていたわけではなく、衣類もそのままであれば、身許を特定するのはさほど難しくない。顔写真を持った刑事たちが歩き回り、大関が出勤してこないことを訝《いぶか》っていた飲食店に行き当たった。特筆する点のない、ごく普通の殺人事件のようではあった。

「それなのにどうして、今に至るも未解決なんだ？　動機がないのか」

たいていの殺人事件は、被害者の周辺を洗うことで簡単に解決するという。動機を持つ者は、常に近くにいるからだ。逆に通り魔的犯行であれば、特定が難しい。犯人が犯行を繰り返し、へまを犯して現行犯逮捕でもされない限り、犯人は捜査線上に浮かんでこない。大関の事件が未解決ということは、行きずりの犯行であることを示唆しているとも言えた。

「動機はまったくないわけじゃないけど、殺意に至る恨みは持たれていたようじゃないんだ。とはいえ、この点は捜査不足かもしれない。単なる向こうの報告でしかないから」

財布を盗むための行きずりの犯行だとしたら、おれのような一介の探偵の出る幕ではない。広域捜査が得意の警察にお任せだ。だが世良朱実殺害事件との関連性を疑うなら、行きずりの犯行のわけがない。隠された、共通の動機があると見做すべきだろう。二年前の捜査では、それを炙《あぶ》り出せなかったことになる。

「ぼくとしてはね、向こうの県警にこっちの事件の詳細を知らせて、捜査協力すべきだと思ったんだよ。こういう事件が新たに起きたと知れば、向こうだって別の切り口から捜査ができるじゃない。でもね、お飾り署長が何を言っても耳を貸してもらえないんだ。かといって、ぼく自身が警察署を空けて聞き込みをして回るわけにもいかない。署員が言うには、ぼくの仕事はただ、署長室でふんぞり返っていることなんだって」

署長は大袈裟に眉を寄せて、肩を竦めた。する人によっては気障《きざ》に見えかねない仕種《しぐさ》だが、育ちのよさが顔に出ている署長がやるとけっこう様になっている。

「だからね、二年前の事件をよっちゃんにもう一度洗い直して欲しいんだよ。どうかな。頼まれてくれる?」

署長は邪気のない表情で、まるでお使いでも頼むようにそう言った。

2

一夜明けて、おれは愛車のワーゲンビートルを駆っていた。大関善郎殺害事件についての調査を始めるためである。つまりおれは、署長の頼みを受け入れたわけだ。

友梨の依頼を受けている現在、また別口の頼みを引き受けるのは道義に反するようではあるが、必ずしもそうではない。というのも、大関善郎殺しと世良朱実殺しの関連性が明らかになり、同一人物による犯行ということにでもなれば、コーの無実も証明されるからだ。つまり、いささか遠回りではあるものの、大関善郎について調べることは友梨の依頼を遂行することにもなるのである。

他にもメリットはある。友人同士でこんな言い方はしたくないが、署長に恩を売っておくのは決して無駄にはならない。あいつのことだから、一方的にこちらを利用するような真似はせず、最大限に便宜を図《はか》ってくれるはずだ。おれが望めば、世良朱実殺しの捜査情報も簡単に教えてくれるだろう。それは間違いなく、友梨の依頼のためには有利なことだった。

問題は、果たしておれに何ができるかだった。ハードボイルド小説に登場する探偵のように、行く先々で関係者がぺらぺらと喋ってくれれば苦労はない。現実はおととい味わったとおり、けんもほろろの応対をされるだけである。いっそ偽物の警察手帳でも買って、刑事の振りをしようかとすら思った。

と、いささか弱気なおれではあるが、手間が省《はぶ》けている面もあった。署長はおれの負担を減らすために、大関善郎の個人データをそっくり教えてくれたのだ。だからおれは大関が暮らしていた家の住所を知っているし、友人の名前もわかる。ゼロからのスタートでないだけ、まだましとは言えた。

大関善郎の父親はすでに死亡していて、母ひとり子ひとりの生活だった。おれはまず、この母親に会って話を聞こうと考えている。世良朱実のときと同様、故人の人となりを知るにはまず一番近い身内に会うべきだからだ。とはいえ、また門前払いを食らうのではないかと憂鬱《ゆううつ》なのだが。

署長に教えられた住所のそばで路上駐車し、歩いて家を探した。ほどなく、全体に微妙に傾いていそうな古ぼけたマンションに行き当たった。外廊下の手摺りは錆《さ》び、エントランスにある集合郵便受けのいくつかは破損している。照明が点いていないので昼なのに薄暗く、中に入っていくのにためらいを覚えさせるほどだ。大関親子の生活レベルが、この住居から見て取れるようだった。

事前にアポイントなど取っていないから、大関母が在宅しているかどうかはわからない。いたとしても、どうせ話も聞いてくれないに違いないと、おれはいささか拗《す》ね気味に諦めている。おとといの世良家の対応は、予想外に深い傷をおれの心に残しているようだ。繊細な自分がいとおしくも恨めしい。

目指す部屋は二階だったので、階段を使って上がる。呼び鈴《りん》は当然のようにインターホンなどではないので、住人は玄関先まで出てこなければならない。おれはボタンを押し、反応を待った。

「はい」

ドアの内側で、女性の声がした。おれは幾分投げやりに、自分が探偵であること、大関善郎殺しを再調査する必要があって動いていることを告げた。話すことは何もない、という返事を予想し、次はどこを訪ねようかと頭の半分で考えていた。

するを意外にも、ドアが内側から開いた。ドアチェーンもかけていない。顔を出したのは、六十前後と思われる初老の女性だった。

「探偵さん、ですか？　よろしければ、名刺をいただけますか」

このときほど、自分の名刺を差し出すのが嬉しかったことはない。さらに加えて、受け取った女性はしげしげと名刺を眺めると、なんと「お入りになりますか」と言ったのだった。

その場で万歳をしたくなるほど内心で歓喜爆発していたのだが、そんなことをすれば相手を驚かせるだけだ。おれは無表情を装い、「お邪魔します」と渋く告げた。探偵は常にこうあるべきなのである。

部屋の中は、外観ほど古びてはいなかった。手入れが行き届き、清潔に暮らしているのがひと目で見て取れる。だからこそ、突然の来客を迎え入れることができるのだろう。大関母は座布団を差し出しておれを坐らせると、手早くお茶を淹れた。

「どうして探偵さんが、善郎の事件を再調査しているのでしょうか」

大関母は丁寧な物腰の人だった。小柄で身だしなみもきちんとしているから、上品な老婦人といった趣《おもむき》である。快く受け入れてくれたこともあり、おれは多大な好感を抱いた。

とはいえ、この質問に即答するのは難しかった。世良朱実殺しとの関連を、現時点でぺらぺらと喋るわけにはいかないからだ。加えて、警察署長の依頼を受けて動いていると明かすこともできない。曖昧な答えでごまかすしかなかった。

「実はある人物から、再調査を依頼されたのです」

「ある人物？　どなたですか」

「申し訳ありません。それは守秘義務に反するので言えません」

せっかくこうして家の中まで入れてくれた相手に対し、こんな答えしかできないのは心苦しかった。だからおれは、よけいなこととはわかっていつつ、つけ加えずにはいられなかった。

「その人物は、善郎さんの事件が未解決でいることに心を痛めています。ですので、真相を明らかにするために私に調査を依頼したのです」

「そうですか……。どなたかわかりませんが、ありがたいことです」

大関母はそう言って、その依頼主がおれ自身であるかのように丁寧に頭を下げた。そうか、とおれはこの期に及んで心境を理解する。息子が殺されたのに犯人は捕まらず、無為に二年が過ぎ去ってしまえば、警察の捜査に対する不信も募《つの》る。そこに、一介の探偵とはいえ事件を再調査している人物が現れれば、親としては大歓迎だろう。きっと世良朱実の遺族も、時間が経てば同じ心境になるのではないか。おれのことを邪険にしたって自分たちの損だぞと、今なら言ってやりたかった。

「警察はその後、捜査の経過について報告に来ていますか」

なんら進展がないことは署長から聞いて知っていたが、おれはわざと尋ねてみた。大関母は、残念そうに首を振る。

「いえ、特に何も。もう捜査は打ち切られたのではないかとすら疑っています」

さすがにそんなことはないと思うが、事件発生直後の熱意が薄れているのは間違いない。やる気を失った警察よりは、おれの方が遙かに有能なはずだと意を強くした。

「警察はどんな質問をしましたか。善郎さんを恨んでいる相手に心当たりはないか、と訊かれたのではないですか」

水を向けると、そのとおりだと大関母は頷く。

「誰かに恨まれていないかとか、トラブルに巻き込まれていなかったかなどを訊かれました」

「で、実際どうなんですか？」

その線で行き詰まったからこそ、まだ未解決なのである。それはわかっていたが、やはり捜査の第一歩は交友関係の洗い出しから始めざるを得ない。

「息子もいい年をした大人ですから、家での顔とは別に社会での顔があったと思います。ですから、まったく誰からも恨まれていなかったとは言い切れません。でも、少なくとも私は、特に何も聞いていませんでした」

「そうですか」

母親に心当たりがあるくらいなら、警察がとっくに洗っている。トラブルとも言えない些細《ささい》なことが事件のきっかけになったのではないかと、おれは睨《にら》んでいた。

「どんな小さいことでもかまいません。善郎さんが亡くなる直前に、何かいつもと違うとか、不自然な素振りをしていたとか、思い当たることはありませんか」

「それは警察にも訊かれました。だからさんざん思い出してみたのですけど、何もなかったんです。残念ながら」

大関母は、そう言って肩を落とす。ならば仕方ない。おれは質問を変えた。

「では、善郎さんの性格について、伺わせてください。お母さんの目から見て、息子さんはどんな人でしたか」

美化された像しか語られないのはわかっていたものの、それはそれで参考になる。この後は大関善郎の友人にも当たる予定だが、認識に食い違いがあればそこは着目すべき点になるはずだからだ。

「……母ひとり子ひとりの生活ではありましたが、母親に特別優しかったかというと、そうではありませんでした。照れがあったのかもしれません。趣味に没頭するタイプだったので、自分の殻に閉じ籠っていることが多かったです」

表現を選ぶように、大関母は答えた。あまり美化してないな。どうやら大関善郎は、お世辞《せじ》にも親孝行な息子だったとは言えないらしい。

「趣味。どんな趣味をお持ちだったんですか」

この質問は、特に意図があって発したわけではなかった。次の質問に繋ぐための、相槌《あいづち》のようなもののつもりだった。にもかかわらず、おれは大関母の反応に「おや？」と首を傾げた。

「いえ、あの、それはちょっと——」

先ほどまではっきりした口調だったのに、とたんに曖昧になる。そんなに言いにくい趣味に耽溺《たんでき》していたのだろうか。美少女アニメとかか？

「警察には話したわけですよね」

警察が大関善郎の趣味を把握していて、その上で捜査に行き詰まったなら、言いたくないものを無理に言わせる必要はない。果たして、大関母は肯定した。

「はぁ、話しました」

依然として歯切れが悪い。事件とは関係なくても、どんな趣味だったのかと興味が湧《わ》いてきた。

「趣味を同じくする人同士で、集まったりしてましたか？」

これは興味半分、捜査に役立つかもしれないという期待半分の質問だ。だが大関母は、首を捻《ひね》るだけだった。

「いえ、会っているようではなかったです。今はほら、インターネットだけでやり取りできますから」

大関善郎の顔写真は、署長から見せてもらっている。ちょっと小太りのくせに、銀縁眼鏡の奥の目が神経質そうに見える風貌《ふうぼう》だった。言われてみれば、秋葉原《あきはばら》に行けばよく見かけるタイプである。きっと何か、特殊なオタクだったのだろう。

「その趣味は、お金がかかることでしたか？」

まるで、クイズに答えるためにヒントを求めているようである。大関母はまたしても曖昧に答える。

「たぶん、かかると思います……」

やっぱり美少女アニメかな。おれは当たりをつける。それを趣味とする当人は特に恥ずかしいと思っていなくても、親からすれば人には言いにくいだろう。フィギュアだのブルーレイボックスだのを集め始めると、金はいくらあっても足りないに違いない。親孝行などできないわけだ。

「善郎さんは独身だったそうですが、付き合っている人はいなかったんですか」

署長からもらったデータによれば、恋人はいなかったことになっている。今聞いた限りでも、いたとは思えない。だからこれは、単なる念押しである。

「いませんでした」

質問の矛先が変わったことに、大関母は露骨に安心したようだった。いい年をした息子に恋人のひとりもいなかったということを、胸を張って答える。オタクの親も大変だなと、おれは同情した。

「好きだった人もいなかったですか？」

「いませんでした」

大関母はきっぱりと言い切った。

3

あまり参考になる話は聞けなかったが、空振りは覚悟の上である。門前払いに比べれば、話を聞かせてもらえただけでも大収穫だ。大関善郎の人物像も、それなりに明確になったし。

続けて今度は、生前の大関善郎が一番親しくしていた友人と会うつもりだった。その人の名は小嶋光顕《こじまみつあき》。高校からの付き合いだという。おれは車に戻り、小嶋の携帯電話に連絡した。小嶋の名前も携帯電話の番号も、むろん署長から聞いたのである。情報の出所がばれたら、大問題になることは確実だ。おれは署長のためにも、口を堅くしておかなければならない。

ちょうど昼休みの時刻なので電話したのだが、繋がるかどうかは五分五分だと思っていた。電話に出られる状態でも、知らない相手からなら無視する人もいるだろう。だが幸いにも、小嶋はそこまで気にするタイプではなかったようだ。ほとんど無造作とも言える感じで、「はい、もしもし」と応じた。

おれは小嶋を驚かせないよう、極力丁寧に自分の身分を名乗った。再調査のために話を聞かせて欲しいと頼むと、気軽に承知してくれる。その心理は、大関母と同じなのだろう。死んだ友人のために、何かをしたいと考えたに違いない。おれは今晩会う約束をして、電話を切った。

約束の時刻まで体が空くので、大関善郎の遺体発見現場に足を向けてみた。河川敷には行ったことがあるが、月影に越してきたときにひととおり地理を確認するために、川沿いに車を走らせただけである。向こう岸には渡ってないし、自分の足で歩いてもいない。探偵たるもの、現場の空気を実感しておく必要があった。

四十分ほどで、河川敷に到着した。河川敷は野球場などに有効利用されているわけではないから、だだっ広い単なる空き地である。おれはそれを横目で見ながら、橋を渡った。川を越えれば隣県だが、風景が一変するなどということはない。田舎町の隣は、あくまで田舎町である。

路上駐車して、河川敷に下りた。キャッチボールをしている子供たちがひと組、川に糸を垂《た》れている釣り人が数人いるだけの、のどかな光景だ。ここだけは雑草を刈っているのか開けたスペースになっているものの、左右に目をやればまるで整備されていない様子でセイタカアワダチソウが生い茂っている。おれはそちらに向けて歩き出した。

季節がいいからか、セイタカアワダチソウはおれの身長以上に伸びていた。中に分け入っていくと、先ほどの開けたスペースが完全に見えなくなる。この中に死体が遺棄されていても、悪臭でも放たない限り誰にも気づかれないだろう。犬が見つけてくれたのは、故人にとってはほんのわずかな僥倖《ぎょうこう》だったと言えるかもしれない。

土手を上がって道一本向こうには、民家が建ち並んでいる。だが雑草が生い茂るこの辺りとはかなり距離があり、よほど大声を出さない限り多少の話し声は届かないだろう。まして、河川敷にはナイター設備なんてしゃれたものは備わっていない。夜になれば、ここで誰かが争っていても誰も気づかない可能性が高かった。警察の報告書でもわかることではあるが、やはり実際に訪れてみると、ここが殺害現場なのか他の場所から運ばれたのかの判断が難しいのはよく理解できた。

だらだらと歩いていまさら何も見つからないことを再確認してから、一度事務所に戻り、小嶋と待ち合わせたファミリーレストランに向かった。本当なら静かな喫茶店でも使いたいところだが、あいにくと月影にはそのような場所がほとんどなくなった。賑わっているのは、郊外のショッピングモールと国道沿いのファミレスだけ。おととい行った居酒屋などは、数少ない生き残り組である。この前はウーロン茶だけで帰ってしまったが、今後は贔屓《ひいき》にしてやろうかと考える。

席を確保するために早めに着いたので、待っている間に夕食を済ませた。食後のコーヒーを飲んでいると約束の時刻になり、数分遅れで男が入ってきた。テーブルの上に目印として置いていた封筒をちらりと掲げると、反応して近づいてくる。髪を七三に分けて紺のスーツをきっちり着ている姿は、サラリーマンの見本のようですらあった。実際、小嶋は真っ当な社会人の所作で挨拶をし、おれを喜ばせてくれた。この件に関わって以来、会うのは阿呆か調子外れだけだったので、今日になってようやくまともな探偵仕事をしている気分をしみじみと味わっている。

家に帰れば食事が用意されているとのことなので、小嶋はドリンクバーだけを頼んだ。自分の飲み物を取ってきて改めておれと向き合うと、おもむろに口を開く。

「なぜ今、大関のことを調べてるんですか」

おれが大関母にした説明と同じことを繰り返すと、釈然としないようではあったが、一応引き下がってくれた。

「わかりました。そういうことなら、あなたの依頼主について詮索するのはやめておきましょう。友人としては、今でも大関の事件を調べようとしてくれる人がいるのは嬉しいですよ。本当はぼくがやるべきことだったかもしれない」

おお、なんという真っ当な言葉。こてこての月影弁でないだけでも、好感度はぐっとアップした。

「小嶋さんは、大関さんとは高校の頃からのご友人だったそうですね」

署長からもらった資料によると、大関と小嶋はともに月影市内の高校を卒業していた。大学も一緒だったこともあり、友人関係が続いていたという。大関の人となりを訊くには、打ってつけの人物と言えた。

「はい、高校以来、親しくしていました。大関はあまり社交的ではなかったので、ぼくだけがただひとりの友達だったと言っていいかもしれません」

オタクにはオタクの横の繋がりがあるはずだが、そっち関係の知り合いを知らないということは、共通の趣味は持っていなかったのか。それでよく、付き合いが続いたものだ。

「では、大関さんはどんな人だったか、教えていただけますか」

持って回った言い方はやめて、ストレートに尋ねた。きっと生真面目に答えてくれるだろうと思ったからだ。果たして小嶋は、言葉を選ぶ様子で訥々《とつとつ》と語り始める。

「大関はいい奴でしたよ。確かに明るい性格とは言えませんが、その分真面目で、どんなことにもこつこつと打ち込むタイプでした」

見るからに真面目そうな人に真面目と言われるくらいなのだから、大関は本当に真面目だったのだろう。真面目同士だから、気が合ったのか。

「失礼を承知で遠慮なく伺わせていただきます。大関さんは定職を持たずに、アルバイトで生活していたわけですよね。一方、小嶋さんは会社にお勤めだ。そんな双方の環境の違いが、付き合っていく上で隔《へだ》たりになったりはしませんでしたか」

いくら高校大学を通じての友人でも、社会に出て環境や立場に違いができれば、話も合わなくなるだろう。小嶋が結婚でもしていようものなら、なおさら話題は重ならないに違いない。それなのに友情が続いたのはなぜか。やはり共通の趣味があるのか。

「もちろん、話が嚙み合わない面もありました。学生の頃のようにちょくちょく会えるわけでもありません。でも、なんと言いますか……。こんな言い方をしたら上から目線のいやな奴みたいですけど、大関には本当にぼくしか友達がいなかったんですよ。それがわかっていて疎遠になるのは、薄情というか……。もちろん、憐《あわ》れみで付き合っていたわけじゃないんですけど」

なるほど、言いたいことはわかる。ふたりの関係も、大関の人となりも、よく理解できる説明だった。

「大関さんと気が合ったのは、例えば同じ趣味を持っているとか、そういう理由があったからですか？」

小嶋との付き合いだけで大関が充分に満足していたなら、オタク同士の横の繋がりがなくても不思議ではない。この真面目そうな人も、美少女アニメが好きなのか。

「そうですね。お互いインドアが好きなタイプなので、本を読んだりドラマを見たりという点は共通していました」

小嶋は当たり障りのない答え方をする。おれはもう少し突っ込んでみた。

「他には、アニメとかですか？」

「アニメ？　いえ、ぼくはアニメはほとんど見ないですね。大関はたぶん見てたと思いますけど、どんなものが好きだったかは知らないです」

では、長年の友達にも自分の趣味は話していなかったわけか。どんな外聞を憚《はばか》るアニメを見ていたんだ。

「小耳に挟んだところでは、けっこう特殊なアニメだったとか？」

鎌をかけてみた。小耳に挟むとは、情報源を明かしてはならない探偵にとって至極都合のいい言い回しだ。小耳ってどこの小耳だ、と訊き返されると困るのだが、人がよさそうな小嶋はそんな反撃はしてこない。それどころか、目に見えて挙動が不審になった。

「い、いや、知らないですね。あいつの趣味については、ぼくは何も知らないです」

白《しら》を切るには、もう少し演技力が必要だ。目を泳がせてはいけないし、言葉につっかえてもいけない。小嶋の態度は、知っているけど言えませんと答えているも同然だった。どうやら大関の趣味とは、一般人にとっては口にするのも恥ずかしいものらしい。

しかし、おれはここで考えてみた。大関の趣味がその特殊性故《ゆえ》に着目すべきことであれば、警察の捜査資料に明記されているはずではないか。何も書かれていなかったということは、やはりさほど過激なものではなかったのでは。この点を突っ込んで訊く必要性が本当にあるのか、おれは疑問を覚えた。

「わかりました。では逆に、大関さんを恨んでいる人について、心当たりはありませんか。何かのトラブルに巻き込まれて悩んでいた、なんてことは聞いていませんか」

警察がとっくに尋ねていることであろうが、おれも訊かないわけにはいかない。警察には言えなかったこと、あるいはその後思い出したことでもないかと、虫のいい期待をした。

「それが、まったく心当たりがないんですよ。なんで大関みたいな奴が殺されなきゃならないのか、不思議で仕方がないです」

しかし残念ながら、そう都合よくはいかなかった。現実はこんなものか。結局大関母からもこの小嶋からも、これという情報は引き出せずじまいだった。おれの聞き込み能力に問題があるのだろうかと、少し落ち込んだ。

4

小嶋と別れて、車を事務所に向けた。おれの事務所は住まい兼用である。四六時中依頼に備えている、と言えば聞こえはいいが、要は家賃の節約のためだった。部屋をふたつ借りるほどの経済的余裕は、残念ながらないのである。

月極駐車場に車を停め、徒歩で事務所が入っているビルに戻ろうとしたときだった。ビルの前にふたつの人影があることに気づき、おれは訝った。ビルには他にもテナントが入っているから必ずしもおれの客とは限らないが、どこの事務所もすでに閉まっている時刻である。待っていたところで帰ってくるのは、おれだけのはずだった。

なんとなく不穏なものを感じながらも、他に行く当てもないので警戒しながら近づいていった。すると向こうもこちらに気づいたらしく、吸っていたたばこを路上に捨てて踏み消した。公共マナーが向上した昨今、そんな不作法をするような輩《やから》の職業は限られている。ヤクザか警察だ。どちらにしても、あまりお近づきにはなりたくない人種だった。

「あんたらはヤクザか、それともデカか」

この質問は、声に出したわけではない。心の中で言ってみただけだ。声に出して言ってみたいなぁ、と思っただけである。むろん、そんな命知らずなことは実際にはしない。できることなら、踵《きびす》を返してこの場から逃げ出したかった。

「ようやくお帰りか。商売繁盛で何よりだな」

濁声《だみごえ》が、おれに向けられた。相手の容姿が観察できるほど、彼我の距離が縮まる。よれよれのスーツに、らっきょうみたいな輪郭。目つきはお世辞にもいいとは言えず、道ですれ違えば確実によけて通るだろう。　スーツがいかにも安物っぽいから、ヤクザではなく警察だなと見当をつけた。ヤクザよりはましなので、密《ひそ》かに胸を撫で下ろす。

おれは無視して通り過ぎようとした。正確には、喉が強張って声が出なかったのである。そんなおれの肘を、口髭を生やしたもうひとりが摑んだ。眉を思いっ切り寄せて、「無視かよ」と凄《すご》む。

「お前、何様のつもりだよ」

これが噂に聞く、悪徳刑事という奴か。ビビりつつも、実は少し嬉しかった。探偵に悪徳刑事が絡んでくるのは、ハードボイルドの常道である。おれもようやく、真の探偵に一歩近づけたように思った。

「あのう、どなたかとお間違えではないでしょうか」

一応、「探偵だよ」と応じたつもりだった。だが口から飛び出したのは、生来の品のよさが滲《にじ》み出た言葉であった。自分の上品さが憎い。

「お前、ここの事務所の探偵だろうが」

顔の距離を十センチくらいまで近づけてきて、男はビルに顎《あご》をしゃくる。これくらい近寄って初めて気づいたが、男はパンチパーマをかけていた。すごいな、と素直に感心する。これが本物の刑事か。とても真似できない。

「違いますよ。人違いです」

これも一応説明すると、「探偵だったらどうだと言うんだ」と答えたつもりである。おれの口には、自動翻訳機のようなものが備わっているようだ。

「とぼけるんじゃねぇよ。こっちはお前の顔を把握してるんだ。十村っていう自称探偵だろ」

自称と言われ、カチンと来た。先週までのおれは、確かに雌伏《しふく》を強いられていた。だが今は、自他ともに認める探偵である。だからこそ、こうして悪徳刑事に絡まれているのではないか。

「誰が自称だ。そういうお前らはヤクザか」

そう凄みながら、相手の胸倉を摑んだ。つもりだ。実際には口も手も、なぜかぴくりとも動かなかった。

「お前、今なんの件でちょろちょろ動き回ってるんだ」

逆にパンチパーマに胸倉を摑まれた。たばこ臭い口臭が漂《ただよ》ってきて、不愉快この上ない。なんだってこんな悪相の男と急接近しなければならないのか。どうせ顔を近づけ合うなら、若い美人がよかった。

「な、なんの件と言われましても」

この質問でようやく、おれは思考能力を取り戻した。こいつらはなんのために、おれを待ちかまえているのか。おれの動きが目障《めざわ》りだから、牽制《けんせい》しに来たとしか思えない。だがなぜ警察が、おれを目障りに感じるのだろう。おれが何をしたと言うのか。

「全裸美人殺しの件を嗅ぎ回ってるそうじゃないか。とぼけたって無駄だぞ。調べはついてるんだ」

こちらの期待に背かない、まさに型どおりの台詞を口にしてくれるのは嬉しいのだが、依然として不思議なことに変わりはなかった。おれは今のところ、目立った動きをしている自覚はない。認めるのは忸怩《じくじ》たるものがあるが、素人《しろうと》でもできることしかやっていないと言ってもいい。自分の行動の何が警察を怒らせたのか、まるで見当がつかなかった。

「いや、あ、あのですね、警察の皆さんのお手間を少しでも軽減しようと、善良な市民のひとりとしての義務を果たしているに過ぎないんですが……」

おれの言葉に卑屈な臭いが感じられたら、それは単なる勘違いだから気にしないで欲しい。

「そういうのが邪魔だって言ってるんだよ。小者は小者らしく、引っ越しの手伝いでもしてろ」

またしてもカチンと来た。誰が小者だ！　と怒鳴《どな》る。心の中で。

それよりも、こいつらがおれについてしっかり調べてから来ていることが気になった。事件捜査で忙しい警察が、なぜ一介の探偵について調べているのか。きな臭い、とおれの探偵としての本能が訴えていた。

「わ、わかりました。そうします」

おれは素直を装って答えた。あくまで装ったのだ。金持ち喧嘩せず、というやつである。

こちらがまったく反抗しなかったことに面食らったのか、パンチパーマはきょとんとした顔をして、胸倉を摑んでいる手を離した。

「わ、わかればいいんだよ。お前、意外と素直だな」

なんか誉められた。こちらを見る目が少し変わったようだった。

「まあまああまあ」

そこに割って入ったのが、最初の一声以来沈黙を保っていたらっきょう顔だった。おれとパンチパーマの肩を同時に叩きながら、濁声で言う。

「ハネダくん、こいつはけっこう曲者だぞ。口では素直そうなことを言ってて、腹の中で舌を出してるタイプだ」

ばれたか。

「なあ、探偵」

らっきょう顔は馴れ馴れしく呼びかけると、おれの肩に今度は肘を置いて体重をかけてきた。あのう、重いんですが。

「おれたちが何者だかわかるか。幼稚園の先生じゃないぞ。けーさつの方から来たんだ、けーさつの方から」

警察の方からって、まるで安手の詐欺師のようである。指摘してやろうかと思ったが、相手を傷つけても悪いので黙っておいた。

「見たことあるか、警察バッジ？ ないだろう。見たいだろう。よしよし、見せてやろう」

おれは何も答えてないのに、らっきょう顔は懐《ふところ》から手帳状の物を取り出して開いた。縦に開くそれは、上部に身分証明書、下部に警察のバッジを備えていた。実を言えば、警察バッジを見るのは初めてである。けっこう嬉しい。

身分証明書部分には、《成田《なりた》》という名前が書かれていた。こいつが成田で、まさか相棒は《羽田《はねだ》》なのか。冗談みたいなコンビだな。

「偽物じゃないぞ。本物だからな。おれたちみたいな上品な人間はとてもけーじに見えないだろうが、一応これでもけーじなんだよ」

ここは笑うところなのだろうか。本気で悩んだ。

らっきょう顔の成田は、警察バッジを閉じるとそれでおれの額をぴしゃぴしゃと叩く。

「だからね、おれたちを舐《な》めると怖ーいんだぞ。善良そうに見えるだろうけど、ヤクザだって避けて通るんだからな」

ヤクザの気持ちはよくわかる。

「警察を馬鹿にしちゃいけないんだ。わかるか？　警察を舐めるとな、えーぎょう停止なんていう事態になっちゃうかもしれないんだよ。残念だろ。そうなったら、片づけられない女の家に上がり込んで掃除とか、ばーちゃんの買い物の手伝いとかもできなくなっちゃう。おれたちも優しいからさ、ちっぽけな虫みたいな探偵を苛めたくはないわけさ。わかる？　おれたちの優しさ」

ぜんぜんわからない。わからないが、なぜか首が勝手にがくがくと縦に動いた。

「わかるか。そーか、いやいやいや、話がわかる相手で助かるよ。おれたちもねぇ、ホントに忙しいわけさ。なんたって、全裸美女の殺人事件だよ、ぜんら。張り切り過ぎちゃって、寝る暇もないんだ。こんなとこに寄ってる時間があるなら、家に帰って寝たかったんだよ」

そうしていただいて、いっこうにかまわなかったのに。お手間は取らせませんから、もう二度と寄らないでください。

「一応言っておくとな」

終わりかと思ったら、成田はしつこくつけ加える。いったいなんだって言うんだ。

「おぼっちゃん署長に泣きついたって、なんにもならないぞー。二年も経《た》ちゃいなくなるキャリアなんて、おれたちには屁でもないんだ。泣きついたりしたらかわいがってやるから、覚悟しとくんだな」

成田はおれの頰を抓《つま》み、遠慮なく捻り上げる。痛い痛い痛い痛い。勘弁してくれよ。

「わわわ、わかりました。あなたたちのことはひと言も言いません。約束します」

繰り返しになるが、おれの台詞が卑屈に聞こえたとしても気のせいである。あくまで、相手を欺く方便に過ぎない。

「そーかそーかそーかそーか。素直な若者はかわいいなぁ。じゃあ、おじさんに名刺くれる?」

成田はおれの頰から手を離すと、そのまま掌《てのひら》を突き出してくる。おれは言われたとおりに、その上に名刺を載せた。

「けーたいの番号も書いてあるね。よしよし。じゃあ、ちょくちょく電話してやるから。メル友じゃなくって、電友って言うのか？」

そんな言葉はないし、そんな友達にもなりたくない。

「二度とおれたちの前に顔を出すなよ、探偵くん」

最後に成田は、手加減抜きでおれの背中を叩くと、謎の高笑いを残して相棒とともに去っていった。なんなんだ、いったい。おれは今のひと幕の意味がわからず、唖然《あぜん》としてふたりの背中を見送った。

5

ようやく事務所に落ち着き、刑事たちが現れた意味について考えた。おれはまだ、世良朱実殺しの調査で目立った動きをしていない。コーに会い、居酒屋で阿呆な友達どもの話を聞いただけだ。しかも聞いたのは、世良朱実の幽霊が出たなどという間抜けた話である。刑事の癇《かん》に障る動きとは、とうてい思えない。

となると、大関善郎殺しで動いたことがいけなかったのか。それ以外に考えられなかった。正確に言えば、ふたつの事件を関連づけて動いたために逆鱗《げきりん》に触れたのではないか。警察は署長の推理を端《はな》から相手にしなかっただけだと考えていたが、実はわざと無視していたのかもしれない。

警察は署長が指摘するまでもなく、ふたつの事件の繋がりに気づいていたのか？　それなのに何もしていなかったのはなぜだ。単に面倒だったからか。少し前ならまさかと思うところだが、今なら充分にあり得ると考えざるを得ない。嘘でしょと思わず言いたくなる不祥事を起こすのが、最近の警察である。隣の県警との連携が面倒臭いからというのは、れっきとしたサボる理由になる気がした。

それなのに、警察庁から来たお偉いキャリア様が、自分たちのサボりを暴こうとしている。あいつらが青くなるのも当然だ。だから慌てて押しかけてきて、おれを牽制したのだろう。なんという卑劣な奴らか。今度会ったら、毅然《きぜん》とした態度で非難してやらなければなるまい。まあ、もう二度と会うことはないと思うが。

ともあれ、いくらふらっきょう顔の成田に口止めされても、この件は署長の耳に入れずにはいられない。あいつらはおれだけでなく、署長まで舐めているのだ。いや、問題はそれだけにとどまらない。ふたつの事件の関連について気づいていながら捜査を怠っていたなら、市民に対する重大な裏切りでもある。断固糾弾《きゅうだん》しなくてはならないことだった。

そして、警察がそんなに怠慢だとわかったからには、他にも同一犯による殺人の疑いがある事件が眠っているのではないかと気になった。署長はこの月影では未解決殺人が多いと言っていたではないか。足に十字の傷がある死体ではなくても、他に繋がりらしきものが見つかるかもしれない。そんな推測の下《もと》に、おれは過去の未解決事件についても調べてみることにした。

小一時間ほど、パソコンと向き合った。その結果、月影市内で起きた未解決事件はすべて判明した。被害者の年齢や性別はそれぞればらばらである。大人もいれば、まだ五歳の幼女もいた。そしていくら調べてみても、それらの事件の間に共通点は見つからなかった。警察の怠慢のせいにするまでもなく、別個の事件と考えるのが妥当だ。

なんとなくすっきりしなかった。おれはこれまで、警察は馬鹿らしいミスを犯すことはあっても、基本的には真面目に働いているものと思っていた。しかし意図的に手抜きをしているのだとしたら、形の上では解決している事件も、本当に警察が真相に辿り着いていたのか怪しくなってくる。もしかしたら容疑者が無実を主張しているのに、警察が聞く耳を持たずに逮捕してしまった事件があったかもしれない。そんなでっち上げの中に、被害者の足に十字の傷がある事件が紛れていたとしたら。

調べる価値は大いにありそうだった。とはいえ、調べなければならないことが膨大すぎて、おれひとりの手には余る。こんなときこそ、外に出られず暇を託《かこ》っている署長の出番だろう。過去数年間の事件の洗い直しを、今度提案してやることにする。

時刻は午後九時を回っていた。そろそろ風呂にでも入ってオフタイムとしたいが、最後にやるべきことが残っている。依頼主への、今日一日の調査報告だ。おれはそれを文章にしようとし、ハタと困った。今日の調査を、友梨にいったいどう報告すればいいのか。

コーの無実を証明するために大関善郎という人物について調べていた、と報告したところで、大関とは何者かと問い返されるに決まっている。署長から示唆があったことは言えないし、まして両方の事件の共通点は漏らすわけにはいかない。となると、おれは友梨から金をもらって別の事件を追っていたかのようではないか。客を絶対に裏切らないことを信条としているおれが、思わぬ窮地に追い込まれてしまった。

やむを得ず、前提条件は明かせないが必要があって調べていた、と書くことでお茶を濁した。こんな報告で納得してくれるかなぁと不安に思いながら、メールで報告書を送る。すると五分も経たないうちに、おれの携帯電話が鳴り出した。タイミングからしていやな予感がしたのだが、手にしてみると発信人の名前は案の定友梨だった。

「もしもし」

応じると、息せき切った様子の声が耳に届く。

「友梨です。報告書ありがとうございました。さっそく読んだんですけど、なんですかこれ？」

曖昧な説明は許さないという意思が、少し早口になった口調に滲んでいるかのようだった。参ったなと思いつつ、言葉を返す。

「書いたとおりだ。二年前に起きた大関殺しと世良朱実殺しの間には、繋がりがあるとおれは考える。だから調べていたんだよ」

「それはわかりますよ。そう考えた根拠が知りたいんですが」

「悪いが言えない」

「どうしてですか！」

友梨は電話に嚙みつかんばかりだった。姉はもっと穏やかな性格だったのに、まるで違う。少しは姉さんを見習え、と言ってやりたかった。

「わかってるだろうが、探偵には守秘義務というものがあるんだ。おれに情報をくれた人のためにも、秘密は守らなければならない」

「それは部外者に対してでしょ。あたしは依頼人ですよ。あたしに報告しないなんて、そんなの許されないですよ」

友梨の剣幕に負けたのか、言ってることはもっともと思えてくる。いやいや、ここで言い負かされては駄目だろう。おれは受話器を握り直して、反論の言葉を探した。

「最終的に必要があると判断すれば、キミにすべてを報告する。だからまだ調査の途中でしかない今は、あまり根掘り葉掘り訊かないでおれを信用してくれ」

「いやです」

きっぱり言われてしまった。おれの言い分もそれなりに筋が通っていると思うのに、ここまで簡潔に拒絶されると二の句が継げない。口をぱくぱくさせてなんとか次の言葉を捻り出そうとしていたら、友梨はさらにおれを面食らわせた。

「埒《らち》が明かないから、今からそっちに行きます。事務所にいるんですよね。逃げないでくださいよ」

ええっ？　今からここに来ると言うのか。夜の九時過ぎだぞ。若い娘が男のひとり暮らしの部屋に来る時刻じゃないだろう。そんなふうにオヤジ臭い説教をしようとしたのに、電話はとっくに切れていた。

第四章　タフな調査に女はいらない

1

風呂に入ってゆっくり寛《くつろ》ごうと思っていたのに、着替えるわけにもいかないではないか。ひとり言でぶつぶつ文句を呟いていたら、三十分もせずに友梨がやってきた。しっかり化粧までしている。身支度が早いのか、それとももともと外出中だったのか。

「あの報告書はなんですか？　大関善郎って何者ですか？　あたしの依頼とどう関係があるんですか？」

出迎えたおれに、挨拶もなくいきなり質問を浴びせてくる。曖昧な報告に腹を立てているのか、事態の進展に興奮しているのか、詰め寄る勢いがすごい。双方の顔の距離が十五センチくらいしかないのではないだろうか。おれは慌てて身を遠ざけ、まあ落ち着けとソファに坐るよう促した。

「そんなにいっぺんに訊かれても、答えられないよ。坐って話そうじゃないか」

実は沙英そっくりの顔を間近に見てどきっとしたのだが、内心はおくびにも出さずに余裕ある大人として振る舞う。友梨は渋々といった体で、おれの正面に腰を下ろした。

「とはいえ、キミの質問すべてにひとつの返事だけで答えられる。報告書に書いたとおりだ。以上」

こんな返事で納得するくらいなら、夜に押しかけてきたりはしないよな。そう思いながら答えたのだが、案の定友梨は眉を吊り上げるだけだった。

「その報告書がわけわからないから、こうしてわざわざやってきたんでしょ。意味がわかるように、ちゃんと説明してくださいよ」

友梨はテーブルの天板を平手で叩いて、身を乗り出す。けっこう怖い。おれは両手を突き出して相手を押しとどめ、勢いを削《そ》ぐ努力をした。

「ちょっと待て。コーヒーでも飲むか。淹れるけど」

「こんな夜に、コーヒーなんていりません」

「あ、そう。じゃあ、ウーロン茶でも」

「持ってきましたからけっこうです」

そう言って友梨は、自分のバッグからペットボトルを出し、ぐいぐいと飲み始める。これはちょっとやそっとの説明では納得してくれそうにないなと、おれはいささかげんなりした。

「で、大関善郎って何者ですか。どこから出てきた名前ですか」

ペットボトルをテーブルの上に音を立てて置くと、友梨は真っ直ぐにおれを見据えて問い質した。目尻が切れ上がっているので、真正面から視線を向けてくると迫力がある。せめてこんなに姉に似ていなければ、おれももう少しうまくあしらえるのにと密かに慨嘆《がいたん》した。しかも似ているのは外見だけで、性格はまるで違う。沙英に別人が憑依《ひょうい》したかのようで、始末が悪いことこの上なかった。

「さる筋から聞いた名前だ」

「署長ですか」

どうしたってこういうやり取りになるよなぁ。避けようがなかったのだと、自分に言い訳をしておく。

「電話でも言ったが、情報源については何も明かせない」

「何かっこつけてんですか。十村さんが大事な情報を摑んだとしたら、情報源は署長以外にいないでしょ」

ずいぶん見くびられた物言いだが、それが当たっているから何も言い返せない。友梨はさらに勢いに乗って、責め立てる。

「いちいち守秘義務だのなんだのって言わなくても、あたしは他の人に漏らしたりしないですから、さっさと全部教えてくださいよ。もう、面倒なんだから」

そう言って、腕を組んだ上に脚も組み、ソファの背凭《せもた》れに寄りかかった。これではどちらが年上だか、さっぱりわからない。おまけにこちらは、腕組みをしたせいで大きさが強調された胸元に、不覚にも目を奪われている。こういう場合に使うべき言葉は、やはり「たじたじ」だろうか。

「絶対誰にも言わないな」

大きな胸元から視線を引き剝がし、今度はおれが身を乗り出した。友梨は腕組みをしたまま、横柄《おうへい》に頷く。

「言いません」

「親にも言うなよ」

「言いませんって」

しつこいな、という内心の声を雄弁に物語る冷ややかな視線を浴びせられ、おれはしょげかえった。どうしてこんな小娘相手に、一方的に押しまくられなければならないのか。せめて顔が沙英に似てなく、胸がもう少し小さければと、内心で負け惜しみを呟く。

「実は世良朱実の遺体には、特徴的な傷跡が残されていたんだ」

諦めて、打ち明け始める。探偵としての良心の呵責《かしゃく》は大きかったが、こうなったら友梨の口の堅さを信用するしかなかった。

「特徴的な傷跡？　どんな？」

すかさず友梨は尋ね返してくるが、いくらなんでもそこまで詳しくは言えなかった。

「それは知らない方がいい。知らなくても話は理解できるから、我慢してくれ」

譲歩を求めると、少しは言うことを聞くべきとでも思ったか、友梨は納得してくれた。

「わかりました。で？」

「大関善郎は、二年前に殺人事件の被害者になっている。事件は未解決のままだ。その大関にも、同じ傷跡が残されていたんだ」

「えーっ！」

友梨はふたたびテーブルに手をつき、中腰になった。そういう姿勢になるときは、胸元を押さえた方がいいと思うのだが。これ幸いと凝視できず、つい視線を逸らしてしまう自分の気弱さが恨めしい。

「それ、大変な話じゃないですか。連続殺人かもしれないわけでしょ。署長から聞いたってことは、警察は気づいているんですね」

少し早口になって、当然の質問をしてくる。しかしおれとしては、曖昧な返事しかできない。

「警察は気づいているかもしれないが、少なくとも現在は何もしていない」

「どうして？」

大関の死体は隣県で見つかったこと、署長はキャリアで箱入り娘的扱いを受けていること、だから現場の人間はまったく話を聞いてくれないこと、などを説明する。友梨はソファに落ち着き、また腕を組んだ。

「隣の県だっていうだけで、警察はそんなに連携できないんですか。おかしいじゃないですか」

「おかしくても、それが現実だ。警察もまずいことになったとは思っているのかもしれない。だからついさっき、刑事が来ておれに警告していったよ」

強面《こわもて》の刑事たちとおれが互角に渡り合った話をしてやった。感心するかと思いきや、軽く流される。

「もちろん、言われてすごすご引き下がるわけじゃないですよね」

「当然だ。調査は続行するし、あいつらのことは署長に知らせないとな」

「十村さん、意外と腹が据わってますね。見直したわ」

見直したって、じゃあこれまではどう思っていたのか。あまり評価されていなかったことが判明し、軽く落ち込んだ。

「それで、これからどうするんですか。大関善郎の件も調べ続けるわけですよね」

「そのつもりだ。連続殺人だってことが判明すれば、コーの無実を証明することにもなるかもしれない。あいつと大関の間に、利害関係なんてないだろうからな」

言い切ると、友梨は軽く眉を寄せてなにやら考え込む表情をした。おれはただ馬鹿みたいに、友梨が口を開くのを待つ格好になる。どうして主導権を握られてしまうのか、なんだか納得がいかない。不本意この上ないが、かといって早く帰れと友梨を追い立てることもできずにいた。

「わかりました。じゃあ、そのまま大関の件も調べてください。その代わり、今後はできるだけあたしも一緒に行動します」

「えっ？」

何が「その代わり」なのかよくわからなかった。どうして今の話の流れで、そういう結論になるのだ。

「ちょっと待て。探偵仕事は子供の遊びじゃないんだぞ」

「わかってますし、あたしは子供じゃありません」

「おれから見れば子供だ。それに素人だ」

「十村さんはプロだって言うんですか」

「あ、当たり前だろう。プロだから、悪徳刑事に対してだって言うべきことは言える。でも、キミまで庇うことはできないぞ」

「足手まといにはなりません。むしろ、役に立てると思うんですけど」

「どんなときに？」

「あたしは月影生まれの月影育ちだから、地元の人脈が十村さんより広いです。聞き込みでも、十村さんひとりで行くより相手も警戒しないと思うんですよね」

一理あるかもしれない。世良朱実の遺族に門前払いを食らったトラウマは、おれの心に根深く残っていた。

「逆にキミの存在が邪魔になる局面だってあり得る。むしろ、そういうことの方が多いはずだ」

「そんなときは、ちょっと席を外しますよ。四六時中べったりくっついている、なんて言ってませんから」

いや、もちろんそんな期待はしてないぞ。

「仕事はどうするんだ。休みの日だけついてくるつもりか」

「有休が溜まっているので、休暇を取ります。今は暇な時期だから、ちょうどいいです」

うーむ、言い返す言葉がなくなってしまった。これが他の女だったら敢然《かんぜん》と撥《は》ねつけているところなのだが、沙英の妹ではどうも強く出られない。こちらは最初からハンディキャップを背負わされているようなものだった。

「どうして、そうまでして調査に加わりたいんだ？　そんなにコーのことが心配なのか？」

実は一番引っかかるのがその点だった。コーとは別れたんじゃないのか。

「そんなんじゃないですよ。あいつとのことはあたしの黒歴史なんですから、思い出させないでください」

いかにもいやそうに、友梨は顔を歪める。黒歴史という表現は、まさにそうなのだろうなとおれを納得させた。

「じゃあ、なぜだ。おれと一緒にいたいのか」

当然、これは軽口だ。専門用語で言うと、ワイズクラックというやつだ。探偵たるもの、ワイズクラックのひとつやふたつは常に言えるようでなければならない。

「まさか。単に面白い展開になったから、見逃せなくなっただけですよ」

まさか、という言葉は、鼻で嗤《わら》うようにして発せられた。何もそんな言い方しなくたっていいじゃないか。おれは密かに、激しく傷ついていた。

「では、あたしは明日の九時にはここに来ますから。それまでにちゃんと目を覚まして、顔を洗っておいてくださいね」

人を傷つけておきながら、小娘は軽やかに言い残して去っていった。風呂に入って寝るばかりだったのに、最後の最後にどっと疲れた気分になった。

2

翌朝、友梨は宣言どおりに朝九時には事務所にやってきた。目やにがついた顔で出迎えるわけにはいかないので、おれも渋々早起きした。きちんと着替え、コーヒーを一杯飲んで目を覚ましておく。友梨は元気に「おはようございまーす」などと言って、中に入ってきた。

「あっ、いい匂いしますねぇ。コーヒー、まだ残ってます？　残ってるなら一杯飲みたいな」

「あるぞ。トーストでよければ、朝飯もある。おれはこれから食べるから」

「コーヒーだけでいいです。十村さん、いくらあたしがお姉ちゃんと似てるからって、重ねないでくださいね。お姉ちゃんと一緒に食べた朝ご飯が忘れられないんじゃないでしょうね」

人の心に遠慮会釈なくずかずか踏み込んでくる女だ。実はちょっとそういう気分があったから、見透かされてばつが悪かった。

「沙英のことは忘れた」

「またまたぁ。未だに忘れられないって、顔に書いてありますよ。あたしが顔だけじゃなく、性格まで似てればよかったのにね。あいにくでしたね」

本当にあいにくだよ。

「沙英はよけいなことは喋らない女だった」

おれがそう言いながらコーヒーカップを目の前に置くと、友梨は少し臍《へそ》を曲げたようだった。

「えーえー、あたしはよけいなことをべらべら喋る女ですよ」

コーヒーカップを取り上げ、窓の方を向いて飲み始める。比較されて拗ねるということは、いい女だった姉に対してコンプレックスでも抱いているのだろうか。少しはかわいいところがあるじゃないかと、おれは友梨の背中を見ながら考えた。静かになったので、今のうちにとトーストを齧《かじ》る。

「で、今日は何をするつもりなんですか」

おれが食べ終わるのを待っていたのか、皿を片づけようとしたら友梨は話しかけてきた。キッチンに立ち、食器を洗いながら答える。

「大関善郎の交友関係を遡《さかのぼ》る。世良朱実との接点が見つかれば、話は早いからな」

「あ、そうそう。その大関さんについて、これまでの調べでわかったことがあるでしょ。それを聞かせてくださいよ」

どうしてお前に聞かせなければならないのか、という言葉が喉元まで出かかったが、あえて呑み込んだ。いちいち逆らうと、言葉が三倍にもなって返ってきてむしろ面倒臭い。一緒に行動するなら、さっさと説明した方が楽だった。

おれは大関母と小嶋から聞いた話を、掻い摘《つま》んで伝えた。大関の趣味が美少女アニメ、それもちょっと口にしづらい類のものだったようだと話すと、友梨は露骨に顔を顰める。

「えー、大関って人、三十八歳ですよね。それで人には言えない美少女アニメが趣味って、気持ち悪いんですけど」

　至って率直な意見だと、おれも思うよ。でももう亡くなっている人のことなんだから、あまり言ってやるなよ。

「独身だったんだから、別にいいじゃないか。人に迷惑はかけてなかったんだし」

　おれの言葉に対し、友梨は納得がいかない様子で「そうかなぁ」とぶつぶつ言っている。かまわず、今日の調査方針を宣言した。

「ともかく、大関の過去を知る人を探す。死亡当時はほとんど引き籠りのような生活を送っていたらしいから、高校や大学時代に遡るしかないな」

「でも、それって二十年近く前のことになるわけですよね。そんな昔の話より、動機はやっぱり最近のことじゃないですか」

　友梨は生意気にも反論してきた。だから、小嶋以外には付き合いがなさそうなんだって。

「一番の友人である小嶋が言うには、他に友達はいなかったそうだ」

「そんなことないんじゃないですか。そういう特殊なジャンルが好きなら、同じ趣味の友達がいたはずですよ」

　おれも一度はそう考えた。しかし、そっち関係の知り合いは知らないと小嶋が言うのだから、手繰りようがないではないか。

「じゃあ、もう一度母親に当たって、大関のパソコンを探らせてもらうか」

「息子の趣味を外聞が悪いと考えていたんなら、パソコンなんて触らせてくれるわけないですよ。そんな楽しようなんて考えないで、探偵の基本は足なんじゃないんですか、足」

素人の小娘に窘《たしな》められていささかムッとしたが、言っていることは正しい。おれだって楽をしようと考えているわけじゃないよ。でも、足を使って何をすればいいのか。

「こんな田舎町でも、アニメショップは何軒かあるじゃないですか。中にはエロ系のアニメを扱っているところもありますよ。そういうところに行って、大関が出入りしてなかったか訊いてみたらどうですか。店の常連の中に、趣味友達が見つかるかもしれないし」

なんだ、役に立つことを言うじゃないか。それはナイスアイディアだ。おれが思いつかなかったことが恥ずかしくなる。

「悪くない考えだから、少し検討しよう」

それでも素直に認めるのは悔しいからもったいをつけたのだが、友梨はこちらの言葉など聞いていなかった。

「そうと決まれば、さっそく出発しましょう。ほら、何をぐずぐずしてるんですか。歯も磨かないんですか」

お前は古女房か。そんなことまで心配してもらう必要はない。内心でだけ反論をして、言われたとおり洗面所で歯を磨く。あまり早く出発しても店が開いていないんじゃないかと思ったら、友梨が許可も取らずにおれのパソコンをいじっていた。

「取りあえず、《メコス》の中のショップは十時から開いてますね。まずここに行きましょう」

「おい、大事な情報が入ってるパソコンなんだから、勝手に触るな」

「そんなに大事なら、パスワードロックくらいかけたらどうですか。見放題なんですけど」

わざわざここに忍び込んでまでパソコンを覗く人なんているわけがないから、ロックをかけてなかったんだよ。寂しいことを言わせるな。

朝からペースを握られっぱなしで、早くも疲労感を覚えていた。いっそ車の運転は友梨にやらせようかと考えたが、そんなこちらの気も知らず、ちゃっかり助手席に収まっている。いい気なものである。

「仕事、昨日の今日で有休取れたのか?」

車を出してから、気になっていたことを尋ねた。友梨は前を向いたまま、あっさり答える。

「はい。大丈夫でしたよ」

「そんなに楽な職場なのかよ」

社会人が事前の根回しもなくいきなり有給休暇を取れるはずがないので、今日はまず間違いなくやってこないだろうと思っていたのだ。よほど社員の我が儘《まま》に理解がある会社に違いない。

「楽じゃないですよ。ふだん大変だから、休むときには休ませてくれるんじゃないですか」

友梨はそう言い張るが、おれは「ふーん」と話半分に聞いておく。ともあれ、少なくともこの二、三日くらいはおれにくっついてくることが確定したようだ。迷惑な話である。

《メコス》には、三十分もあれば着く。ちょうど開店時刻なので、駐車場にはぞくぞくと車が入っていくところだった。おれも車の列に並び、入場の順番を待つ。

五分ほどしてようやく停められたので、真っ直ぐにDVDショップを目指した。友梨の説明によれば、ここはアニメに特化した店ではないが、品揃えが豊富なので、エロ系もあるらしい。興味がないから、ぜんぜん知らなかった。

店はかなり広く、CDやDVD、ブルーレイはひととおり揃っているようだ。コーナーごとに作品傾向が違っていて、奥まった部分にはカーテンで仕切られた一角がある。あれがアダルトコーナーだろう。

「おいおい、ついてくるなよ」

奥に足を向けようとしたら、何食わぬ顔で友梨も行動をともにしようとする。若い女が入っていいコーナーじゃないだろ。

「どうしてですか？　あたしも見てみたいんですけど」

「よい子は見ちゃ駄目だ」

「別によい子じゃないですよ」

そうなのか？　どうよい子じゃないのか、急に心配になってきた。

「あのな、若い女がいたら、恥ずかしくて男が入りづらくなるだろ。それじゃあ、調査を妨害しているも同然なんだよ」

「ああ、なるほど……」

納得はしたようだが、ものすごく残念そうだ。好奇心を持つのはいいが、対象は選べと説教したくなる。

「その辺で、無難なDVDでも見てろ」

言い置いて、カーテンをくぐった。とたんに、刺激的なパッケージの数々が目に飛び込んできて、噎《む》せ返りそうになる。ざっと見回すと、アニメの数はそんなに多くなかった。しかし、一応置いてはあるようだ。

妙な熱気が籠っているようでいやな感じなので、さっさと外に出た。すぐに友梨が気づき、意外そうな顔で近づいてくる。

「もういいんですか」

「エロアニメがあることは確認できたから、それで充分」

「中に誰もいなかったんですか」

「いたけど、こんなところで声はかけられないだろ」

アダルトビデオを物色しているところに話しかけても、邪険にあしらわれるのが関の山だ。その辺の心理は、小娘にはまだわからないのだろう。

おれはそのままレジに行き、手が空いている店員に話しかけた。

「すみません、こちらの店にこの人はよく来ていましたか。二年前のことなんですが」

インターネット上で見つけた大関の写真を、プリントアウトして持ってきていた。それを取り出し、店員に見せる。突然のことに店員は面食らったのか、こちらの素性も問わずに写真に視線を落とした。

「さあ、憶えがないですね」

「二年前にも、あなたはここで働いていましたか」

「はい、いましたけど、この人には憶えがないです。この人が何か？」

逆に訊き返されてしまったので、それならけっこうとだけ応じて引き下がった。本当なら他の店員にも尋ねたいところだが、エロアニメの愛好家が常連になるならこの店ではないだろうと思えたので、やめておいた。

「ここじゃないよ。次に行こう」

友梨を促し、店を出る。友梨も異論はないようだった。

「次は国道沿いです。ナビしますよ」

友梨は自分のスマートフォンを操作して、そう指示する。命じられるままに動くのは不本意だが、ナビゲーションしてくれるのは助かる。お願いすることにした。

友梨の案内で到着した店は、一階が中古のゲームショップ、二階が同じく中古のアダルトビデオやエロゲー、エロアニメを扱う店だった。おれは友梨を一階に留めおいて、二階に向かった。

結論から言うと、ここの店員も大関のことは知らなかった。さっきの店より可能性がありそうなので、しつこく三人の店員に当たったが、全員首を傾げるだけだった。それだけでは諦めず、店内にいた客にも声をかけた。だが、鬱陶《うっとう》しそうに避けられるだけで、まともに答えてくれる人はいなかった。

この方針は、やっぱり外れかな。そんな弱気が差したが、念のためにもう一軒回ってみることにした。考え直すのは、その後でいい。

「じゃあ、次はそんな大きい店じゃないんですけど、一応専門店です」

車に戻ると、友梨はそう言った。なにやら楽しそうではある。探偵仕事らしいことは何もしてないが、〝探偵ごっこ〟が楽しいのだろう。無邪気なものだ。

次に訪れた店には駐車場がなかったので、適当な場所に路上駐車しておいた。東京とは違い、駐車禁止を取られることはめったにない。そもそもコインパーキングというものがほとんど存在しないのだから、駐車禁止を取るのは無体だ。邪魔にならない場所に停めておけば何も言われない大らかさが、おれはけっこう気に入っている。

この店は、前のふたつよりずっと小さかった。入り口はドアひとつで、窓もないから中に何が置いてあるかもわからない。看板がなければ、ここが店であることすら気づかないだろう。つまり、知っている人だけが来る店だということだ。

「まさか、ここも中に入っちゃ駄目って言うんですか?」

店構えを見て興味を惹かれたのか、友梨が先手を打ってきた。おれは重々しく頷く。

「当然だ」

「見てみたいですよ。なんか、すごく怪しげじゃないですか」

だから入っちゃ駄目なんだよ。おれは友梨の親になった気分で、店の前でしばらく押し問答したが、今回はぜんぜん引き下がらなかった。

「十村さんの後から、知らん顔して入っていきますから。それなら調査の邪魔にならないでしょ」

こうまで言われては、親ならぬ身ではこれ以上行動を縛るわけにはいかなかった。まったく、今どきの娘は恥じらいというものを知らないのか。心の中でぶつぶつ言いながら、まず先に店に入る。

店内は想像どおりの怪しさだった。詳しく描写するとおれの品性が疑われるので、省略する。ともかく、頭の中に浮かんだ言葉は「過ぎたるは及ばざるが如《ごと》し」だった。これだけの量のエロパッケージがすべての棚に展開されていると、普通に女に興味がある人でも気持ち悪くなってくると思うのだが。それでもこういう店が存在するということは、気持ち悪くならない人も多いのか。

入り口のすぐ横にレジがあり、五十代くらいの男が暇そうにテレビを見ていた。見ているのはアダルトビデオではなく、普通の洋画だ。エロいものには食傷《しょくしょう》しているのだろう。それはそうだよな、と思う。

声をかけ、大関の写真を見せる。男は眼鏡を指で押し上げて、こちらを睨んだ。

「あんた、警察?」

「探偵です」

「じゃあ、答える義務はないだろ。そんなこと、答えるわけがないじゃないか」

客のプライバシーはむやみに明かせないということか。立派な職業倫理だ。感心したので、素直に引き下がる。それに、口を噤むということは大関の顔に見憶えがあるからだと受け取ることもできた。おれは手応えを感じたのだった。

「じゃあ、ちょっと個人的に見て回るから」

本当は一秒でも早くこんな店は出たかったのだが、ここで引き返すわけにはいかない。かといって無言で店の奥に向かえば意図を見透かされそうだったので、わざわざ断ったのだ。奥に進むと、三十代ほどの野暮《やぼ》ったい風体の客がいた。店主に見つからないよう、こっそりと声をかける。

「突然失礼。この男を知らないかな」

ぞんざいな訊き方だが、丁寧に接しても向こうがかえっていやがるだろうと考えてのことだ。写真を見せると、男は無言で首を振る。ありがとうとだけ答えて、さらに奥に進んだ。

もうひとりの客は、棚ではなくおれの方を見ていた。声をかけてくるのを待ちかまえているようだ。ならばと、前置きもせず話しかけた。

「この男、知ってます?」

客は写真を一瞥《いちべつ》すると、口許をいやらしげに歪めた。

「知ってたら、どうだって言うの?」

3

「ぜひ、話を聞かせて欲しい」

そう言ってはみたものの、当たりを引いたかどうかはまだわからないと思っていた。単にこちらをからかうつもりかもしれないからだ。男は四十前後の年格好で、休日のサラリーマンといったこざっぱりとした服装をしている。さっきのオタクっぽい客よりはまともに見えるものの、笑い方がどうも気に食わなかった。

「話を聞かせて、おれになんの得がある？」

男はニヤニヤした顔のまま、そんなふうに返した。なるほど、そういうことか。ならば本当に有益な情報を持っているのかもしれない。

「礼をします。五千円」

「少ないだろ、それ」

「もし有益な情報だったら、プラス五千円。それ以上要求するなら、もうけっこうです」

きっぱり突っぱねると、男はちっと舌打ちしつつも、小さく頷いた。

「しょうがないね。商談成立といきましょう。店を出て話そうか」

店の入り口の方へ顎をしゃくる。振り返ると店主がこちらを睨んでいたので、異論はなかった。

店主の冷たい視線を感じつつ、外に出た。棚を挟んで反対側の通路に友梨がいたのには気づいていたが、無視した。ついてくるなよ、とテレパシーで語りかける。通じるかどうかは怪しかったが。

車の中で話そうと男を誘うと、おれにテレパシー能力がなかったことが証明された。「どこ行くんですか」の声に反応して、おれと男が振り返る。男は友梨を見て、目を丸くしていた。

エロビデオ屋から出てきたところでこんな女に声をかけられたら、誰だって肝が縮み上がるよな。おれは男に同情しつつ、友梨の勘の鈍さを心の中で罵《ののし》った。

「阿呆。もう少し店の中で時間潰してろ」

「その人、何か情報を持ってるんですか。だったらあたしも聞かせてくださいよ」

「な、何、この人？　この人にも話さなきゃいけないなら、おれは帰るよ」

男は腰が引けてしまった。ほら見ろ、邪魔するなよ。

「まずはおれが話を聞く。口を挟むなら、もう連れ歩かないぞ」

厳しい口調で言うと、友梨は口を尖らせた。おれは逃げられないよう男の肘に手を添え、行きましょうと促した。

車の中に入っても、男は友梨の方を気にしていた。友梨が「ぷいっ」と音がしそうなほどの勢いで踵を返し、道を反対の方へ去っていくと、ようやく安心した様子で手を差し出してくる。

「まず、前金の五千円」

ちっ、忘れてなかったか。今のどさくさで、そのまま口を開かせられないかと考えていたのだが。

五千円札を掌の上に載せると、男はまたいやらしげな笑みを浮かべて「こりゃどうも」と言った。

「で、この男のことを知ってるんですよね」

写真を男の目の前に突きつけ、確認する。知らないなどと言おうものなら、今すぐにでも五千円札を奪い返すつもりだった。

「知ってるよ。大関さんでしょ。二年前に殺された」

どうやら知りもしないで金だけせしめようとしていたわけではないようだ。しかし、大関と面識があったと証明されたわけではない。おれがその点を問い質すと、「知り合いだったよ」と男は認める。

「ちょうどあの店で知り合ったんだよ。おれが声をかけたんだ」

そうか、やはりああいう店で横の繋がりができるものなんだな。友梨の読みは正しかったわけだ。

「お互い、美少女アニメ好きだったんですね」

確認すると、意外にも男は「いや」と否定する。

「おれはまあ、アニメも見ないわけじゃないけど、大関さんはあんまり興味なかったんじゃないかな」

そうなのか。だったら大関は、単なるアダルトビデオ愛好者だったということか。ならば、母親が人に言えないのも至極当然だ。外聞が悪いにもほどがある。

しかし、そこでふと疑問を覚えた。おれはすぐに男に質す。

「お互い、アダルトビデオ好きだったわけですね。でも、そういう趣味で友達になるのって珍しくないですか」

あまり聞かない話だなと思ったのだ。ああいうものは、仲間を募って楽しむものではないだろう。

「おれも大関さんも、特殊なのが好きだったからさ」

「特殊？」

どんなジャンルでも変わったものが好きな人はいるが、この世界で特殊というのはなんだかいやな響きがあった。おれは痛いのも汚いのも嫌いなのだが。

「うん、あんまり大人っぽいのは好きじゃないんだ。若いのがいいんだよ。それも、若けりゃ若いほどいいんだ。わかるかな」

まるで自分の趣味が自慢であるかのように、男はニヤーッと笑う。若ければ若いほどって、げっ、あんたそういう趣味かよ。

4

「いやな趣味だな」

つい、率直な感想が漏れてしまった。男は笑いを引っ込め、険しい顔をする。

「なんだよ、あんた、小さい子がかわいいと思わないのかよ」

思うけど、おれのかわいいとあんたのかわいいは意味が違うだろ。おれは男への嫌悪感で、体を遠ざけたくなった。こんな奴、おれの愛車に乗せるんじゃなかった。

「で、大関さんとあなたは、趣味が合う数少ない友達だったわけですね。ＤＶＤとか写真を交換したりしてたんですか?」

もはや尋ねるのもいやだが、せっかくの情報源を無駄にするわけにはいかない。男は顔つきを和らげ、また楽しげに語る。

「今はネットで動画や写真をやり取りできるから、直接顔を合わせることはあんまりなかったけどね。あの店も、そっち系は品揃えが少ないし」

少ないということは、ゼロではないのか。警察にチクってやるか。

「他に友達はいるんですか」

「ネット上の知り合いならいるけど、実際に会ったことがあるのは大関さんだけだよ」

「念のために伺いますけど、趣味はあくまで、動画や写真を見るだけですよね。実際に自分で撮影したりはしてないんですよね」

見るだけであって欲しいという願望を込めた質問だった。それなのに男は、またいやな笑い方をする。

「まあ、基本的にはね」

「基本的には?」

「歩いてて、公園とかでかわいい子を見かけたら、そりゃあ写真を撮ることくらいはあるよ。でも、その程度だな」

その程度でも充分犯罪行為だと思うが、今は男を糾弾している場合ではなかった。もっと悪質なことに手を染めていないだけましだと考えるしかない。

「大関さんは？　大関さんも実践はしてなかったんでしょうね」

「と思うよ。おれは大関さんが撮った写真や動画をもらったことはないから」

実際のところ、彼らがどんなものを見ているのか気がかりではあった。こちらが想像するよりずっとほのぼのした動画や写真かもしれない、と無理矢理思ってみる。しかしきっと、見たら後悔するようなものなのだろう。日本の警察はもっと、この種のことに厳しく対処すべきだと、柄にもなくおれは真面目に考えた。

さらに根掘り葉掘り訊いた方がよかったのかもしれないが、男への嫌悪感が強すぎてここらが限界だった。後金の五千円を払って、車の外に追い出す。男が出ていった後は窓を全開にして、空気を入れ換えた。可能なら、奴が坐っていたシートを消毒したいほどだった。

おれ自身も車外に出、車に寄りかかって友梨が戻ってくるのを待った。十分ほどで姿を見せた友梨は、すぐにおれを問い詰める。

「どうだったんですか？　どんな情報が聞けたんですか？」

せっかちな女だ。好奇心は猫を殺すという諺《ことわざ》を教えてやりたい。

「いやな話を仕入れたよ」

教えていいものかどうか迷ったが、友梨は依頼人だし、未成年というわけでもないのだから、隠しておくわけにもいかないだろうと判断した。これで探偵仕事に辟易《へきえき》し、もうついてこなくなればそれも幸いだ。

案の定友梨は、聞き終えて沈鬱《ちんうつ》な顔をした。しばし考え込むように黙ってから、ようやく口を開く。

「十村さんは、その趣味が殺人に関係していると思いますか？」

「今はまだ、なんとも言えない。幼児ポルノの所有はれっきとした犯罪だが、それだけで殺害の動機になるとは思えないからな。大関が何か、具体的な行動をとっていたなら話は別だが」

「署長に報告するんですよね」

「ああ。耳に入れないわけにはいかないだろう」

隣の県警は間違いなく、大関の趣味を把握していたはずである。それなのに署長が知らなかったのは、意図的に隠していたからだ。これが縄張り意識というやつか。警察はまったく厄介な組織だ。

「署長にはどうやって報告するんですか」

「電話かな。メールでもいいけど」

「今すぐですか」

「いや、キミの前で電話するのはやめておく。後で改めてメールするよ」

「そうですか」

応じて、友梨はまた黙り込む。そして顔を上げたときには、なにやら真剣な面もちだった。

「あたし、今日はこの辺りで離脱します。邪魔ばっかりでぜんぜん役に立たなくてすみませんでした」

殊勝に謝られると、こちらとしてもなんだかこそばゆい。確かにいろいろ邪魔はされたが、役に立たなかったわけではないとフォローしてやりたくなった。

「そんなことはない。キミがエロアニメを扱う店を回ろうと言ってくれなければ、情報は摑めなかった。キミのお蔭だ」

おれの言葉にも、友梨は気分を浮き立たせた様子がなかった。幼児ポルノ愛好家などに接近遭遇し、精神的ショックを受けているのだろう。無理もないと思う。おれだってちょっとした衝撃だった。

「すみませんけど、バスに乗れる辺りまで連れていってもらえません？　木挽町でいいです」

「家まで送っていくぞ」

「いえ、木挽町で」

押し問答しても仕方ないので、言われたとおりに木挽町に車を向け、バス停で友梨を降ろした。友梨は明日のことは言っていなかったが、もうついてくることもないだろうと予想する。探偵仕事は、素人が首を突っ込むにはいささかタフなのだ。友梨もそれがよくわかったのではないか。

おれは事務所に戻り、昼飯としてカップラーメンを食べながら、署長への報告メールを書いた。大関の性的嗜好を隠していた隣の県警に対し、署長に何ができるか見当がつかないが、なんらかの行動は起こすだろう。その一助となれれば、おれの調査も意味があったことになる。これをきっかけに大関事件が解決し、芋蔓式《いもづるしき》に世良朱実殺しの犯人も明らかになれば、コーの無実が証明されておれの仕事も完了というわけだ。

メールを送ってから三十分と経たないうちに、署長から電話がかかってきた。「今、いいかな？」と訊く声は、いつもの太平楽な調子とは幾分違っていた。おれが発掘した事実に、少しは目の色が変わったのか。

「報告ありがとう。これ、大変な情報だね。ぼくは隣の県警に舐められてたみたいだ」

「まあ、そういうことになるな。お前が舐められていたというより、県警全体が舐められていたのだろうが」

「どっちにしても、ちょっとこれは看過できないね。少し怒っちゃおうかな」

えっ、怒るのか。署長の怒りは、おれでも怖い。いや、長い付き合いのおれだからこそ、怒った署長の怖さをよく知っているのだ。ふだんのへらへらしている姿しか見ていない相手は、怒らせてしまったことを心底後悔することになるだろう。

「まあまあまあ。何事も穏便に、穏便に」

どうしておれが宥《なだ》めなければならないのかと思うが、電話越しに伝わってくる不穏な気配にビビってしまったのだから仕方がない。強面の刑事に対しても一歩も引かないおれではあるが、署長だけは絶対に怒らせたくなかった。

「うん、そうだね。ぼくもがみがみ怒りたくはないから、冷静に対応するよう心がけるよ」

いや、冷静に怒っている署長が一番怖いのだが、これ以上はおれがとやかく言えることではなかった。理詰めで逃げ道がなくなるまでとことん追いつめられて涙目になる人々を想像し、いささか気の毒に思った。

「何かわかったら、また連絡するよ。それまでは本来の仕事に戻ってて。ありがとうね」

最後はいつもの調子に戻って、電話を終えた。受話器を置いて、おれは思わず「フーッ」と大きく息をついてしまった。

言われたとおり、午後は世良朱実のかつての同級生たちを訪ね歩いて過ごした。まずは出身校から特定しなければならないから手間がかかったものの、実家周辺の人に訊いて回ればわかることだから時間は取られなかった。平日の昼間なので、せっかく同級生を見つけても在宅していないことが多かったのが残念だが、ふたりに話を聞くことができた。しかしふたりとも、殺人事件の被害者としての朱実しか知らなかった。つまり朱実は、それほど記憶に残る存在ではなかったようだ。

疲れて事務所に戻り、夕食にコンビニ弁当を食べ終えた頃のことだった。ふたたび署長から電話がかかってきて、思わずおれは居住まいを正した。わざわざ電話をかけてきたということは、何か新事実が出てきたのだ。期待せずにいられようか。

「何度もごめんねー」

昼間とは打って変わって、ふだんどおりののんびりした口調だった。おれはホッと胸を撫で下ろす。帯電しているかのような気配の署長を相手にするのは、いかなおれでも神経がくたびれることだった。

「いや、かまわない。何かわかったのか」

「うん、わかったよー。ちょっとびっくりする話が出てきた」

びっくりする話。署長がそう言うのなら、さぞや意外なことなのだろう。

「三年前にさぁ、小さい女の子が殺された事件があったの知ってる?」

言われてすぐに思い出した。過去の未解決事件を調べたときに、五歳の幼女が殺害された事件についてのネット記事を読んだ。小さい女の子と聞いて、すぐにピンと来る。まさかその事件に……。

「大関が関わっていたのか」

「容疑者候補のひとりだった」

署長はあっさりと認めた。

第五章　老人パワーにゃ敵《かな》わない

1

「容疑者候補、ってのはどういう意味だ。実際に怪しい行動があって容疑者のひとりだったのか、それとも単に幼児ポルノ愛好家だから目をつけられていただけなのか」

おれは確認した。署長は頭がいいだけあって、言葉の使い方が厳密だ。わざわざ容疑者候補、と言ったのは、容疑者になる一歩手前だったからではないのか。そう察して、問い質したのだった。

「まだよくわからないんだ。当時の担当者を摑まえられなかったからさ。でも、名前が挙がっていたことは間違いないみたいだよ」

署長は依然としておっとりと答える。怒った署長は怖いが、ふだんどおりの署長には少し苛《いら》苛《いら》させられる。もう少し緊迫感というものが持てないのか。

「もし幼女殺しの犯人が大関だったとしたら、大関殺しはその復讐とも考えられるよな」

とっさに考えたのが、それだった。しかし、だとしたら大関殺しと世良朱実殺しの関連がよくわからなくなる。大関殺しと幼女殺しは、やはり無関係なのだろうか。

「隣の県警も当然、幼女殺しのことは知っていたはずなんだ。それなのに大関殺しの犯人が捕まっていないということは、その線では何も出てこなかったんじゃないかな。いくらなんでも、ぜんぜん調べなかったなんてことはないと思うから」

確かに署長の言うとおりではある。だが、幼女の遺族の中に怪しい人がいたとしても、決定的証拠がないから逮捕に踏み切れなかっただけとも考えられる。他の事件ならまだしも、被害者は幼い女の子なのだ。遺族の恨みは深く、それが復讐という形で発露しても決して不思議ではなかった。

「幼女殺しはうちの県で起きたことだから、ぼくも調べられるだけのことは調べるよ。でも他の所轄《しょかつ》のことだし、何度も言うようにキャリア署長なんてなんの権限もないからさ。どこまで本当のことを話してもらえるか、ちょっと心許《こころもと》ないんだよね」

署長はそんなことをこぼす。おれはなんとなく、続く言葉に予想がついた。

「その事件も調べろ、とおれに頼みたいわけか」

「基本的なデータはこちらで教えられると思うんだよ。でもぼくとしては、顔も知らない刑事が調べたことより、よっちゃんが見聞きしたことの方がずっと信頼できるんだ。だから、頼まれてくれないかなぁ」

部下の中に手足となってくれる者がいない署長の悲哀を、おれは感じてしまった。頼まれれば断れないし、おれ自身も事件の成り行きに興味がある。しかし……。

「乗りかかった船だから、そっちも調べてみる。ただし、おれのもともとの仕事に支障がない範囲で、だが」

釘を刺しておいた。そもそもおれの仕事は、コーの無実を証明することだったのだ。それなのにどうしたことか、芋蔓式にどんどん新たな事件が掘り出されてくる。まるでドミノ倒しのようだ。ひとつの事件に触ると別の事件に行き当たり、その事件がさらなる別の事件を呼び起こす。このままパタパタとドミノが倒れていって、最終的にはとんでもないところまで行き着いてしまうのではないか。そんな、いやな想像をしてしまった。

「もちろんだよ。あ、でも、そっちの契約期間が終わったら、改めてぼくの依頼を受けてよ。そうしたら、大手を振って調査できるしさ」

おれのいやな想像など察する気配もなく、署長は能天気な口振りだった。署長の実家が金持ちであることや、イケメンに生まれたことや、頭がいいことよりも、おれはこの能天気な性格が一番羨ましい。

2

午前九時少し前に、「おはようございまーす」という元気な声とともに友梨がやってきたときには、さすがのおれも驚いた。昨日のタフな調査で、探偵業には懲《こ》りたのではなかったのか。ひと晩寝ると、辛いことも綺麗に忘れるタイプなのか。

「な、何しに来たんだ」

かろうじて起きてはいたが、まだ着替えもせずに新聞を読んでいたおれは、間抜けな問いかけをするしかなかった。友梨は呆れたように眉を吊り上げる。

「何って、十村さんの仕事の手伝いをしに来たに決まってるじゃないですか。寝ぼけてるんですか」

この辛辣《しんらつ》な口調は、いったい誰に似たのか。沙英の親には会ったことがなかったが、実はこういうタイプなのかと疑いたくなる。

「寝ぼけちゃいないが、寝ぼけて幻を見てるんだと思いたいよ。起き抜けのパジャマ姿の男がいるところに、のこのこ入ってくるな」

「もう九時だっていうのに、のんびりしてる方がいけないんですよ。依頼人を目の前にして、そんな態度でいいんですかっ」

相変わらず、口だけは達者な奴である。前金をもらっている手前、おっしゃることはごもっともと引き下がらざるを得ないのが悔しい。

おれは無言で立ち上がり、寝室に籠って着替えた。敗北感にまみれた気分である。

キッチンに立つと、「あ、コーヒーだけでいいですからね。お気遣いなく」などという言葉が聞こえてくる。誰も気を使ってないがと言いたいが、それを口にしないだけの分別は身につけていた。女と子供とは、闘っても益《えき》はないのである。

友梨の前にコーヒーカップを置き、おれはトーストに齧りついた。友梨は涼しい顔でコーヒーを飲みながら、尋ねてくる。

「で、今日の予定は？」

問われて、一瞬ためらった。大関殺しの調査でさえ、本題と外れているとも言えるのである。この上幼女殺しの話をして、果たして依頼人として納得してくれるのか。まさか今日もやってくるとは思わなかったから、対策を何も考えていなかった。

「実はな、新事実が明らかになったんだ」

躊躇《ちゅうちょ》はあるが、話さないわけにはいかないと腹を括った。どんどん本題から離れていくとはいえ、繋がっていなくもないのだ。事前に友梨に断った方が、後ろめたさがなくていいとも言えた。

「大関は、三年前に起きた幼女殺しの容疑者候補だったんだよ」

「えっ」

予想外の話だったのか、友梨は目を丸くしたまま固まった。まあ、そりゃあ驚くよな。成人女性の全裸殺人でも気持ちいい話ではないが、幼女殺しとなれば陰惨さもいっそう深刻だ。おれだって、できれば関わり合いになりたくない。

「容疑者候補って、それが今度の事件とどんな関係があるんですか」

「まだわからない。だから調べてみようと思うんだ」

調べることが探偵の仕事である。だがその結果にまで、予測を立てることはできない。調べてみたけど何もありませんでした、ということだって大いにあり得るのだ。頼りない返答とは思うが、ごまかすわけにはいかない。

「調べて、その幼女殺しの犯人が大関だったとして、それがコーの無実を証明することになるんですか」

そのように指摘されると、こちらも弱い。友梨の言うとおり、もしそういうことにでもなったら、むしろ大関殺しと世良朱実殺しは無関係の可能性が強まる。まさに本末転倒、なんのための調査だったのかという話になってしまう。コーの無実を証明することになるのか、と問われれば、そうはならないと答えるしかなかった。

「いや、コーの立場に変わりはないな」

「だったら、そんなところまで遡らないでくださいよ。その話、どうせ署長から出てきたんでしょ。十村さんは署長にうまく利用されているだけですよ」

思いがけないことを言われ、おれは絶句した。署長に利用されている？　おれたちの関係は利用するしないではないのだが、部外者にそう見える面があるのは否めないと、いまさらながら気づいた。そんなことはない、という主張は、現在の依頼人に対して無効だろう。

「——わかった。キミの言うとおりだ。おれが間違っていた。おれはキミの依頼に忠実に調査をすべきだな」

考えを改め、詫びた。事件の真相については気になるが、友梨から金をもらっている今は、その意向に沿って調査をするしかない。署長も言っていたように、友梨との契約期間が終わったら、署長から正式に仕事を引き受けようと考えた。

「偉そうなこと言ってすみません。でもそういうことなら、世良朱実さんの交友関係を調べましょうよ。あたし、彼女がボランティア活動をしていたって話を仕入れたんです」

「ボランティア活動？」

友梨の言葉を、おれは思わず繰り返した。そんな話は、寡聞《かぶん》にして知らなかった。やはり地元のネットワークは強い。おれがひとりで動き回っても、耳に入ってこない情報かもしれなかった。

「ええ。仲良し同士が集まった老人会があるんですけど、そこに出入りしてお喋りの相手になったり、片づけを手伝ったりしてたそうですよ。昔の世良さんじゃなく、今の世良さんの話を聞きたいなら、その老人会に行くのがいいんじゃないですかね」

友梨の言うとおりだ。おれはこれまで、世良朱実の過去の知人にしか会うことができなかった。現在付き合いがある相手は、コーだけしか見つからなかったのだ。老人会の面々が今の世良朱実を知っているなら、ぜひ話を聞きたい。被害者像が摑めないことには、事件の全貌などわかるはずがないからだった。

「わかった。じゃあ、それに行ってみるか。でも、どこでいつその会が開かれるのか、キミは知ってるのか？」

「リーダーの人がブログを持ってて、そこで告知するそうですから、見ればわかりますよ」

老人会のブログ？　水と油の組み合わせのように感じて驚きかけたが、今の七十代くらいの人は決して腰が曲がった老人ではない。パソコンも携帯電話も、人によってはスマートフォンもバリバリ使いこなしているのだろう。おれはのっけから、認識を改める必要を感じた。

友梨が自分のスマートフォンを使って、さっさとそのブログを探し当てた。都合よく、今日の十時からゲートボールをやるらしい。おれは慌ててトーストを食べ終え、身支度をして事務所を飛び出した。

友梨の案内に従い、車で二十分ほどのところにあるグラウンドに着いた。フェンスの内側では、老人と呼んでしまうのは気が引けるほど若く見える人たちが、ゲートボールを楽しんでいる。おれはゲートボールをやった経験はないし、ルールも知らないので、ゲームが終わるまでどれくらいかかるか見当がつかない。それでも、中断させるわけにはいかないから、彼らが休憩するまでじっと待ち続けるつもりだった。

知らない人間に見られていても、彼らはいっこうに気にした様子もなく、ゲームに興じていた。彼らの人数は、数えてみたところ十二人だった。十人がふたつのチームに分かれ、ふたりが控えというか休憩中。そんなにむきになって勝負にこだわっていないのは、それぞれのチームが入れ替わり立ち替わり休憩中の人と交代することからも見て取れる。ずっとゲームをやり続けるのは、やはりけっこう疲労するのだろう。常にふたり休んでいられるこの人数は、彼らにとってちょうどいいようだった。

ずっと見ていても結局ルールは把握できなかったのだが、どうやら一ゲームが終わり、全員が日陰に引き揚げた。それぞれ、持ってきたお茶などを飲みながら談笑を始める。今なら話しかけてもかまわないかと考え、グラウンドの中に入っていった。

「失礼します。休憩中のところ恐れ入りますが、少しお話をさせていただいていいでしょうか」

極力低姿勢に申し出た。最初に不快な印象を与えてしまうと、この世代の人は貝になる。これまでの経験上それを学んでいたので（掃除や買い物を頼む人は老人が多い）、おれは下手《したて》に出たのだった。

「はい、なんですかー」

気軽に月影弁で応じてくれたのは、痩身《そうしん》の男性だった。髪もそんなに白くなく、知らなければ五十前後に見えるが、昼間からゲートボールをやっているくらいだからリタイア世代なのだろう。笑みを含んだような表情なので、目尻に皺《しわ》が寄っている。老人臭さより、人間味が強調されるような皺だった。

「私はこういう者です」

まず、名刺を差し出した。男性が受け取り、「ほう」と声を上げる。横から女性たちが「なになにー」と覗き込んで、名刺を回し見し始めた。

「朱実ちゃんのことですかー」

すぐにピンと来たらしく、男性から尋ねてきた。話が早くていい。「そうなんです」と認めた。

「皆さんが親しくしていたと聞きましたので、生前の世良朱実さんについてお話を伺わせていただければと思いまして」

「あー、そうですかー。朱実ちゃんのことなら、もちろんいくらでもお話しすることがあるさー」

男性はそこで言葉を切り、自分の周りにいる人たちを見回した。もう元気を回復したのか、坐り込んでないで立っておれたちに好奇の目を向けている人も少なくない。まだゲートボールをやる気に満ちているようだ。

「グラウンドを使える時間が決まっているのでー、ゆっくり話をするなら試合が終わった後の方がいいと思うのさー。それまで待てますかー?」

男性は他の人たちの様子を見て取り、そう言った。むろん、こちらはいくらでも合わせられる。

「はい、では待たせていただきます。お楽しみの途中、失礼しました」

頭を下げてその場を離れようとしたが、どうせなら見ていけばと勧められたので、老人たちと入れ替わりに日陰に腰を下ろした。友梨はゲートボールに興味を持ったのか、「けっこう面白そうですねー」などと言っている。

見学も二ゲーム目ともなると、さすがになんとなくルールがわかってきた。点を取るための駆け引きも見えてきて、なかなか楽しい。友梨が「がんばってー」と声援を送るので、おれは点が入ったときに拍手をした。

そうこうするうちに二ゲーム目が終わり、先ほどの男性が「ファミレスに行こうさー」と提案した。ゲートボールの後はいつも、ファミリーレストランでお茶を飲みながらお喋りすることになっているらしい。そんな交歓の場に交じってしまうのは気が引けたが、「いいからいいから――」と気さくに言ってくれるので遠慮するのはやめた。

老人たちが運転する車についていき、ファミレスに腰を落ち着けた。彼らは慣れた様子でドリンクバーを頼んだ上に、各自スイーツまで注文した。ほとんど女子高生のノリである。老人会、恐るべし。

「じゅうむらさん、こっちのかわいいかわいい女の子は誰？」

おれの正面に坐った、最初に話しかけてきた痩身の男性がそう尋ねた。おれが訂正するのと同時に、友梨も発言する。

「とむらです」

「助手です」

助手？ いつの間に助手になったんだ、と友梨の顔を覗き込んだが、平然とした表情に変化はまったくない。何か？ とばかりにこちらを見返すのが小憎《こにく》らしい。

「助手のとむらさんか――」

男性がすっかり間違えた認識をする。見た目は若そうでも、中身はボケ老人なのか？

「いえ、私の名前がとむらで、彼女は江上です」

「下の名前は――？」

どうしてそんなことが気になるんだ。ボケ老人の上にスケベ老人なのか。

「友梨です――」

友梨まで釣られて月影弁になっている。男性は嬉しそうに相好を崩した。

「友梨ちゃんかー。友梨ちゃんって呼んでいいかぁ?」

すでに呼んでいるじゃないか。最近の老人は元気いっぱいだな。

「平三《へいぞう》さんは若い女の子を見ると、すぐ鼻の下を伸ばすからー。友梨ちゃん、この人にメアドとか教えちゃ駄目だからねー」

横に坐っている小太りのおばあさんが、最後に「わっははは」という笑い声も忘れずつけ加えて忠告した。友梨は戸惑いも見せずににっこり笑って、「ええ」と答える。毒気に当てられていないのは、立派なものだ。おれはといえば、小太りのおばあちゃんの口から発せられた「メアド」という単語に面食らっていた。おれの老人に対するイメージは、相当アップデートする必要があるらしい。

「平三さんの名字は、なんとおっしゃるのでしょうか」

おれは逆に訊き返した。友梨の名前なんか訊く前に、ちゃんと名乗って欲しい。

「ああ、失礼したっさー。私はホラグチといいますー」

洞窟の洞に口だ、と説明してくれる。洞口《ほらぐち》平三さん。この人がこの老人会のリーダー格ということのようだ。

おれたちと同じテーブルには、平三さんの他にふたりの老人が坐っている。男女、それぞれひとりずつだ。加えておれたちふたりで、計五人。残りの九人は、もうひとつの大きいテーブルを全員で囲んでいた。

他のふたりとも挨拶を終えてから、おれはさっそく切り出した。

「ところで、皆さんと世良朱実さんはどのようなお付き合いがあったのでしょうか」

友梨から話を聞いたときは、もっとよれよれの老人たちを想像していた。しかし現実の彼らは、若い人の助けがいりそうにはとても見えない。世良朱実はこの老人会に、いったいなんのために出入りしていたのか。

「お友達さー」すかさず平三さんが答える。「お友達といってもいろいろあるけど、本当にただの清い関係のお友達だからねー」

そんな断りを入れなくても、誰も疑ってないが。

「平三さんは清くない関係になりたかったんだろうけど、相手にされなかったんさー。わっははははは」

と小太りのおばあちゃん。この突っ込みは定番のギャグなのか、それとも本当のことなのか、今ひとつ判断に苦しむ。

「何がきっかけでお友達になったのでしょうか?」

質問を重ねてみたが、反応ははかばかしくなかった。

「うーん、どうだったかなぁ。よく憶えてないなぁ。利《とし》さん、あんた憶えてるかー」

「いーや、憶えてないさー。亮子《りょうこ》ちゃんは?」

「あたしも憶えてないさー。なんか、生まれたときから付き合ってる気がするさー。わっははははは」

そんなはずはないから。

「では、具体的にどんなお付き合いをしていたのでしょうか。ボランティアで、皆さんの会に出入りしていたと聞いていますが」

「ボランティアってのは違うなー。だって、ボランティアって奉仕って意味だろー」

「奉仕じゃないわなー」

「あたしら、奉仕されるほど特に困ってないさー。わっははははは」

何がおかしいのかよくわからないが、これは月影に限らず日本全国のおばちゃん共通の反応だから、いちいち気にしないでおく。

「ボランティアでないとすると、世良さんはいったい何をしていたんですか」

「そりゃあ、お喋りとか、ゲートボールとかさー」

「バーベキューもやったなー。河原で」

「花見も行ったねー」

なかなか深い付き合いをしていたようだ。

「世良さんはいつもおひとりで参加してたんですか？　他に若い人はいなかったんですか」

「あたしも若い人だけどね。わっははははは」

そういう冗談はいいから。

「別に、友達を連れてきたりはしなかったさー。おれたちが朱実ちゃんの友達だからなー」

これは平三さん。しかしそう言われても、付き合い始めたきっかけがわからないから、彼らと世良朱実の交流がいまいち想像できない。まあ、この老人たちと馬鹿話をするのは、けっこう楽しいかもしれないとは思うが。

「ということは、皆さんは世良朱実さんと親しかったわけですね。では、世良さんが殺された

と聞いて、どう思われましたか」

質問を変えてみた。すると彼らは、まるで打ち合わせてあったかのようにいっせいに沈鬱な表情をする。

「ショックだったさー」

「あたしらよりぜんぜん若いのに、かわいそうでならないさー」

「死んだ方がいい人間は、世の中に他にたくさんいるのに」

世良朱実は彼らにかわいがられていたらしい。自分たちの孫くらいの娘が殺されたら、ショックも並大抵のものではないだろう。

「世良さんが殺されたことについて、何か心当たりはありますか」

「あるわけないさー」

「あんないい子を、いったい誰が」

「物取りの犯行に決まってるさー」

コーや奴の友人たちの証言とは、どこか微妙に違う気がする。そこに違和感を覚えたが、相手が違えば見せる顔も違うのは当然のことかと思い直した。老人たちには優しくても、同世代の馬鹿な男にはツンとした態度だったのかもしれない。

「世良さんは美人でしたから、ストーカーにつきまとわれたとか、あるいは同性の嫉妬《しっと》を買っていたとか、そんな話は聞いてませんか」

そういうことがあったら警察が見逃すはずはないと思ったが、念のために訊いてみた。だが老人たちは、今度もまた揃って首を傾げるだけだった。

「そんな話は知らないなー」

「同じ年くらいの人との付き合いは疲れるって言ってたから、いざこざもなかったんじゃないかな」

「朱実ちゃんを追いかけ回してた男と言えば、平三さんじゃないの。わっはははは」

どぎつい冗談だとは思うものの、しゃれがわからない振りをして、真面目に訊いてみた。

「本当なんですか？」

「ま、まさか！　私には一応、妻がいますー。妻がいるのに他の女を追いかけ回すような、そんなふしだらな真似はするわけないさーっ！」

意外にも平三さんは、顔を真っ赤にしかねない勢いで否定した。かなり心外だったようだ。

月影市一帯は江戸時代、月影藩という小藩の領地だった。月影藩の藩祖である下柳隆秀《しもやなぎたかひで》は真面目の上に馬鹿がつくほどこちこちの男で、八代将軍徳川吉宗《とくがわよしむね》の享保《きょうほう》の改革に百年も先立って質素倹約を宗《むね》とし、領民にも強いていた。領民もそれを圧政とは思わずよく堪《た》え、お蔭で月影藩の人は辛抱強い上にくそ真面目になったという。そうした伝統が今も残り、ふだんはちゃらちゃらしていても根は真面目という人が多いのが月影の特徴だ。この平三さんも実は堅物で、若い女の子を見てやに下がっても行動は伴《ともな》わずに口だけなのだろう。浮気をからかわれて心外に思うのは、いかにも月影っ子といった感じだった。

「そんな怒らなくてもいいさー。若い子に手を出すような度胸が平三さんにないことは、みんな知ってるさー。わっはははは」

亮子ちゃんと呼ばれていた太ったおばあちゃんが、遠慮のないことを言う。この言われ方にこそ怒ってもいいと思うが、当の平三さんは「いやー」などと言って頭を掻いている。まあ、仲がいいのだろう。

「つまり、世良さんが殺された理由にはまったく心当たりがない、と？」

話が逸れてしまったので、戻す。三人は口を揃えて、「あるわけないさー」と言った。

「だから、物取りの仕業《しわざ》だっさー、きっと。何も殺すことはないのにねぇ。かわいそうに」

亮子ちゃんが眉を顰《ひそ》めてつけ加えた。物取りか。動機がなく、変質者の犯行でもないのであればそう結論するしかないだろうが、まだそれは早い気がする。しかし、誰に聞いても世良朱実の人となりが今ひとつはっきりしない。まるで表面だけを撫でているような気分だった。

「この老人会は、いつ頃できたんですか？」

不意に、それまで黙っていた友梨が横から発言した。平三さんと利さんが、ずいっと音がしそうな勢いで友梨の方に身を乗り出す。

「二年前だっさ、友梨ちゃん」

老人ふたりが、見事に声を揃えている。友梨はそんな老人パワーに圧《お》されることもなく、さらに質問を続けた。

「二年前から、ゲートボールとかバーベキューとかお花見とかやってたんですか？」

「そうだよ。その前からみんな仲良しだったけどな」

「二年前の八月七日も、オールナイトカラオケをやったなぁ。いやいやあれは死ぬかと思ったさー」

「寝たら罰金とか、とんでもないルールさ。あれであたしは寿命が二十年縮まったね。わっははは」

「亮子ちゃんはもう少し寿命を縮めた方が、息子夫婦もありがたいんじゃないか」

「なんだって！」

「いえいえ、もごもご」

怒った亮子ちゃんは本気で怖い。

「で、世良朱実さんとは、朱実さんが月影に戻ってきてからの付き合いですか」

友梨は漫才に巻き込まれず、淡々と質問を重ねる。なかなか優秀かもしれないと、ちょっと見直した。

「そうだねぇ。確か、誰かが道で助けてもらって、それ以来の付き合いだったと思うさー」

「ああ、そうだそうだ。朱実ちゃんは本当に親切だったなぁ」

「そうそう、まるで天使のようだったさ。わっははは」

天使のよう、ねぇ。コーたちが語る世良朱実像と、ますますずれていく。

「お金を貸してくれと頼まれたことはありましたか」

ふと思いついて、おれが話を引き取る。老人たちは、またしても揃って首を振った。

「あるわけないさ。天使のようだと言ったでしょ」

「そうそう」

「ないない」

ないのか。コーたちのような見るからに貧乏そうな奴らに頼むより、小金を貯め込んでいそうな老人の方が頼み甲斐があると思ったのだが。ならば、金目当てで老人たちと付き合っていたわけではないということになる。

結局、老人たちから話を聞いても大した収穫はなく、むしろ被害者像が曖昧になるだけだった。もっとゆっくりしていけと主に友梨が老人たちに引き留められたが、無駄話にいつまでも付き合っているわけにはいかない。訊くべきことをすべて訊いたところで腰を上げ、おれたちはファミレスを後にした。老人たちはひとつのテーブルにまとまり、「わははは」と高笑いを上げている。元気なことだ。

3

先ほどのやり取りの中で、何かひとつ気になる点があったように思うのだが、それについて考えようとしたところに友梨が話しかけてきた。

「やっぱり、あのお年寄りたちが言うように、世良朱実さんは物取りに殺されたんじゃないでしょうか」

おれは意外に感じて、友梨の顔を見直した。

「そうか？　あのじいさんばあさんは、世良朱実の一面しか知らなかっただけじゃないか」

「そんなことないと思いますよ。お年寄りだからこそ、人を見る目はあるんじゃないですかね」

あの老人たちに人を見る目があるとは、とうてい思えないが。

「天使みたいだとまで言ってるんですよ。そんな人が、怨恨《えんこん》とかで殺されますか？　十村さんが調べて歩いても、結局動機は見つからないんでしょ。だからやっぱり、物取りの犯行ですよ」

「物取りなら、おれの出る幕ではなくなるけどな」

そんなことを言い張るなら手を引くぞ、という脅しのつもりで口にしたのだが、思いがけないことに逆効果だった。

「そうですよね。そういう相手は警察じゃないと捕まえられないですよね。だったら、署長さんに進言してくださいよ。物取りの線が強いから、前科がある人を洗ってくれ、って」

「署長に進言したら、おれはもうお払い箱か」

「お払い箱なんて言いませんけど、調査費用も嵩《かさ》むし、もうそろそろ打ち止めにしてもらってもいいかもしれません」

「えっ」

こんな中途半端なところで終わりか。確かに契約はまず五日ということにしてあるが、この調子なら延長になるだろうと思っていた。本当にここまででいいのかよ。

「キミが依頼を取り下げると言うなら、仕方がない。でもおれはこのまま引き下がるわけにはいかないから、調査を継続するけどな。きっと署長が依頼人になってくれるだろう」

「えっ、署長が？」

今度は友梨が驚く番だった。まさか、警察署長が自腹を切って探偵を雇うとは思わなかったのだろう。

「本当ですか。そんなこと、許されるんですか」

警察官が民間人を雇って捜査をさせていいのか、という意味だろう。おれも厳密には知らない。もしかしたら禁止する法律はあるかもしれないが、知ったことではない。

「おれと署長が古い付き合いなのは、キミも知ってるだろう」

何も脅して契約を延長させようとしているわけではなかった。むしろ、若い女の子に探偵の調査料は負担が大きいだろうと思う。ましてそれが元彼のための出費であれば、よく五日分も出してやったものだと感心するほどだ。友梨がここらで手を引くと言うなら、おれも止めはしない。

友梨はしばらく考え込むように、視線を下に向けた。右手の指で自分の顎を触り、一心に黙考している。やがて頷くと、「わかりました」と言った。

「そういうことなら、もうちょっと十村さんに調べてもらいます。料金はカンパを募って集めます」

「カンパ？」

カンパとは、今の話の流れにそぐわない単語だ。いったい誰にカンパを募ると言うのか。

「そんなことに、誰がカンパしてくれるんだ？」

「コー本人とか、十村さんも会ったコーの友達とか、コーの親とかです」

「本当に出してくれるのか」

ケチが信条とでも言うべきコーの仲間たちが、やすやすと金を払うとはとても思えない。友梨は買い被りすぎているのではないか。

「出してくれますよ。だって、すでに払ってる五日分の前金だって、カンパで集めたんですから」

「えっ、そうなのか」

驚きを禁じ得なかった。見誤っていたのはおれの方だった。あいつら、あんなケチくさいことを言っていて、実は友人を大切にしているのか。ちょっと感動した。

「わかった。金を工面《くめん》できるなら、おれも契約延長を断る理由はない。引き続き、調査しようじゃないか。だが――」おれは一拍おいて、気になることを尋ねた。「署長が依頼人になってくれるなら、その方がキミたちにとってもありがたいんじゃないか？　金を払わずに、コーの無実が証明できるかもしれないんだから」

「だって、自分たちが知らないところで物事が動くのは気持ち悪いじゃないですか。もちろん、報告もしてくれないでしょ。何がどうなっているかわからないなんて、そんなのいやですよ」

なるほど。まあ、友梨の気性ではそうだろう。コーの身になってみても、それもそうかと思える話ではある。

「だったら、キミはまだおれの依頼人だ。で、これからどうする？　世良朱実の人となりについて引き続き調べるか、それとも強盗殺人の線で調べ直すか」

「そうですね……」

友梨がまた考え込もうとしたときだった。おれの携帯電話が鳴り出したので、「ちょっと失礼」と断ってポケットから取り出す。相手はなんと、リョーだった。世良朱実の幽霊を見たとほざいていた阿呆だ。

「もしもし、十村だ」

電話に出ると、阿呆はまたしても阿呆なことを言った。

「ゆゆゆ、幽霊がまた出たー！」

4

正直に言えば、うんざりした気持ちは否めない。しかし優しいおれは、「どこに出たんだよ」と一応訊いてやった。

「めめめ、《メコス》だっさー。《メコス》には幽霊が取り憑《つ》いているさー！」

お前が取り憑かれてるんじゃないのか。

「今、《メコス》にいるのか？」

「そそそ、そうだっさ。探偵さん、暇でしょ？　ははは、早く来て欲しいさー」

暇でしょ、という断定は大いに不愉快だったが、興味を惹かれたのは事実である。幽霊はリョーの戯言《たわごと》としても、いったい誰と見間違えているのか。そんなに世良朱実にそっくりな人がいるのか。

「リョーが《メコス》に来てくれと言ってる。世良朱実の幽霊がまた出たそうだ」

おれは送話口を手で塞いで、友梨に説明した。友梨は眉を顰めて、「えーっ」と言う。

「ちょっと、電話替わってください」

そしておれの許可も得ずに携帯電話をひったくると、嚙みつく勢いで話しかけた。

「何言ってるのよ。今、調査中なんだから邪魔しないで！」

それに対してリョーが何か答えているようだ。耳を傾けてから、友梨はまた反論する。

「馬鹿なこと言わないでよ。幽霊なんて出るわけないでしょ。寝ぼけてるんじゃないの」

リョーの番。友梨は渋い顔で聞いた後、さらにがみがみと言い募った。

「ともかく、そんなことをしてる場合じゃないんだから。わからないの？」

聞いていて、リョーが気の毒になってきた。おれは友梨から携帯電話を奪い返し、短く語りかけた。

「今から行くから、待ってろ。《メコス》のどこにいるんだ？」

えっ、という声が横からしたが、かまわずにリョーの説明を聞き取った。おれが携帯を閉じると、眉を吊り上げかねない表情で友梨が言った。

「仕事中にくだらないことに関わらないでください」

「どんな仕事にも休憩時間はあるだろ。幸い《メコス》はここから近いから、ちょっとだけ寄ってみるよ」

「何を言ってるんですか。幽霊なんて信じてるんですか」

「信じてないよ。信じてないからこそ、リョーが何と見間違えているのか興味があるんだ」

これは単なる勘だが、リョーの阿呆な話はこちらの調査にも関係がある気がしてならないのだった。この勘を、友梨にうまく説明する自信はない。ただの道楽と思われても仕方がない。だから依頼人と一緒に行動するのは面倒なんだ、と愚痴《ぐち》をこぼしたくなる。

おれがさっさと駐車場の方に歩き出すと、「もう信じられない」「調査費用、割引してもらうから」などと不穏な声が追いかけてくる。割引なんかしないぞ。

「帰ってもいいんだぞ」

ぶうぶう言いながらもビートルの助手席に坐るので、おれは言ってやった。友梨は口を尖らせて、答える。

「休憩に付き合ってあげますよ」

そんな仏頂面で付き合ってもらっても、ありがた迷惑なのだが。

十五分ほど走ると、《メコス》の巨大な駐車場に着いた。車を停め、リョーが待っている場所に向かう。《メコス》の中央を貫くメインプロムナードの、西の端にあるベンチだった。

「ああ、探偵さーん」

遠目からリョーはこちらを見つけ、立ち上がって手を振る。懐《なつ》かれているようで、なかなかかわいい奴と思えてくる。

「なんだ、リョー。お前もスーツなんか着るのか」

先日とは別人のようだった。髪が茶色いのを除けば、チャラ男には見えない。

「一応仕事中ですからねー。ふだんは真面目なサラリーマンなんだっさー」

真面目なサラリーマンは、こんなところでサボらないと思うのだが。

「で、幽霊は奥に向かったのか」

プロムナードの先に向けて顎をしゃくり、確認した。リョーはがくがくと頷く。

「そ、そうだっさ。またしてもここで休憩していたおれの前を横切っていったっさ。怖かったさー」

「わかった」

リョーの電話から十五分以上経っているが、《メコス》の奥に向かったのなら、まだ施設内にいるはずだと踏んだ。捜せば見つけられるかもしれない。

「追うぞ。一緒に来い」

「えっ、そ、それは勘弁して欲しいっさ」

「お前がいなきゃ、誰が幽霊だかわからないだろうが」

「わかるさ。探偵さんも朱実の顔は知ってるでしょ」

一応知っているが、写真で見ただけだ。そっくりさんを見つけられるかどうか、いささか心許ない。だが、押し問答している時間はなかった。腰抜けは置いて、ひとりで捜しに行くことにした。

「もういい。お前はそこに坐ってろ」

言い置いて歩き出したら、友梨がついてきた。お前は金魚のフンか。

「何も付き合ってくれなくてもいいんだぞ」

「毒を食らわば皿まで、ですよ」

あくまでおれにへばりつくつもりか。おれに惚れてるんじゃないだろうな、と心の中で呟く。もちろん口にはしない。

《メコス》は端から端までゆっくり歩けば、優に三十分以上はかかる大きさである。加えて四階まであるから、ここでたったひとりの人間を見つけ出すのは至難の業《わざ》だ。よほどの幸運に恵まれなければ見つけられないだろうし、そんな幸運は期待していなかった。一応、やるだけのことはやってみようと思っただけだ。

とはいえ、全フロアを端から端まで捜し歩く必要はない。男性用衣類のコーナーは省いていいし、日用雑貨も後回しでかまわないだろう。まずは女性の衣類を扱う店を、優先的に覗いてみるつもりだった。

「二階に行くぞ」

断って、エスカレーターに乗った。のんびり立ってなどいられず、動く階段を上る。友梨は何も言わずに、後を追ってきた。

「手分けしましょうか」

説明しなくても、おれの意図は察したようだ。一瞬迷ったが、頼むことにする。ふた手に分かれ、おれは北側、友梨は南側の店をチェックすることにした。

まずは、エスカレーターを上がってすぐの店に飛び込む。いない。すかさず次へ。女性用の店だから、店員もおれに声をかけてこないのがありがたかった。

そんな調子で片っ端から見ていった末のことだった。おれは一軒の店の入り口で立ち止まり、目を瞠《みは》った。おれの前方には確かに、写真で見た世良朱実と同じ顔をした人物が立っていたのだ。

どういうことだ。本当に幽霊なのか。おれは半ば混乱しながらも、その人物に近づいていった。祟られる、などという阿呆なことは、むろん考えなかった。

次にすべきことには迷いがあった。だが、選択肢はほとんどないのだ。おれは心を決め、「世良さん」と呼びかけた。

するとなんと相手はこちらに顔を向けたのだった。

第六章　幽霊の正体見たり、そんなのあり？

1

「世良……さん？」

　呼びかけてはみたものの、まさか本当に相手が振り向くとは思わなかったから、おれは大いに戸惑った。振り向かれても怖いよ、というのが本音だった。

　相手はまじまじとおれの顔を見つめる。呼びかけられたのだから、当然の反応だろう。しかし声をかけた当人であるおれは、金縛《かなしば》りに遭ったように次の一語が出てこなかった。なぜなら、振り返った女性の顔は写真で見た世良朱実にそっくりだったからだ。リョー、馬鹿にして悪かったよ、とおれは心の中で詫びた。幽霊なんかに声をかけるんじゃなかった。

「なんでしょう？」

　しかし幽霊さんは、特に恨めしげでもない声で応じた。よく見れば足はあるし、体が透《す》けていたりもしない。単に死んだ人に顔がそっくりなだけで、ごく普通の生きている人だった。

「世良さん、ですか？」

おれは勇気を奮《ふる》い起こし、改めて訊いてみた。そうです、と認めたりしないでくれよ、と祈りながら。

「私が世良だとしたら、何か用があるのでしょうか」

妙に持って回った返事だな、と思った。世良だとしたら、などと前置きをするからには、世良姓ではないということか。だったらあなたは誰なの？

「亡くなった世良朱実さんをご存じですか。あなたは世良さんにそっくりですけど、縁者なんですか」

我ながら冷静な質問だと、自画自賛した。リョーのような臆病者とは違うのだよ。ちょっとビビりかけたが。

「あなたは世良朱実とどういう関係ですか」

逆に訊き返された。質問に対して質問で答える相手は、たいてい隠したいことがあるものだが、この場合はそうではなく、本当におれの素性を知りたがっているように見えた。おれの側に隠さなければならない事情はないので、正直に答える。

「私は私立探偵で、世良朱実さんの死について調べています」

「私立探偵――」

いささか険《けわ》しげだった幽霊さんの表情が、ぱっと晴れやかになる。おれの職業名は、幽霊さんに感銘を与えたようだ。率直に言って、非常に嬉しい。こんな反応をしてくれる人は、これまでひとりもいなかった。この町の人はなぜ、私立探偵と便利屋を混同しているのだろう。

「本当ですか。ライセンスみたいなものはお持ちですか」

なぜか幽霊さんは、確認をしたがった。日本では私立探偵はライセンス制ではない。だからおれは公的に身分を証明するものを持っていないが、それを説明してから名刺を差し出した。受け取った幽霊さんは、まさに穴が開くほどじっくりと名刺を見た。少しでも嘘があれば、絶対に見破ってやると言わんばかりだ。どうしてそんなに疑うのだろう。相手の態度に首を傾げながら、次の反応を待った。

「これから少し、お時間をいただけますか」幽霊さんは意外なことを言った。「なぜ世良朱実のことを調べているのか伺いたいし、私の側にもお話ししたいことがあります」

「そうですか。それは願ってもないです」

本当に幽霊だったらいやだな、などという阿呆なことはこれしきも考えていない。まったく、微塵《みじん》も考えていない。だからおれたちは、このままこの階にある喫茶店で話をすることにした。見回してみたが、友梨の姿はなかった。やむを得ず携帯電話からメールを送り、幽霊さんと喫茶店にいると伝える。おれに相棒がいると知って幽霊さんは少し表情を変えたが、それについては何も言わなかった。

喫茶店までは距離があるため、並んで歩く格好になる。会話せずに黙々と歩くのも気詰まりなので、おれは話を振ってみた。

「あなたはどうしてそんなに世良朱実さんにそっくりなんですか？　もしかして、姉妹ですか」

「はい」

「えっ？」

どういうことだ。世良朱実には弟がひとりいるだけだったはずだ。まさか女装した男？　と一瞬疑ったが、弟がいくら女装しても似ていないとコーたちが言っていたことを思い出す。じゃあこの人は、どこから湧いてきたんだ？

「話せば長くなりますから、まずは落ち着けるところに移動しましょう」

ぴしりと言われ、それ以上は質問できなくなった。以後はまさに気詰まりなまま、おれは半歩下がって幽霊さんと歩いた。

喫茶店では、後からひとり来るとウェイトレスに告げた。四人がけのテーブルに案内される。幸い、両隣の席は空いていた。声を低めれば、どんな話でもできそうだ。

「私は十村といいます。あなたの名前から教えてもらえますか」

向かい合って、切り出した。幽霊さんは小さく頷く。

「私の名前は、田ノ浦好美《たのうらよしみ》といいます」

「田ノ浦さん。世良さんではないんですね」

「違います。田ノ浦家に養女に行ったので」

養女。世良家にそんな事情があったのか。昭和五十年代のベタなドラマみたいな展開に、おれは驚愕《きょうがく》した。

「つ、つまりあなたは、本当に世良朱実さんの姉妹というわけですね。どちらが姉ですか」

「一応私です。ただ、朱実と私は双子ですが」

ますますベタである。ベタすぎて、想像もしなかった。幽霊の正体が、まさかこんな安直なこととは。世良朱実そっくりに整形手術した、とでも言ってくれた方がよっぽど「なるほど」と思えたのだが。

幽霊さん改め田ノ浦好美の説明によれば、田ノ浦家の夫人は世良朱実の母親の姉だそうだ。残念なことに田ノ浦夫人は先天的に妊娠できない体だったので、早い段階から養女をもらうことを考えていた。そんなときに妹夫婦に双子が生まれたため、すったもんだの末にひとりをもらい受けた。だがその際のことがきっかけで疎遠になってしまい、以後は行き来がなくなっていたという。田ノ浦家は月影の住人ではないから、これまで誰も双子の姉の存在を知らずにいたのだそうだ。

「なるほど。そんな複雑な事情が」

こういう情報は、殺人事件などが起きたら早い段階で明るみに出るはずなのに、なぜ誰も掘り起こさなかったのだろう。そう疑問に感じていたところに、肩で息をする女が飛び込んできた。友梨は田ノ浦好美を見て、「ええええっ！」と辺りを憚らない声を上げる。驚く気持ちはわかるけど、お前、騒々《そうぞう》しいよ。

「すみません、このうるさい女が私の連れです。決して助手ではありませんから」

勝手に名乗られる前に説明した。友梨はおれをひと睨みしてから、「江上友梨です」と自己紹介する。せっかちな友梨は続けて、「あなたはどなた？」などと失礼な訊き方をした。

「こちらは田ノ浦さん。世良朱実さんの生き別れた双子のお姉さんだ」

今の話を最初からするのも面倒だったので、掻い摘んで紹介した。「生き別れ？」と友梨はまるで納得していない様子だったが、ひとまず無視する。おれは顔を田ノ浦好美の方に戻した。

「ええと、あなたと世良朱実さんのご関係については理解しました。ですが先ほどあなたは、月影に住んではいないと言っていましたよね。それなのにどうして、この《メコス》にいるんですか？　先日もあなたを見た人がいたくらいですから、割とちょくちょくいらしてるんですよね」

「はい。時間を作っては、月影に来てます」

田ノ浦好美は認めた。おれはすかさず、質問を重ねる。

「なぜですか。月影のそばに越してきたんですか」

「違います。目的があって、月影に来ているのです」

やっぱり。誰も世良朱実に姉がいることを知らなかったのに、今になって急に目撃されるようになったことには理由があると思っていた。田ノ浦好美は何を狙って、月影に出没しているのか。幽霊話を広めるためではなかろう。

「目的とは？」

「朱実を殺した犯人が、未だに捕まらないからです。そっくりの私がうろうろしていれば、誰かが接触してくると思っていました」

そういうことか。だからこそ、おれが声をかけたときに慎重な態度だったわけだ。最初は身構えたが、おれが私立探偵だと知って緊張を解いたのだろう。話がしたいと望んだのは、情報交換のためか。

「もし犯人があなたの姿を見たら、驚いて何かしてくると考えたわけですね。で、声をかけてきた人はいますか？」

「あなたが初めてです」

田ノ浦好美は悔しげに言った。しかしおれは、本人のためにはその方が幸いだと考えた。もし真犯人が接触していたら、無事では済まなかったかもしれないからだ。

「ずいぶん無茶なことをしますね。危ないとは思わなかったんですか」

やんわりと窘めた。だが、田ノ浦好美は思い詰めた顔をするだけだった。

「危険だということはわかってました。でも私は、朱実を殺した犯人が捕まらないでいることに我慢ならなかったんです。一日でも早く、犯人を捕まえて欲しいんです」

「ちょっと待ってください。朱実さんとは断絶状態だったわけですよね。なぜそんなに感情移入するのですか」

「私と朱実は、互いの両親には内緒で会っていました」

あるときひょんなことから双子の姉妹の存在を知った田ノ浦好美は、親の住所録から連絡先を探り出し、密かに世良朱実と接触を持ったという。ふたりは自分の分身が存在していたことに感激し、たちまち意気投合した。以後は親の目を盗んで携帯電話で連絡をとり合い、東京で会っていた。世良朱実が親許を出て東京で暮らし始めてからは、ますます行き来が頻繁《ひんぱん》になっていたのだそうだ。

「私たちは一卵性の双子ですが、育った環境が違ったせいか、性格はあまり似ていませんでした。ですがそのことがかえって、お互いにとって新鮮だったんです。自分にない部分を相手の中に見つけて、ふたり揃うことで完璧になるような感覚だったんですね。たぶん想像もつかないでしょうが、存在も知らなかった双子の姉妹と巡り合うというのは、すごい充足感をもたらしてくれることなんです」

なるほど、そういうものなのか。つまり、一度は完璧になれたのに、一方が永久に喪《うしな》われてしまった。その喪失感を埋め合わせるには、朱実を殺した犯人を捕まえるしかない。田ノ浦好美はそう言いたいのだろう。

「私の側の事情はお話ししました。次はそちらの話を聞かせてください。十村さんはどうして、朱実の事件を調べているんですか」

話をこちらに振ってきた。情報収集はギブアンドテイクだから、これだけの新情報を聞かせてもらったからには知っていることを教えてあげたい。だが依頼人がすぐ真横にいるというのに、ぺらぺらとなんでも話すわけにはいかない。おれは友梨に顔を向け、「話していいか?」と尋ねた。本当なら友梨が依頼人であることも明かしてはならない事項だが、こいつが勝手に首を突っ込んできたのだからやむを得ない。

「えっ、まあ、いいけど」

話に今ひとつついていけてないことが見え見えの態度だった。なんだかよくわからないけど、ここで話を打ち切ってしまうのはよくないと考えたのだろう。賢明な判断だと、後で誉めてやらなければ。

「実はこいつの元彼が阿呆な奴で」

そんなふうに説明を始めた。こいつ呼ばわりは不本意だったようで、ギロリとこちらを睨む視線を横顔に感じたが、無視しておく。おれは署長のことは伏せておいて、コーの無実を証明するために雇われたのだとだけ告げた。

「本当に、そのコーという人は犯人じゃないんですね」

田ノ浦好美の念押しに、友梨は胸を張って応じた。

「違いますよ。ただの阿呆です」

答えになってない気がするが、コー本人を知っているとそれで過不足ない説明に思える。だがコーを知らない田ノ浦好美は、納得しているようではなかった。

「では、十村さんの調査過程で、怪しい人物は浮かんできましたか?」

当然の質問だろう。もちろん、収穫がゼロなどということはない。遺体に残された謎の傷跡の件があるし、幼女殺しまで遡る殺しの連鎖も気になるところだ。だがそれらは調査で知り得た秘密事項だから、初対面の相手に明かせることではない。〝怪しい人物が浮かんだか〟という点にだけ、おれは首を振って応えた。

「いえ、今のところは」

「コーさんのアリバイは成立しないのだから、真犯人を見つけ出すしか無実を証明する手段はないですよね。つまり十村さんは、今後も真犯人捜しをするわけですね」

田ノ浦好美は理詰めで攻めてくる。まあ、そういうことになるかな。おれが「ええ」と応じると、田ノ浦好美は身を乗り出してきた。

「でしたら、今後も情報交換しませんか。私の方で何かわかったことがあったら、お知らせします。その代わり、十村さんも真犯人に繋がりそうな手がかりを見つけたら、私に教えてください」

田ノ浦好美の必死な眼差《まなざ》しは、溺れる者は藁《わら》をも掴むという諺を思い起こさせた。いや、おれは藁じゃないがな。

2

「どう思う?」

互いの連絡先を交換してから、田ノ浦好美には先に帰ってもらった。友梨と相談するためだ。依頼人の許可なしに、調査結果を漏らすわけにはいかない。胸がでかいだけの気が強い小娘にいちいちお伺いを立てなければいけないのはいささか癪《しゃく》だが、探偵としての基本ルールは守らなければならない。

「どうって、何がですか? あたしは何がなんだかさっぱりわからないんですけど」

おれの正面に移動した友梨は、口を尖らせて文句を言う。わかったよ、ちゃんと説明してやる。面倒臭いが、田ノ浦好美の複雑な出生について語って聞かせた。

「――いまさら双子が出てくるなんて、話がややこしくなるだけなんですけど」

説明を終えても、なにやら友梨は不満げだった。次々に新しい事実が明らかになる割には、本来の目的がいっこうに達成されないことに苛立っているようだ。まあ、戸惑うのは仕方がないとしても、そんなに苛々しなくたっていいだろう。短気か。

「世良朱実の東京時代を知るには、いい情報源だ。でもそのためには、こちらも調査結果を少しは教えなきゃならない。いいか？」

「少しはって、どこまでですか。大関善郎の話までするんですか」

「いや、それはまずいよな。そもそもキミに明かしたのだって、署長との仁義を考えればよくないことだったんだ。だからあくまで、世良朱実殺しに関しての情報だけだよ」

「世良朱実殺しに限定するなら、何もわかってないですよね」

うっ、痛いところを突いてくるな。だからこそ、双子の姉と情報交換したいんじゃないか。

「ともかく、田ノ浦さんの情報は貴重だと思う。こちらも情報提供する許可が欲しい」

「許可ですかぁ」

まだ不満なのかよ。もしかして、死んだ世良朱実のそっくりさんが登場したこと自体が気に食わないのか。コーが懲りずにまたちょっかいを出すことを心配しているのだとしたら、ひょっとして、あいつに未練があるわけ？

「ちょっと考えさせてください。そもそも、あの人を信用できるかどうか、まだわからないですよね。簡単に情報を漏らしちゃったりしていいんですか?」

単に焼き餅を焼いているだけかと思いきや、冷静な指摘をしてきた。確かにそれも一理ある。むろん、明かしていい情報とそうでない情報はきちんと区別するさ。いくら相手が美人だからといって、簡単に信用したりしないことも言うまでもない。

「利用はしても、利用はされない。それが探偵だ」

会心《かいしん》のかっこいい台詞だと思ったのだが、友梨はきょとんとした顔で一拍おいた末に、大笑いしやがった。田舎者はこれだからいやだよ。

喫茶店を出る際に、リョーをほったらかしにしていたことにようやく気づいた。しかしあいつも仕事の合間にひと休みしていただけみたいだから、さすがにもういなくなっているだろう。リョーの存在は念頭から押しのけ、これからのことを考える。さて、いったい何をすべきか。

「午前中の続きに戻ろう。世良朱実の周辺を洗い直すか、あるいは強盗殺人の線を追うことにするか。おれとしてはそのどちらでもなく、大関事件との関連性を調べたいのだがな」

喫茶店の前で立ち止まり、友梨に問いかけた。友梨は小さく首を捻り、「そうですねぇ」と言う。

「お昼ご飯を食べながら考えませんか。あたし、お腹空いちゃった」

言われてみれば、そろそろ十一時半になろうとしている。《メコス》のレストラン街には暇なおばちゃんたちが大挙して押しかけてくるから、ここで食べたいなら混む前に店に入るしかない。ちょうどいい時刻ではあった。

「……そうするか」

どうもペースを狂わされっぱなしでいけない。だから小娘を連れ歩いての仕事などしたくないのだ。とはいえ、おれも昼飯抜きで歩き回るのは辛いから、文句は言えない。友梨が「パスタにしよう」と勝手に決めるので、選択の余地がないまま四階のパスタ屋に入った。

「すみません、ちょっとトイレ」

席に落ち着いて注文を済ませると、友梨はそう断って店の外に出ていった。すぐに戻ってくると思いきや、なかなか帰ってこない。便秘で悩んでいるのか？　仕方ないのでおれは頭の中でこれまでの情報を整理しつつ、今後の方針に思いを巡らせていた。友梨は料理がやってくる直前に、ようやく戻ってきた。化粧直しをしていたようだ。

「午後はやっぱり、世良朱実さんの知人を捜してみましょう」

食べながら、友梨はそう提案してくる。うーん、その線か。あくまでおれの勘だが、そっち方面を調べても何も出てこないと思うのだが。

「それなら、もう一度田ノ浦さんから話を聞こう。月影の友人のことを、田ノ浦さんは知っているかもしれない」

「えーっ、あの人はいいですよ。あんな人とは関わらないで、あたしたちだけで調査しましょう」

何が気に食わなかったのか知らないが、ずいぶん毛嫌いするものである。好き嫌いで仕事を左右しないで欲しいのだが。

「漫然と捜すだけでは、無駄足になるかもしれないぞ。それでもいいのか」

「そんなにあの美人にまた会いたいんですか？　鼻の下を伸ばしてましたもんね」

いや、そういう問題じゃないから。鼻の下伸ばしてないし。

「家に帰ったら、お姉ちゃんの遺影に報告しちゃおう。十村さんが美人と会ってでれでれしてたって」

勘弁してくれよ。どうしてそういう話になるんだよ。

結局おれは、言われるがままに世良朱実の知人捜しという空しい仕事に従事した。案の定、まったく無収穫という寂しい結果だけを手にし、一日を終えた。友梨はおれの仕事を助けるどころか、邪魔ばかりしているような気がしてならない。

しかし、期待していた電話は思いがけず早くかかってきた。おれは携帯電話が鳴るのを待っていたが、まさか今日のうちに相手が動くとは予想していなかった。田ノ浦好美はおれがひとりでいることを確認してから、思い詰めた声で言った。

「よろしければ、ふたりだけでお会いできないでしょうか。できれば今から」

美人からこんなことを言われて、浮かれない男はそうそういないだろう。おれはその数少ない男のひとりだった。友梨にこのストイックな態度を見せてやりたいものだ。

3

時刻は夜の七時を回ったばかりである。外で会うのもいいが、この月影では誰に見られているかわかったものではない。田ノ浦好美は自分の姿を曝《さら》して真犯人を釣り出したいようだが、そんな危険な真似をこれ以上させるわけにはいかなかった。よって、この事務所に来てもらうことにした。夜九時過ぎだったらいささか気が引けるところだが、七時ならぎりぎり許容範囲であろう。

どこから電話してきたのか知らないが、三十分と経たずに田ノ浦好美は訪ねてきた。応接セットに坐らせ、コーヒーを出す。最初は事務所内を物珍しげに眺めていた田ノ浦好美だが、おれが前に坐ると表情を引き締めた。

「無理言ってすみません。できれば、十村さんとだけお話ししたかったので」

「実はこちらもです」

ではなぜ邪魔な小娘を連れ歩いているのかと突っ込まれてもやむを得ないところだが、おれにも答えようがない。厄介なお荷物を背負い込んでいると説明するしかない。

「あの依頼人のお嬢さんを嫌うわけではないのですが、この町の人の耳には入れたくない話があったんです」

「ほう」

向こうはなぜか対抗心を燃やしているというのに、大人の女性は度量が広い。それに、ひとりが知ったことはあっという間に広まってしまうこの田舎町では、その警戒心は正しい。世良朱実から町の雰囲気を聞いていたのだろうか。

「町の人の耳に入れたくないということは、世良朱実さんにとってあまりいい話ではないのでしょうか」

推測をぶつけると、見事に的を射た。田ノ浦好美は硬い顔で、「そうです」と認める。

「これから私は、外聞の悪い話をしなければなりません。そうすることが結局、事件を解決に導いてくれるかもしれないと考えるからです」

「なるほど」

世良朱実にとって不利な話であれば、そこに事件の動機が潜《ひそ》んでいる可能性がある。もしそれが警察すら知らない情報であるなら、なおさら有益だった。

「伺いましょう」

おれは静かに促した。田ノ浦好美は唇を一度引き締めてから、おもむろに語り始めた。

「私と朱実は気が合いましたが、何から何まで認めていたわけじゃありません。むしろ、眉を顰めてしまう面も多々ありました。例えば朱実は、金銭感覚が非常にルーズなんです。お金を後先考えずに使ってしまうんですね。世良の家も父親は普通のサラリーマンですから、決して特別に裕福というわけではないのに、なぜああなってしまったのか。両親は娘ふたりにかけるはずだったお金を朱実ひとりに注ぎ込んだから、甘やかしてしまったのかもしれません」

常に金に困っていたという話は、コーや奴の友人たちから聞いていた。それは金遣いの荒さに起因していたのか。

「もともとそういうところがあったのに、東京に出てきてひとり暮らしを始めてから、さらにひどくなりました。東京には朱実が欲しがるような物が、たくさんあったからです。朱実が欲しがる物はブランドもののバッグだったり、服だったり、アクセサリーなので、OLの少ない稼ぎでは買えるわけがありません。朱実はすぐに、男の人にプレゼントさせることを覚えました」

若い娘がブランドものを手にしようと思ったら、確かに選択肢は少ない。水商売か、風俗か、男に貢《みつ》がせるかしかないだろう。綺麗な女ならどれでも稼げるだろうが、一番楽なのはやはり、貢いでくれる男を見つけることか。

「なんというか、朱実は男の人を惹きつけるのがすごくうまかったのです。媚《こ》びを売るというわけではないのですが、ずっと無関心そうにしていたのにふと優しくしたり、あるいは何度も視線を合わせたり、相手の肘にさりげなく手を置いたりとか、誰に教わったわけでもなくそういうテクニックを使えたのです。狙った男を落とせなかったことはないと豪語していましたが、おそらく嘘ではないでしょう。仕掛けても駄目な人と、うまくいきそうな人を、初対面の時点で見分けることができていたのです」

コーには世良朱実の方から声をかけてきたとのことだった。そしてコーは、簡単にのぼせ上がって終《しま》いにはストーカーにまでなってしまった。東京で手練手管《てれんてくだ》を磨いてきた女なら、田舎者の純朴な男をなびかせることなど、赤子の手を捻るも同然だっただろう。コーが阿呆であることは間違いのない事実だが、相手がそんな女だったとは驚きである。

「最初のうちは、同じ年くらいの人を相手にしていました。でも、若い男性ではプレゼントに使えるお金も限られます。そのうち朱実は若い人に飽き足らなくなり、だんだん三十代以上の人を狙うようになりました。自然に知り合って友人になるのではなく、最初からお金目当てで男性に接近するようになったのです」

なんだか、思っていたよりずっと性悪な女だ。コーや友人たちはわずかに胡散臭い気配を感じ取っていたみたいだが、他の人からはそんな話はまったく聞こえてこなかった。世良朱実はこの月影で、少なくとも帰郷して以降はうまく本性を隠していたようである。だとするなら、コーたちはよく世良朱実の本性に勘づいたものだ。単なるドケチかと思って悪かったよ。

「あなたはそんな妹を、ただ見ているだけだったのですか」

おれは尋ねてみた。非難の意図はない。田ノ浦好美が双子の妹をどう思っていたのか、知りたいだけだ。

「人の気持ちを利用するような真似はやめた方がいいと、何度も忠告しました。でも朱実は、聞く耳を持ってくれませんでした。私が朱実を受け入れている限りは機嫌よくしているのですが、少しでも窘めるようなことを言うとたんに反発しました。『何不自由ない暮らしをしてきた好美にはわからないのよ』と、理不尽なことまで言って怒るのです。というのも、田ノ浦の家はそれこそごく普通の中流家庭で、世良の家の方が経済的余裕はあったはずなので。ともかく、朱実は責められることが大嫌いな人でした」

「そういう相手なら、忠告してやる気もなくなりますね」

「そうなんです。私も反省していることですが……」

田ノ浦好美の気持ちを汲んだ相槌を打ったつもりだったが、それでも彼女は悄然《しょうぜん》として肩を落とした。いささか憐れになる。

「狙う相手を年上にシフトしたことで、朱実さんは満足していたのでしょうか」

先を促す。話はこれからが本題ではないかと思えた。田ノ浦好美は顔を上げ、続けた。

「そうであってくれればよかったのですが、実際は違いました。三十代の男性でも、そんなにぽんぽんとブランドものを買うことなんて無理ですよね。せいぜい誕生日とクリスマス、それとホワイトデーにプレゼントするくらいじゃないですか。朱実はそれでは満足せず、欲しいときになんでも買ってくれる相手を求めていたのです。朱実はもっとお金持ちを狙い始めましたが、同時に三十代男性からもお金を搾《しぼ》り取り始めました」

「搾り取る?」

なにやら、きな臭い表現になってきた。男女の関係において、そんな表現が介在し始めるとろくなことはない。果たして田ノ浦好美は、言いづらそうに言葉を吐き出した。

「はい。露骨にねだるようになったのです。相手が渋るようなら、結婚を出汁《だし》にして」

「結婚を? でも実際には、結婚する気なんてなかったんでしょう?」

今の話の流れからすると、特定の誰かとの結婚などとても考えているようではない。現に世良朱実は、東京から月影に戻ってきたのである。単に破談になって傷心の末に帰郷したのならいいが、相手は何人もいたようだ。となると、それは――。

「朱実は誰とも結婚する気はありませんでした」

「結婚する気がないのに、それを匂わせて金を出させるのでは、結婚詐欺と言われても仕方ないではないですか」

「そうですね。本人にそんなつもりはなくても、やっていることはれっきとした結婚詐欺でした」

なんと、世良朱実は結婚詐欺師だったのか。詐欺を働いているという自覚がなかったとはいえ、空手形を切って相手に金を吐き出させていたのなら、詐欺の要件が充分に成立する。月影に戻ってきたのは、詐欺罪で捕まることを恐れたからだったのではないか。おれはそう、推測した。

「相手はひとりだけですか？」

大事な点を確認した。被害者がひとりだけなら、金が介在していたとしても恋愛のいざこざの範囲に収まるかもしれない。だが田ノ浦好美は、辛そうな顔で首を振った。

「いえ、朱実は同時に、何人もの人と付き合っていました」

駄目だ、これは。そんな状況なら、どこからどう見ても詐欺師である。告訴されたら、たちまち警察が動く。よく逮捕されずに月影に戻ってこられたものだと思った。

「そんなことを続けていたら、いつか破綻《はたん》しますよね。それで東京にいられなくなったわけですか」

「そのとおりです。朱実は本当に馬鹿でした」

田ノ浦好美はきっぱりと言った。隠し立てせずに話すと決めたからには、下手に庇っても仕方がないと考えているようだ。

「大半の男性は、朱実からさんざんにお金を搾り取られても、最後は泣き寝入りするだけでした。騒ぎ立てても、自分が恥をかくだけだと男性は考えるからでしょう。でもひとり、簡単には引き下がってくれない人がいました。親から引き継いだ町工場を、朱実に入れ込んだせいで潰してしまった人です。怒るのも当然だと思います。おれと結婚しないなら裁判を起こす、と言って、何度も朱実のところに押しかけてきました。私も、その人と会って話し合ったことがあります」

調子に乗った朱実はやりすぎたということか。相手の生活が壊れるまで金を毟《むし》り取っては、遺恨が残るだけである。詐欺師としては二流だと断ぜざるを得なかった。もっとも、世良朱実当人は詐欺師の自覚がなかったのだから、歯止めも利かなかったのだろう。

「朱実にとって幸いなことに、その男性は暴力に訴えるような人ではないし、ストーカーみたいな行動にも走りませんでした。とはいえ、四十を過ぎた立派な体格の男性に、大きな声で罵《ば》倒《とう》され続けたら、誰だって精神的に参ってしまいます。朱実の付き添いで話し合いの場にいただけの私でさえ、生きていくのがいやになるくらい心がずたずたになりました。さすがに朱実も反省して、東京を引き払って月影に帰り、おとなしくしていたのです」

「なるほど、よくわかりました」

この月影で世良朱実がおとなしくしていたかどうかには、異論があるところだ。世良朱実はコーに声をかけ、金を貸してくれと持ちかけている。コーを金持ちと思ったはずはないから、声をかけたのは単に奴がイケメンだったからだろう。世良朱実もいつもいつも金狙いではなく、男の顔に釣られることもあったというわけだ。だが昔の癖は抑えられずにコーにも金を期待して、すげなく断られる。コーの取り柄は顔だけで、頭はすっからかんだ。その上ケチと来ては、付き合い続ける気もなくなるだろう。コーと世良朱実の付き合いは、おおよそそんなところだったのではないか。ようやく全貌が見えてきた。

「そんな話をわざわざ私にするのは、その頃に買った恨みのせいで朱実さんが殺されたのではないかと考えているからですか」

おれは確認した。田ノ浦好美は少し考えを巡らすように、曖昧に首を傾げる。

「その点は私には判断がつきません。朱実を恨む人が東京から追いかけてきたのかもしれないですが、それにしてはこちらに戻ってすぐ殺されたわけではないのが妙です。むしろ、こちらでできた付き合いの中で、殺されるような恨みを買ったのではないでしょうか」

「おとなしくしていたのではないんですか」

「本人はそう言っていましたが、それが本当かどうかは私にはわかりません。もし十村さんが、今の話を元に朱実を恨んでいた人を捜し出せるなら、ぜひそうしていただきたいです」

「警察には行かないんですか」

警察がその情報を知らないことはわかっている。いや、違う。警察が、ではない。署長が、だ。警察が知らないのは不自然である。

「朱実の恥ですから、警察には行きづらかったんです……」

言いにくそうにして、最後は声を小さくした。気持ちはわかるから、何も恥じ入る必要はない。そう言ってあげたかった。

「わかりました。貴重な情報をありがとうございました。私の調査に大いに役に立ちます。念のために、東京で朱実さんに騙《だま》された男性たちについて詳しく教えてもらえますか。名前や職業、わかるなら連絡先など」

おれの求めに、今すぐはわからないと田ノ浦好美は答える。東京に帰ったら、可能な限りを調べてメールするとのことだった。今日はホテルに泊まっていると言うので、おれは彼女がタクシーを拾うところまで見届けてから、事務所に戻った。

4

ひとりになって、今の話を整理してみた。まず、世良朱実の本性について。おれはこれまで、コーたちが語る世良朱実と、老人会の面々が受けた印象とが合致しないことが不思議だった。老人会の人たちは、世良朱実を天使のようだったとまで言っていたのだ。その食い違いも、今ならばなぜ生じたのかわかる。やはり世良朱実は、金目当てで老人たちに近づいていたのではないのか。友梨に対しても興味津々だったあのじいさんたちなら、積極的に近づいてくる世良朱実を手放しで受け入れただろう。まだお友達の段階だったようだが、世良朱実は頃合いを見て金の無心をするつもりだったと考えられる。だから猫を被り、天使のような娘の振りをしていたのだ。それ以外に、あんな狒狒《ひひ》じじいたちと付き合う理由はないはずである。

一方コーたちは、もともとケチだったお蔭か、金を貸してくれと言われてたちまち警戒した。コーに対しても朱実は、当初は猫を被っていた可能性はあるが、その一件以来、コーはなんとなくおかしなものを感じ始めていたようだ。阿呆には阿呆なりの勘が働くということか。

いや、待てよ。おれの頭に、天才的な閃《ひらめ》きが走った。奴らは本当に、怪しんでいるだけだったのだろうか。コーがストーカーまでしていたのは、未練だけが理由か。おれには言わないだけで、実は被害を受けていたということはないだろうか。

百戦錬磨の世良朱実にしてみれば、コーから金を毟り取ることなど半分寝てでもできるはずだ。何しろ相手は阿呆である。作り話のひとつもすれば、ありったけの金を吐き出したのではないか。いくら貧乏だとしても、十万や二十万くらいの蓄えはあっただろう。世良朱実にしてみれば本当に遊び半分で、それらの金を巻き上げた可能性がある。だが巻き上げられた側にとっては、それはなけなしの金だ。騙されたと知れば恨みに思うし、返して欲しくてつきまといもする。だからこそのストーカー行為だったのでは。

さらにおれは、推理を一歩進める。奴らは口を揃えて、アリバイがあったことを主張した。しかしそのアリバイは実は成立しておらず、コーが居酒屋にいたこと自体も友人たちが証言しているだけだ。おれはコーが阿呆だから犯人のわけはないと考えていたが、阿呆こそ短絡して阿呆な行動に出るとも言える。コーは本当にやってないのか？

もしコーの犯行だったとしたら、リョーを始めとした友人たちも関わっている可能性が高い。

九時半まで居酒屋にいたといっても、店を出てすぐ別れでもしない限りは死亡推定時刻の下限である十時までに殺人はできないからだ。飲んだ場合はしばらくうだうだとくだを巻くものだし、現に奴らはコーだけがさくっと帰ったなどとは言っていない。むしろ、ずっと一緒にいたと示唆していたつもりなのではないだろうか。そのつもりならば、奴らはコーのアリバイを偽証しているのだ。あるいは、コーの犯行を手伝っていたとしても不思議ではない。阿呆のコーひとりでは、人殺しなどとうていできないだろうからだ。

コーと友人たちによる犯行。あまりに意外な結論が浮かび上がり、おれは驚いた。同時に、腑《ふ》にも落ちた。事件にはやはり、意外な結末が必要である。いかにも怪しげな人間が、痴情の縺《もつ》れとかで人殺しをしていたのでは興醒《きょうざ》めだ。その点コーならば、最初に疑いをかけられた人物ということでかえって、容疑の圏外に置かれている。こいつ以上に意外な犯人がいるだろうか。いや、いない。腕利きの探偵が解決する事件の犯人として、まさにふさわしいではないか。

ひょっとしたらコーと友人たちは、阿呆な振りをしていたのかもしれない。犯罪の天才とも言うべき悪魔的知性をひた隠しにし、おれを油断させるために阿呆を装っていたのだとしたら。さすがのおれもうっかり騙されるところだったが、そうはいかない。腕利きの探偵の真の実力を、奴らに示してやらなければならないだろう。

奴らが実際には九時半より前に居酒屋を出て犯行に及んでいたなら、あの店の店主は口裏を合わせていたことになる。よし、もう一度話を聞きに行こう。今度こそ、少しの嘘も見逃さないよう、店主の表情の変化を観察すべきである。嘘をつくようなら、コーたちの犯行で決まりだ。

おれは事務所を飛び出し、愛車のビートルに飛び乗った。国道を飛ばして、居酒屋に到着する。店には先客がふた組来ていて、店主はカウンターの向こうで忙しげに立ち働いていた。質問をするには不向きな時間帯だったようだ。しかし、ここで引き返すわけにはいかない。おれはカウンターに腰を下ろし、オレンジジュースを注文した。

「いらっしゃい、って、オレンジジュース？」

「車なので。それと、板わさと梅キュウリ」

何も注文せずに質問をぶつけるのは、さすがに気が引ける。夕飯を食べていないので、ここで腹を満たしてもいいと思っていた。

厨房《ちゅうぼう》の中にはもうひとり、中年の女性の姿もあった。店主の奥さんだろうか。従業員は他にいない。個人経営の店がばたばた潰れていく中、この店が生き残っているのは、人件費をかけていないためではないかとおれは考えた。

「どうぞ」

その女性がオレンジジュースの瓶とコップを持ってくる。おれは手酌《てじゃく》でジュースを飲みながら、店主の手が空くのを待った。

「はい、お通し」

目の前に小鉢が置かれた瞬間を見計らって、「この前の話ですけど」と声をかける。向こうはこちらの顔を憶えているのかいないのか、特に目立つ反応は示さなかった。

「世良朱実さんが殺された夜、コーとその友達四人は、本当にこの店にいたんですか？」

いきなり質問をぶつけることで、相手の動揺を誘う作戦だった。だが髭面の店主はおれの顔をギロリと睨んだだけで、「いましたよ」と答えるとさっさと厨房に戻ってしまう。これでは表情から見抜くも何もない。手強い相手だった。

やむを得ず、焼き鳥を数本と肉じゃがを頼む。店主は低い声で「はい」と応じるが、それだけで顔は上げない。どうもやりにくい。

肉じゃがはあらかじめ作ってあったらしく、板わさと梅キュウリとともにすぐに出てきた。質問はひとまず措《お》いておいて、箸をつける。うまい。腹が減っていることもあり、ついつい食べることに没頭してしまった。いかん、これでは駄目だ。

「あの夜はコーたちの他に客はいなかったと言ってましたよね。そちらの女性はいたんですか」

厨房内にいる女性を、顎で指し示した。店主が話を聞いてくれそうなタイミングを見計らっていたら閉店まで粘らないといけないので、もうかまわず話しかけることにしたのである。焼き鳥を焼いている店主は煙に目を細めながら、こちらをちらりと見た。

「いなかったですよ」

「じゃあ、コーたちがここにいたことを証言するのは、あなただけだということですね」

「……何が言いたいの？」

店主は敬語を使うのをやめた。するとたんに剣呑《けんのん》な雰囲気が体から発散され、わずかに気《け》圧《お》される。居酒屋を始める前はいったい何をやっていたんですか、と訊きたくなる迫力だった。

「コーたちはあの夜、本当はここにいなかったんじゃないですか」

「……おかしなことを言うね。あんた、探偵だっけ？」

「そうですよ」

「コーの無実を証明するために雇われたんじゃなかったか？」

「そのとおりですが、真実を解明することがコーの無実を証明することに繋がると思っています」

「そんなこと言って、コーを疑ってるんじゃないか」

「違いますよ。本当のことが知りたいだけです」

おれの言葉をどう受け取ったのか、店主はそれきり黙り込んだ。やがて、「お待ち」と言って焼き上がった焼き鳥を皿に載せて差し出してきた。おれはしつこく食い下がる。

「で、どうなんです？　コーたちはいなかったんじゃないんですか。あなたは口裏を合わせているだけでしょ」

断定してやった。人は隠し事をずばり言い当てられると、心ならずも動揺するものである。店主も同じだろうと、特に目の動きをじっと観察した。視線が泳いだりしたら、かなり怪しい。

「コーたちは本当にここにいたよ。あんた、やってることが的外れだよ」

店主はおれをひと睨みして言い捨てると、背中を見せて厨房の奥に戻った。的外れ？　そうなのだろうか。先ほどまでは満腔《まんこう》の自信を持っていた推理だが、いささか揺らいできた。

やり取りが途切れたのを機に、焼き鳥を口に運ぼうとしたときだった。

「と〜むらちゃん。こんなところで何やってるの？」

聞き憶えのある濁声が、背後から響いた。

5

聞き苦しい濁声は、一度耳にしたら忘れられない。おれは瞬時に声の主が誰かわかったが、気づかない振りをした。今は静かに食事をしたい気分なのである。騒がせないで欲しかった。

「無視はいけないなぁ、無視は。いじめは無視から始まるんだぞ。善良な市民が純朴な公務員を苛めちゃいけないなぁ」

誰が純朴な公務員だ。おれは内心で毒づきながら、焼き鳥を口に入れようとした。だがもう少しのところで、焼き鳥の串はかっさらわれた。おれの傍らに立ったらっきょう顔の男が、「あーん」などと言いながら勝手に焼き鳥を食べる。おい、ふざけるなよ。

「ここの焼き鳥はうまいね。相変わらずうまいね。どう、キミも一本？」

らっきょう顔の刑事、成田は、焼き鳥の皿を取り上げると連れのパンチパーマ男に勧めた。あんた、誰の焼き鳥だと思ってるんだよ。食べるんなら金払え。

「いやいや、これはいけますね。ビールが飲みたくなっちゃいますね」

パンチパーマの名前は、確かハネダだったはずだ。ふざけるのは名前だけにして欲しい。

「同感だけど、ハネダくん、ボクたちは勤務中だからさ、純朴な公務員が勤務中にビールはまずいでしょ。ビールは」

「それもそうですね、って探偵、お前、何飲んでんだよ。子供かよ」

おれがビールを飲んでいたら、横からかっさらうつもりだったようだ。あいにくだったな、と言ってやりたかったが、つい真面目に説明してしまう。

「車で来てますので、ノンアルコールで」

自動的に頭がぺこぺこと下がってしまうのは、新種の奇病だろうか。ちょっと心配になる。

「善良な市民はそうでなくちゃいかんが、なに、ボクたちもまったく話がわからない堅物じゃないんだよ。と〜むらちゃんが喉を潤す程度にビールを飲むなら、いちいち目くじら立てたりしないいんだよ」

だからビールを注文しろというのか。冗談じゃない。そんなことしたってこいつらに飲まれるだけだし、おれが泡でも啜《すす》ろうものなら直ちに逮捕するつもりだろ。

「いえ、あの、アルコールは一滴も飲めない体質なので」

「なんだよ、男のくせに情けないなぁ。あれか？　今はやりの草食系ってやつか」

どうとでも思ってくれ。

それよりもおれは、このタイミングで成田たちがやってきたのは偶然だろうかと考えていた。偶然でないとしたら、まさか店主が呼び寄せたのか。しかし、一介の居酒屋の店主が、刑事を呼び出せたりできるのだろうか。しかもこう言ってはなんだが、ただの探偵に過ぎないおれが質問をしに来ただけで刑事を呼ぶのは、いささか大袈裟すぎる。やはり偶然か。

「あのー、刑事さんたちはよくこちらの店にはいらっしゃるんですか」

だから質問してみたら、刑事たちはちゃっかりとおれの左右に坐って、カウンターに置いてあった割り箸を割ると板わさや梅キュウリまでつまみ出した。割り勘だぞ、お前ら。

「よく来るんだよ。ここで夕飯を食べるのが日課と言ってもいいな。今日も腹が減ったからやってきたら、なんと旧友のと~むらちゃんがいたというわけだ」

いつの間に旧友になったのだろう。

「探偵、もう食べるものがないぞ。追加してやろうか」

「あーっ」

成田の相手をしているうちに、ハネダがひょいひょいと全部食べてしまったようだ。どれだけ早食いなんだよ。

「それはいいね、ハネダくん。と~むらちゃんの代わりに注文してあげなさい」

「代わりにじゃなくて、皆さんは皆さんで注文すればいいじゃないですか」

「料理はみんなでつついた方が楽しいんだよ」

みんな、の中におれを入れないで欲しい。

ハネダは焼き鳥を片っ端から、それに冷や奴《やっこ》やらサラダやら枝豆やらどさくさに紛れてビールやら、大量に注文した。おれはすかさず店主に、「別会計にしてくださいよ」と言ったが、聞こえているのかどうかわからなかった。

「うるさいよ、お前は。この町で探偵やりたいなら、刑事とお近づきになっておいた方が得だぞ」

ハネダは割り箸でぴしりとおれの頭を叩く。口に入れた方で叩かないで欲しいのだが。

「ハネダさんの名前って、あれですか、やっぱり羽田空港の羽田ですか」

どうしても気になるので、訊いてやった。するとハネダは思いっ切りムッとして、「根っこが入ってる方のハネダだよ」と答える。一瞬意味がわからなかったが、頭の中で〝羽根田《はねだ》〟という文字を思い浮かべて得心した。なんだ、空港コンビじゃないのか。残念だな。

「お前、腹の底でおれらのことを空港コンビとか呼んでたろ。ふざけんなよ」

これまでさんざん、そう言われてからかわれてきたのだろう。おれの首を絞める手にけっこう力が入っていることからも、そのことが推測できた。あのう、死にそうなんですけど。

「呼んでませんせん呼んでません。本当に呼んでません」

死に物狂いで弁明したら、ようやく解放してくれた。本当にこんな凶暴な奴が刑事でいいのかよ。署長の気苦労が偲《しの》ばれるというものだ。

「と〜むらちゃん、もしかしてあれか？　こちらのお店の方《かた》にあれこれ質問して迷惑をかけるためにやってきちゃったりしたんじゃないのか。そうなんだろ」

店の女性が運んできたビールを、羽根田が成田のコップに注ぐ。それを受けながら、成田は鋭いことを言った。おれはぶるぶると首を振る。

「いえいえ、迷惑をかけるなんてそんな」

「探偵なんて社会のゴミは、存在自体が迷惑なんだよ。で、何を訊いてたんだよ。正直に答えないと公務執行妨害罪で今夜は寒いところで寝てもらうよ」

ただの脅しとは思えないのが怖い。隠すようなことではないので、ありのままに明かした。

「事件当夜に、前山耕一とその友人が本当にこの店にいたかどうかを確認してたんです」

「なんだよ、おい。お前、前山耕一を疑ってるのか」

冷や奴を独り占めしている羽根田が、口をもぐもぐさせながら言う。冷や奴、おれも食べたい。

「疑ってるのか、って、疑ってるのは警察でしょ」

逆に訊き返してやった。おれが警察の情報を知らないとでも思っているのだろうか。

だが空港コンビは、おれ越しに目を見交わすと「わははは」と爆笑した。なんなんだ、その反応は。

「あの阿呆どもに人殺しなんて大それた真似ができるわけないだろ」

「そうだなぁ。前山耕一と一度会えば、誰にでもわかることだなぁ。そんな馬鹿げた推理をする奴は、かなり頭の中身がおめでたいな」

おめでたくて悪かったね。

しかし、どういうことなのか。警察がコーを疑っているから、おれはあいつの無実を晴らすために調査を続けていたはずなのに。警察はとっくに、コーへの嫌疑を捨てていたのだろうか。

らっきょう顔の成田が言うことはもっともなのだ。コーを疑う方がどうかしていると言われれば、おれもそう思うと応じるしかない。あいつらが悪魔的知性をひた隠しにしているのではないかなどといっときでも考えたのは、我ながらどうかしていた。この極悪空港コンビに目を覚まさせてもらった心地だった。

「本当なんですね。本当に、警察はもう前山耕一を疑ってないんですね」

それでも念を押さずにはいられなかった。いったいおれは、なんのために調査をしていたのか。そもそもの前提が崩れて、眩暈《めまい》がしそうだった。

「疑ってないさー。だからお前も、無駄な調査をしなくていいんだよ。おうちに帰って歯を磨いて寝なさい」

成田はおれの肩を叩きながらも、せっせと枝豆を口に放り込んでいる。実はおれも先ほどから、負けじと食べていたのだが。

そうだったのか。警察はすでに捜査方針を変えていたのか。ならばなぜ、署長は教えてくれなかったのだろう。署長まで報告が上がっていなかったなどということがあり得るのか。

確認しなければならない。そんなことを考えていて少し油断した隙に、焼き上がった焼き鳥をふたりに奪われてしまった。なんとか三本だけ取り戻し、皿の上に身を被せてキープする。子供じゃないんだから、こんな真似させないでくれ。

「いやー、と~むらちゃん、ご馳走になっちゃったねぇ。いいって言ったのに」

「やっぱ、持つべきものは友だなぁ。友達バンザイ」

さんざん飲み食いした挙げ句、ふたりはそんなふざけた台詞を残して立ち上がった。「あのー、割り勘割り勘」と伝票を持って訴えたおれの声は、なぜか奴らの耳を素通りしたようだ。

「ごちそうさまー」と大きな声で言って手を振る奴らの後ろ姿は、実に楽しげだった。

6

会計してみたら、けっこう高かった。あいつらのことは一生恨んでやると、心に決める。

居酒屋を出たおれは、車の中から電話をかけた。相手はもちろん、署長である。署長の耳に入れたいことが、今日一日だけでたくさん出てきた。どれもこれも、捜査本部が設置されている警察署の署長が知らないのはおかしな話ばかりである。どういうことなのか、一刻も早く確認したかった。

「暇だから遊びにおいでー」

こちらは不可解なことの連続に首を傾げているというのに、先方は至って呑気なものである。いや、遊びに行くんじゃなくって、仕事なんだよ。それくらいわかるだろ。

怒っても仕方ないので心の中だけで文句を言って、おれはビートルを発進させた。二十分ほどで署長のマンションに着き、部屋に招き入れられる。相変わらず、小綺麗にしている。来客と言えばおれくらいしかいないのに、なぜこんな生真面目に掃除しているのか、いつも不思議だ。

「世良朱実の幽霊が出た。足のある幽霊だ」

おれはそう切り出した。当然、驚きを伴う反応が返ってくると期待してのことだ。しかし相手は、凡人ではなかった。こいつ相手に普通の反応を期待したおれが馬鹿だった。

「ふーん、珍しいこともあるもんだねぇ」

駄目だ。もっときちんと説明しなければ、こいつには通じない。

「当然、本物の幽霊じゃない。世良朱実にはなんと、生き別れた双子の姉がいたんだ」

「ふーん、珍しい話だねぇ」

一日の疲れがどっと肩にのしかかる。

「……おれはその双子の姉と接触して、いろいろ話を聞いたんだよ。その結果、東京時代の世良朱実がどんなことをしていたか、判明した」

「どんなことをしていたの」

「結婚詐欺さ」

「ふーん」

どうやったらこいつを驚かせることができるのか、誰か教えて欲しい。

「ふーん、じゃないよ。知らなかったのか」

「知らなかった」

「おかしいじゃないか。どうしてそんなことを、捜査本部で調べられなかったんだ」

「説明が大雑把《おおざっぱ》すぎる。もうちょっと詳しく話して」

もっともな要求だ。おれは田ノ浦好美と出会うところから、懇切丁寧に語って聞かせた。署長は真面目に聞いているのかどうかよくわからない、「ふんふん」という相槌を打つ。こいつがこういう態度だから、部下たちもまともに報告する気をなくしたのではないかと疑いたくなってきた。

「――そんな話をぼくが知らないのはおかしいねぇ。どういうことだろう」

それはこっちが訊きたい。

「世良朱実の東京時代については、単に警視庁に照会しただけか？」

「違うよ。そんなに遠いわけじゃないんだから、捜査本部から人をやった。県警の一課と所轄の人間、それぞれひとりずつ送ったんだけどね」

「そいつらは何も摑んでこなかったのか。無能なのか」

「結果的に、そういうことになるねぇ」

署長は以前、月影市には未解決の殺人事件が多いと指摘した。その理由はやはり、警察官の質に問題があるからなのだろうか。ついさっき会ったばかりの極悪空港コンビを思い出せば、正鵠《せいこく》を射た推測だという気がしてくる。

「でも、いくらなんでもそんなことはないよなぁ」

続けて署長は、そう呟いて首を捻る。ならばなぜかと、おれは問いたかった。

「無能でないなら、怠慢か」

「ぼくはそんなに嫌われてるのかなぁ。大事なことも報告してもらえないほど」

そういう問題じゃないだろ、と突っ込みたかったが、警察内部の雰囲気はよくわからない。

子供じみているが、エリートであるキャリア様にそんな意地悪をすることも、まったくあり得なくはないのかもしれなかった。

「東京に派遣した奴らを、少し締め上げた方がいいな」

「そうするね。情報ありがとう。よっちゃんはやっぱり名探偵だなぁ」

……もし部下たちが意図的に報告を怠《おこた》っていたのだとしても、若干気持ちがわからなくもなかった。お飾りのおぼっちゃん扱いされているとわかっているなら、もっと威厳を示せよ。

「報告はそれだけじゃない。というか確認だ。捜査本部はすでに、前山耕一への疑いを捨てているというのは本当か」

「えーっ、それはどこから拾った話？」

「お宅の成田と羽根田という極悪刑事たちからだよ」

「成田と羽根田……、ああ、らっきょう顔とパンチパーマのコンビ」

すぐさま部下たちの顔が思い浮かぶのは、さすがである。ただのお飾りではない。

「おれが居酒屋で聞き込みをしてたらあいつらが入ってきて、さんざん飲み食いした末にその代金をおれに押しつけて帰りやがったんだ。しかも、勤務中とか言いながら、あいつらビールまで飲んだぞ。月影の警察は風紀が乱れきってないか」

ここぞとばかりにチクってやった。あんな奴ら、左遷《させん》されちまえ。僻地《へきち》の駐在所に行って、一生を村のお巡りさんで終えろ。

「彼らが、捜査本部はもう前山耕一を疑ってないって言ったの？」

なのに署長は、ディテール部分はすっ飛ばして大事な点だけ確認した。いや、それは正しい姿勢だが、今はもうちょっとおれの話に耳を貸して欲しかったんだけどなぁ。

「……そうだよ。コーをちょっと疑ってたおれのことを、頭がおめでたいとまで言いやがった」

おれもけっこう根に持ってるなと、口にしてみて再確認する。いや、自分でもあの推理は突拍子がなさ過ぎたと思ってるのだが。

「疑ってなくないよ。前山耕一は今もまだ、最有力容疑者のひとりなんだけどね」

あっけらかんと、署長は言う。なんだよ、それ。捜査本部全体で意思統一できてないのか。

「ちょっと待ってくれ。それもまた、お前に報告が上がってないってことじゃないだろうな。単にあの極悪空港コンビが勝手に言ってるだけなのか」

「一応ぼくも捜査会議に出てるんだから、容疑圏内から外れたかどうかくらいはわかってるよ。まあ、それを言うなら、東京での収穫も捜査会議で発表すべきなんだけどね」

「それでもお前の耳には入ってなかった。ということは、署長のお前に知らせずに現場では密かに、コーへの疑いを捨てていたとも考えられるんじゃないか」

「あり得なくはないけどね。あるいは、よっちゃんが目障りだから嘘をついてでも調査をやめさせようとしたとか」

なるほど。それも考えられる。というか、手を引けとあいつらは警告していたのだから、むしろその可能性の方が高いか。

「部下が暴走しているようだな。手綱《たづな》はちゃんと引き締めてくれ」

おれが指摘すると、署長は照れたように頭を掻いて、「面目ないねぇ」と言った。いや、面目ないで済む問題じゃないと思うのだが。

「ともかく、うちの内部にいろいろ問題があることはわかったよ。警察の問題と言えば、例の件も問い合わせてみた。隣の県警がどうして、大関善郎はロリコンだったと教えてくれなかったのか」

そうか。そのこともあった。どうせくだらない縄張り意識なのだろうが。

「どんな言い訳をした？」

「単なる手続き上のミスだって。隠す意図はなかったって。手続き上のミスだとしても、そういうミスはいけないんじゃないかと懇々《こんこん》と言い聞かせてやったけどね」

懇々と言い聞かせたのか。真綿で首を絞めるように理屈で退路を断たれ、じわじわと追いつめられていく担当者の心境を思い、おれは同情した。その担当者はきっと、二度とキャリアを舐めるような真似はするまいと心に誓ったことだろう。

「で、よっちゃんの方はどう？　幼女殺しについては、調べてくれたのかなぁ」

その件か。あいにく今日は八面六臂《はちめんろっぴ》の活躍だったので、手が回らなかったよ。しかしそうは答えず、依頼人の意向で手を着けられなかったと説明した。

「もともとの依頼からどんどん逸れていくじゃないかと文句を言われて、世良朱実当人について調べて回っていたのさ。世良朱実が金を狙っていたとおぼしき老人会の面々に会ったり、昔の知人を捜したりしたぞ。ほとんど収穫はなかったがな」

「えーっ、そうなの？　全体を明らかにしないと、依頼人の望みも叶えられないと思うんだけどなぁ」

「おれも同感なんだが、あいつ、何を思ったかずっとくっついて歩いて、邪魔ばっかりするんだよ」

「ふうん。依頼人なのに、変なの」

署長は呟いて小首を傾げると、そのままの調子でとんでもないことを言った。

「つかぬことを訊くけど、友梨ちゃんって本当に信用できる人？」

第七章　探偵は過酷な現実と対峙する

1

　そのときのおれは間違いなく、人生最悪の間抜け面をしていただろう。あまりに意外な指摘を受けて唖然としている自分の顔は、決して想像してみたくなかった。

「し、信用できるも何も、あいつは沙英の妹なんだぜ。信用できるに決まってるじゃないか」

　そう、おれが最初から友梨のことを丸ごと信用していたのは、単に沙英の妹だからだった。そしてそれは、おれにとっては充分な理由なのだ。

「言うまでもないと思うけど、姉妹は別人格だよ。妹だから無条件で信用しちゃうっていうのは、人がよすぎるよ。まあ、よっちゃんらしくていいけどね」

　おれは黙り込んだ。自分が不機嫌なのか、衝撃を受けているのか、思考を停止しているのか、よくわからない。ともかく、考えたくもないことを言われたのだけは確かだ。

「なんか、考えるのもいやだって顔してるね」

　よくお見通しだ。これだから長い付き合いの奴は、いろいろやりづらい。助かる面もあるのだが、今はちょっと鬱陶しかった。

「しょうがないから、ぼくが思考の手助けをしてあげるよ。友梨ちゃんがずっとくっついて歩き始めてから、よっちゃんは邪魔だと感じるようになったんだよね。友梨ちゃんがくっついてくるようになったのはいつから？」

言われて、ようやくおれは考えた。あれは確か、この署長に頼まれて大関善郎のことを調べ始め、それをメールで報告してからのことだ。事務所に押しかけてきて、次の日から一緒に行動すると友梨は宣言したのだった。

「大関善郎のことを調べていると言ってからだ」

答えると、署長はいかにも軽い調子で頷いた。

「ふんふん、依頼人が調査の邪魔をするというのはそもそもおかしいんだから、途中で何か都合が悪くなったと考えるべきだね。それはつまり、大関善郎の名前が出てきちゃったことなんじゃないかな」

頭脳明晰な奴は、分析もあっという間だ。この調子で真犯人まで指摘してくれれば楽なのに。おれはものすごく不本意だった。というのも、署長の推理を「なるほど」と思ってしまったからだ。友梨は単にコーの無実を証明して欲しかっただけで、大関善郎の件まで触れて欲しくはなかった。それなのに優秀な探偵であるおれと頭が切れる警察署長がコンビを組んでいたお蔭で、思わぬところまで調べが進んでしまった。だからといってここで依頼を取り下げてしまっては、かえって署長に不審に思われる。おれに調査を継続させるには、自分がくっついて回って邪魔するしかないと判断したのだろう。

なんてこった。おれは確かに、友梨を邪魔だと思っていた。しかしそれは素人娘がまとわりついてくるからであって、調査の妨害をされているなどとはまるで考えなかった。告白すれば、まとわりつかれていやな気分ではなかった。なんと言っても、友梨は沙英の妹なのだ。かわいいと思う気持ちは、当然あった。

おれのそんな気持ちに、友梨はつけ込んだのだろうか。自分の顔が姉に似ていることを利用して、おれを翻弄《ほんろう》していたのか。そう考えてみても、怒りは込み上げなかった。ただただ、暗い穴の底に下りていくような心細さを覚えただけだった。

「……大関と友梨の関係を洗ってみる。ふたりに繋がりがあったら、お前の言ってることは正しいんだろう」

「ぼくの推理が的外れだったらいいんだけどねぇ」

署長は眉を八の字にして、情けない表情を作る。そんな顔をするくらいなら最初から何も言わないでくれ、とは思わなかった。指摘してくれてよかったのだ。おれはそう、自分を納得させた。

「大丈夫だ。何も知らないでいるのが、一番腹立つ。気づいたからには、調べ上げてやるよ」

おれは暗い声で言い切った。自分でも、なんて暗い声を出すのかと驚いた。

「それならいいけど。実はぼくも、ちょっと思いついたことがあるんだ。こっちでも調べてみるから、手分けしてがんばろう」

能天気な署長にしては珍しく、励ますようなことを言った。署長すら励ます気になるほど、おれは落ち込んで見えるのだろうか。己を客観視したくなかった。

翌日、早起きして事務所を出発した。むろん、友梨と顔を合わせないためだ。押しかけてきて事務所に誰もいなければ、友梨は怒って携帯電話にかけてくるだろう。それを見越して、今日は一日マナーモードにしておくつもりだった。着信音だけでなく、バイブレーションも切っておく。ともかく、友梨から電話が来たことを知りたくなかったのだった。

最初に行くべき場所は決まっていたが、時刻が早すぎるので、まずはファミリーレストランに寄って朝飯を食べた。持ってきた新聞を読みながら、コーヒーを飲みつつトーストを齧る。新聞を読む限り世間は平和で、この小さい町で殺人事件の連鎖が起きていることなど微塵も窺わせなかった。その落差が、おれを落ち着かなくさせたし、なぜか非常に腹立たしくもあった。

時刻が七時半になるのを待って、ファミレスを後にした。向かうは大関善郎の実家である。大関は生前、アルバイトをして生活費を稼いでいたという。基本的に引き籠り気味のロリコンが、友梨のような若い女と接点を持つとしたら、バイト先としか考えられない。おれはその推測に基づき、大関が働いていた店を母親から聞き出すことにしたのだった。

早朝の訪問に大関母は面食らっていたが、玄関先でかまわないのでと言って、応対してもらう。この時刻でなければ、大関母が仕事に行ってしまうかもしれないと思ったのだ。前回はたまたま家にいたが、無職のはずはないので、こうして非礼を承知で押しかけたのである。

手短に用件を伝えて、アルバイト先をいくつか教えてもらった。腰を落ち着けられない大関は、職場を転々としていたようだ。その中で比較的長く働いていた店を、大関母は口にしたようである。おれはそれらを書き取り、礼を言って辞去した。

大関が働いていたのは、飲食店ばかりだった。事務仕事はできなかったのだろう。ファストフード店、牛丼屋、ファミレス、コーヒースタンドなどである。田舎町の月影にも、東京にあるような店は一応ひととおり出店しているのだ。問題は、そういう店は働き手の出入りも激しい点だ。果たして大関を憶えている人がどれくらいいるだろうかと、おれは危ぶんだ。

立地的に大関の実家に近いところから回った。大関が通っていたくらいだから、どの店も家から近くて当然のようだが、実際はそうでもない。働き始めてはすぐ辞めるといったことを繰り返すうちに、家の近くでは働ける場所がなくなってしまったのだろう。つまり近い店ほど、大関が働いていたのは昔のことになる。

案の定、一軒目のファストフード店では大関を知る人はひとりもいなかった。というか、ほとんど相手にしてもらえなかった。客でないなら仕事の邪魔をしないでくれ、と言わんばかりのあしらい方をされて、おれもいささかムッとしたものの、仕事を中断させる権限はない。なんとか店長を呼び出すことには成功したが、あいにくと最近着任したばかりだとかで、昔のことはまるで知らなかった。他に知っている人はいないかと尋ねたが、時間があったら訊いておくという返事が返ってきただけだ。きっと訊いてなどくれないだろう。

これは前途多難だと思いながら、次の店である牛丼屋に向かった。結論から言うと、ファストフード店とほぼ同じだった。朝食の時間帯は過ぎているので比較的暇のはずだが、やはり相手にしてもらえない。店長も何も知らない。以下同文。

ひょっとしたらおれが接触できなかった人の中に大関善郎を知る者がいたかもしれない、とは考えなかった。なんと言っても大関善郎は、殺人事件の被害者である。そんな人が働いていたことを知っているなら、忙しくて手が離せなくても、なんらかの反応があってもいいだろう。驚いてこちらを見るとか、そういった反応だ。しかしファストフード店でも牛丼屋でも、働いている人はみんな無関心そうだった。厨房の中まで覗いたわけではないので百パーセントとは言えないが、おれの感触ではやはり、このふたつの店で大関善郎が働いていたのは昔のこと過ぎて、人が入れ替わってしまったのだと思えた。

その理屈で行くと、大関の実家から遠い店ほど、最近働いていた場所なのだから、知人が見つかる可能性も高くなる。だからおれは特に調査に疲れたりもせず、次から次へと店を訪ね歩いた。ともかく昼時になると先方に迷惑なので、午前十一時前にできるだけ回ろうと急いだ。

五軒目の、国道沿いにあるファミリーレストランでのことだ。店長を呼んでくれとウェイトレスに頼むと、小太りのおばちゃんが出てきた。四十代半ばくらいか。太っていても動きはせかせかしていて、いかにもファミレスの従業員といった雰囲気だ。おれは自分の身分を語り、大関善郎がここで働いていなかったかと尋ねた。

「二年前に、殺人事件の被害者になった人なのですが」

名前だけでは心当たりがなさそうなのでそうつけ加えたら、おばちゃんはぷくぷくとした手を叩いて目を見開いた。

「ああ、その人！　うちで働いてたわよ」

2

ようやく見つけた。だが、大関善郎がここで働いていたこと自体は確かめるまでもなく事実なのである。このおばちゃんが何を憶えているかが問題だった。

「大関さんはどんな人でしたか」

迂遠《うえん》なようだが、質問は慎重にしなければならない。いきなり友梨の名前を出しても、向こうが素直に認めるとは限らないからだ。

「どんなって、うーん、なんだか印象の薄い人」

おばちゃんは首を捻りながら言う。あまり記憶に残っていないようだ。

「印象が薄いというと、よくも悪くも目立ってなかったわけですね」

「そうねぇ。すごく仕事ができたわけじゃないし、かといっていつもへまをするような悪目立ちもしなかったし。人数が足りないときにいてくれれば、そりゃあ助かるけど、いても存在を忘れちゃうタイプだったかなぁ。よく憶えてないわー。わっははは」

この人も最後に意味なく笑うタイプか。

「人付き合いはどうでした？　親しくしている人はいましたか」

尋ねると、おばちゃんは今度は反対側に首を傾げる。

「いやー、そもそも殺人事件の被害者にならなければ顔も名前も憶えてないような人なんだから、友達付き合いなんて知るわけないさー。あー、でも喋ってるうちになんとなく思い出してきたけど、友達はいなかったわー」

そうだろう。実はものすごく社交的だった、なんて話が出てきた方が戸惑う。

「では、女性と親しくなるようなこともなかったですね」

「女性？ 女の子？ そんなの、あるわけないさー。あんな影の薄い人、女の子は誰も相手にしないでしょ」

亡くなった人に対して、ずいぶん辛辣である。まあ、どう言い繕《つくろ》おうとも、それが事実なのだろうが。

「それに、大関くんの方も女の子に興味ない感じだったけどね。あー、だんだん思い出してきた。当時、アルバイトですごいかわいい子がいてね。店の男はみんな、その子をちやほやしてたのに、大関くんはぜんぜん関心なさそうだったわー」

すごいかわいい子。ついに聞き捨てならない証言が飛び出した。おれは恐る恐る、確認した。

「そんなにかわいかったんですか」

「かわいかったさー。あたしは見たことないけど、お姉ちゃんも綺麗らしくて、この辺じゃあ美人姉妹として有名な子だったのよー」

美人姉妹。もはや決定的だ。一瞬、視界がくらりと揺らいだ気がした。おれは目を一度瞑《つむ》ってから、尋ねた。

「江上友梨。その子の名前はそうじゃないですか」

「あー、友梨ちゃん。そうそう、友梨ちゃんはうちで働いてたわよ。かわいい子だったわー」

繋がった。繋がってしまった。大関善郎と友梨の間には、接点があったのだ。たとえ店の中で言葉を交わすことがなかったとしても、今ここで名前が挙がったからには、何か関わりがあったに違いない。誰も知らない、秘密の関わりが。

おれが大関善郎の名前を出したとき、友梨は完全に知らない人の話として聞いていた。しかし、一緒に働いていたならあの反応は変だ。その人知ってる、と友梨は言うべきだったのだ。下手に白を切ったばかりに、こうして尻尾を出してしまった。友梨、お前はなんて愚かなんだ。おれは心の中で語りかけた。お前が大関殺しの犯人なのか。そして、世良朱実殺しにも関係しているのか。どうなんだ、友梨……。

礼を言ってファミレスを後にし、駐車場で携帯電話を取り出した。だが、なかなか開く気になれない。電話があったことを示して、着信ランプが点滅している。おそらく友梨が、何度も電話してきているのだろう。おれが折り返し電話をかければ、友梨はすぐに応じるはずだ。それなのに、携帯電話を開くことができなかった。

妹をかわいがっていた沙英を思い出す。年は離れているけど、笑っちゃうくらい似てるんだと沙英は言っていた。だからおれは、ひと目見て友梨が沙英の妹だとわかった。思えば会った瞬間から、おれは無条件で友梨を受け入れていたのだ。たとえ性格が沙英とはまるで違っていても、そっくりの顔の人が生きて動いているだけで嬉しかった。ずいぶん煩わされたが、友梨が怒ったり偉そうなことを言ったりすることすら、おれは楽しんでいた。

携帯電話を開いた。着信履歴を見ると、数えるのもいやなほど友梨から電話が入っている。おれは最新の履歴を呼び出し、発信ボタンを押した。携帯電話を耳に当てたときには、おれの心は冷えて固まっていた。

「どこにいるんですか！　あたしを置いていくなんてひどいじゃないですか！」

繋がったとたんに、罵声が耳に飛び込んできた。これまでのおれなら笑って受け止めるところだが、もうそうはいかない。おれは抑揚のない声で、告げた。

「話がある。今、どこにいる？」

「十村さんを捜して、市内を走り回ってますよ。今はええと、涼風町《すずかぜちょう》の辺り」

涼風町なら《メコス》に近いので、駐車場で落ち合うことにした。《メコス》の駐車場はだだっ広いから、建物に向かって右側の、出口に近い角付近に駐車するよう指示する。建物側は他の客の車で埋まっているだろうが、出口側なら確実に駐車できるし他の人の耳もない。友梨はいろいろ言いたそうだったものの、おれの淡々とした口調に不穏なものを感じたのか、素直に承知して通話を終えた。おれも携帯電話を閉じ、ビートルに乗り込んだ。

二十分後に到着すると、友梨の軽自動車はすでにあった。その横に車を停め、降りる。軽から出てきた友梨は、すかさず嚙みついてきた。

「なんであたしを置いていくんですか。何を調べてたんですか」

「五月雨町《さみだれちょう》の《フォックスロッカー》に行ってたんだよ」

《フォックスロッカー》というのが、さっきのファミレスの名前だ。友梨は意表を衝かれたのか、目をぱちぱちとさせる。

「五月雨町の？」

「ああ。知ってるよな。前に働いていたんだから」

おれが指摘しても、友梨はきょとんとしたままだった。

「ええ、はい。働いてましたけど、なんで……？」

「おれが《フォックスロッカー》に行ったのは、そこでかつて大関善郎が働いていたからだ」

「えっ」

友梨は絶句して、続く言葉を発さなかった。大関善郎との接点を見つけられ、何も言えないのか。おれは軽を回り込み、友梨の前に立った。静かに問う。

「どうして隠していた。キミは大関善郎と面識があったんだな」

「知らないですよ」

おれの詰問《きつもん》に対し、友梨は稚拙《ちせつ》な白の切り方をした。知らないとはなんだ。もう知らないでは済まされないと、なぜわからないのか。

「知らないことはないだろう。キミと大関は、同時期に働いていた。キミは大関善郎のことを知ってたんだろ。それなのに、どうして黙ってた」

「いや、だから知らないですよ。今、初めて聞きました」

こちらの態度が怖いのか、友梨は震えるように小さく首を振る。おれは一歩踏み出した。

「とぼけるのもいい加減にしろ。店長がはっきり憶えていた。キミと大関善郎の間には接点があった。それを隠していたのは、隠さなければならない理由があったからだ。違うか」

「ななな、なんですか？　あたしを疑ってるんですか？　ひどいじゃないですか。十村さんってそんな人だったんですか」

友梨は文句を言うが、おれはすっぱりと無視した。おれだって、お前を疑いたくはない。沙英の妹を、誰が疑いたがるものか。お前はおれの気持ちがわからないのか。

「あくまで白を切るなら仕方ない。おれにとってキミは、大関殺しの第一容疑者だ。キミが殺したという証拠が見つかれば、署長に知らせざるを得ない」

「ちょっと待ってくださいよ。どうしてそうなっちゃうんですか。十村さん、気が短いですよ。もうちょっと冷静になってください」

残念ながら、すこぶる冷静だよ。探偵は情に流されたりはしない。それこそがハードボイルドなのだ。

「あたしは本当に、大関善郎と一緒に働いてたなんて知らなかったんです。あたしはフロアに出るウェイトレスだったし、大関はきっと厨房にいたんでしょ。それだったら、接点がなくても不思議じゃないですよ。二十四時間営業だから、店の人全員での飲み会なんてやったこともないし」

おや、そうなのか。友梨の言うことに、初めて耳を貸す気になった。同じ店で働いていて、名前も知らないなんてことがあるのだろうか。

3

おれと沙英は、東京で知り合った。沙英は高校を卒業すると、東京の大学に通うために上京していたのだ。そしてそのまま東京の企業に就職し、ひとり暮らしを続けていた。大学時代にはさぞやいろいろな男が群がってきたことだろうと想像すると心穏やかではなかったが、過去の話までほじくり出して焼き餅を焼くような野暮な真似はしなかった。

おれは東京生まれの東京育ちだ。と言っても、都心部ではなく都下の生まれだが。幼稚園から大学まで都心部とは無縁の暮らしをし、就職してようやく賑やかな東京に通うようになった。当時おれは、ごく普通のサラリーマンだった。中堅家電メーカーの営業だ。そして沙英は、取引先の受付嬢だった。おれは仕事でそのビルに行き、受付に坐っている沙英を見て、大袈裟でなく電撃に打たれたように感じた。CGを立体投影で見せる最新技術が導入されているのかと、本気で思った。それほどに現実離れして綺麗で、出てくる言葉は「嘘でしょ」しかなかった。

沙英の容姿を詳述すると世の男性の嫉妬を買うから、あえて省略する。各自、自分の理想の女性像を思い浮かべてもらいたい。おれにとって沙英はまさに理想の女性で、だからこそそんな人が自分の目の前にいることが信じられなかった。『あのー』と話しかけてみたら『はい』と返事があったので、さらに驚いた。

初めての会話がどんな内容だったか、まったく憶えていない。ともかく上擦《うわず》ってしまい、脳の記憶回路が機能しなかったようだ。仕事で行ったのだから、ごく散文的な内容だったと思われる。幸いだったのは、そのビルに通う用は一度で済まなかったことだった。

何度も通えば、向こうもこちらの顔を憶える。沙英がおれの顔を見て「あら」といったふうに表情を綻《ほころ》ばせたときは、魂が体から抜け出して吹き抜けの三階部分にまで到達した。『今日は暑いね』などという雑談から始まり、顔を合わせるとちょっとした会話を交わすようになるまでにはさほど時間はかからなかった。なんとかいい印象を残そうと、会うたびに沙英のことを誉めた。笑顔を誉め、髪型を誉め、化粧を誉め、着ている制服を誉めた。制服を誉めたときには苦笑されたが、着ている人がいいからこそよく見えるのである。沙英の態度が事務的なものから知人へのそれに変化していくのを、おれははっきりと感じた。

おれの仕事は三ヵ月くらいかかったが、ついに商談がまとまってしまった。商談がまとまって残念に思ったのは、後にも先にもあのときだけだ。仕事が終わってしまえば、沙英のいるビルに通う用がなくなってしまう。少なくとも、これまでのように頻繁に通うことはもうない。だからおれは思い切って、沙英を個人的に誘ってみた。これで最後だから、当たって砕けろという賭に出たつもりだった。

そうしたら意外なことに、沙英はあっさりとオーケーしてくれた。受付嬢などやっていたら社内外から腐るほどの誘いを受けているだろうから、どうせやんわりと断られるものと覚悟していた。だから『あ、嬉しいです』と沙英が答えているのに、おれは『残念だよ』などと応じてしまった。口にした後で、『えっ、嬉しいの？』と慌てて訊き直した。

『えっ、私が喜んだら残念なんですか？』

からかわれたと思ったらしく、沙英は眉を顰めた。違う違う、とおれは首を振る。

『いや、絶対断られると思ってたから、返事は「残念だよ」しか用意してなかったんだ』

答えたら、沙英はころころと笑った。『十村さんって面白い人ですよね』などと言いながら。面白い人と思われるようなことは何も言っていないので、おれは不思議でならなかった。今に至るも、謎である。

『江上さん、本気で喜んでますよ。江上さんが誘われて喜んでるの、あたしは初めて見ましたから』

横にいたもうひとりの受付嬢が、そんなふうに口を出した。おれの魂がまた吹き抜けの天井まで到達してしまったことは、言うまでもない。

そうして、おれたちの個人的付き合いは始まった。おれは沙英のすべてが知りたかったから、うるさがられない程度に根掘り葉掘り訊いた。同時におれも、自分のことを語った。沙英は地方出身であることを特に恥じているようではなかったが、おれが東京生まれの東京育ちと知ると、『都会っ子ですねー』などと感心してくれた。実際は、都会などという言葉はまるで似合わない場所なのだが、都内にそんな地域があることも沙英は知らなかったのだった。

沙英が月影市出身であること、年の離れた妹がいることは、初めてのデートの際に聞いた。

『月影市って知ってます？』と訊かれたが、おれは不本意にも『何県？』と問い返さなければならなかった。まさか後年、自分がそこに住むことになるとは、その時点では思いもしなかった。

『私の妹、私にそっくりなんですよ。服もお下がりを着てるから、小さい頃の写真は日付を見ないとどっちなのかわからないくらいなんです』

沙英はそんなふうに友梨のことを説明した。おれは感に堪えず、素直な感想を口にした。

『今この時点で、世界で一番羨ましい男がいるとしたら、それは江上さんのお父さんですね』

冗談のつもりはまるでなく、むしろ男なら誰でも同じ感想を持つと思うのだが、沙英は大笑いした。またしても、『十村さんって面白い人ですよね』と不思議な感想を口にしつつ。

何度か個人的に会っているうちに、おれたちの付き合いは知人から恋人へと自然に移行していた。おれは残念ながら裕福ではなかったので、金をかけたデートはできなかったが、その代わり楽しめる場所、安いがおいしい店に沙英を連れていった。次はどこに行こうかと下調べをするのが、本当に楽しかった。焼き鳥屋、おでん屋、もんじゃ焼き屋といったチープな店は初体験だったらしく、沙英は目を輝かせて雰囲気を楽しんだ。美人のくせに気取ったところがない沙英は、汚い店でもまったく臆《おく》したりしなかったので、店の人にも気に入られた。夏はお祭りに行って買い食いだけで腹をいっぱいにしたり、冬は屋台のラーメンを啜って体を温めたり、金がないならないなりにおれたちはふたりの時間を充実させた。沙英はそんなデートを不満に思うどころか、高級レストランに行くより面白いと言ってくれる女だったのである。

このように沙英は顔だけでなく心も綺麗な人だったので、その過去には一点の曇りもないが、だからこそちょっとしたひと言が印象に残っている。沙英はあるとき、自分の故郷について少し暗い顔で言及したのだ。

『月影はちょっと怖いところなのよ』

と。

『怖いって、何が？　幽霊でも出るのか？』

おれが訊き返すと、沙英は笑って首を振った。

『そうじゃなくって、月影に限らず田舎はどこもそうかもしれないけど、人間関係がすごく濃いの。もちろん、いい面もあるのよ。でも、ちょっと怖くもある』

『誰かと付き合って別れたりしたら、次の日には町じゅうの人が知ってる、みたいな？』

『そんな感じ』

沙英は暗い表情を引っ込め、いつものように朗《ほが》らかに認めた。おれは東京の外れ育ちとはいえ、そこまで人間関係が濃密な地域ではなかったから、正直あまり実感が湧かなかった。実際にこうして月影に居を構えるようになって、なんとなく感じ取るようになってきた程度である。

しかし今回の調査を始めて、沙英の言葉の意味が身に沁《し》みてきた。

月影は精一杯背伸びして東京と同じ生活水準に至ろうとしているが、しょせんは田舎町である。間にひとり挟めばみんな知り合い、と言っても過言ではないほどだ。だから、後に殺人事件の被害者になる人と同じ店で働いていたとしても、それは珍しくもない話なのかもしれない。そんな偶然はあり得ない、と考えるのは、おれが東京の人間だからか。

大関善郎はいるかいないかわからない人だった、とファミレスのおばちゃん店長は言った。沙英と性格はまるで違うが、見た目はそっくりなのだから、友梨もさぞかしちやほやされたことだろう。ちやほやされる女は、自分に関心を向けない男など意識の端でも捉えないのではないか。友梨が白を切っているとは、一概には言えないのかもしれないと思い直した。

「本当に知らなかったんだな。名前を聞いても思い出せないほどに」

おれは友梨に念を押した。友梨は大袈裟に何度も首を縦に振る。

「知らない、知らない。本当に、まったく、これっぽっちも」

「大関が殺されたときは、もうファミレスのバイトを辞めてたんだな。でも、当時一緒に働いていた人から噂話で聞いたりもしなかったのか」

「いや、ぜんぜん知らなかったです」

そんなことがあり得るだろうか。それこそ都会ならいざ知らず、噂が一日で駆け巡るようなこの田舎町で。

4

「あのな」

おれの態度は自然に切り替わった。依頼人に接しているのではなく、恋人の妹に説教する気分になったのだ。

「自分のこれまでの行動を思い返してみろ。疑われても仕方ないようなことを、キミはさんざんしてるんだぞ」

「えーっ、そうですか?」

まるで心当たりがないといった顔で、友梨は目を丸くする。

「えーっ、じゃないよ。おれにくっついて回って、あれこれ調査の邪魔をしてくれているのは、どういうつもりだ」

「邪魔ってなんですか、邪魔って」

おれの表現は不本意だったらしく、友梨はぷっと頬を膨《ふく》らませる。こんな顔をされると、いくら沙英とそっくりでもやはりまだ子供なのだなと思える。胸だけはやたらでかいが。

「おれの調査の結果、世良朱実殺しと大関善郎殺しの間には繋がりがある可能性が浮上した。その大関善郎は、三年前の幼女殺しの容疑者かもしれない。こんなに次々と新事実が明らかになったら、とことん調べようとするのが普通じゃないか。それなのにどうして、それを禁じたんだ」

「どうしてって、本題からどんどん逸れていくだけだからじゃないですか」

「こんな狭い田舎町で、殺人事件が繋がっていくんだぞ。気にならないのか」

「……なるけど」

渋々といった体で、友梨は認める。そうだよ、それでいいんだよ。

「だったら、おれは幼女殺しについても調べるぞ。いいな」

「その調査料もあたしが払うんですかぁ」

納得できません、と全身で意思表示するように、友梨は眉と目尻と口角と肩を全部いっぺんに下げた。お前、器用だな。

「わかったよ。幼女殺しについて調べている日は、払わなくていい。ただし、邪魔だけはしないでくれ」

ただ働きはごめん蒙《こうむ》りたいところだが、成り行き上仕方がない。友梨の依頼と繋がっているとはいえ、幼女殺しの調査料まで払わせるのは、確かに筋違いな気もする。

「まあ、それならいいですけどぉ。でも、警察が調べて何もわからなかったことを、十村さんひとりでどうにかできるんですかぁ」

なかなか痛いところを突いてくるじゃないか。おれだって勝算があるわけではないのだ。一瞬考え、「よし」と心を決める。

「ディスカッションしよう」

「ディスカッション？」

そうだよ、ふたりで事件の推理をしてみるんだよ。《メコス》の喫茶店に行ってもいいが、話題が物騒なので車の中で話し合うことにする。早く乗れと友梨を急《せ》かし、おれはビートルの運転席に戻った。

「ところで、キミのアリバイを聞いておこうか。世良朱実殺し当日と、大関善郎殺しがあった日のアリバイだ」

おれは体を捻って、友梨を真っ直ぐに見た。友梨はまた「えーっ」と不満げな声を発する。

「まだあたしのこと疑ってるんですかぁ」

「まだも何も、疑いは晴れてないんだよ」

ひどいなぁもう、と口を尖らせながら、友梨は意外なことを言った。

「世良朱実さんが殺されたとき、あたしは友達と旅行に行ってました」

「えっ、旅行？」

そんな話、聞いてないぞ。なぜ今まで黙ってたんだ。

「だって、訊かれなかったから。それに、あたしのアリバイなんて話す必要ないと思ってたし」

おれの疑問に対して、友梨は恨みがましく答える。そんな立派なアリバイがあるとは、いささか意外だった。

「じゃあ、大関善郎殺しの日は？」

「いつでしたっけ？」

「二年前の……、ええと、八月七日か」

答えて、ようやく思い出した。元気なじじばばたち老人会の面々との会見を終えたとき、何かに引っかかった気がしたのだ。大関殺しの日付を口にして、その何かがわかった。老人会のオールナイトカラオケ大会は、まさに大関善郎が殺された日に行われていたのだった。

つまり、あの老人たちにはアリバイがあるということだな。おれは考えたが、新しい事実の発見とはぜんぜん思えなかった。老人たちにアリバイがあろうとなかろうと、どうでもいい。

老人会と大関善郎の間には、なんの関係もないのだから。

「そんな昔のこと、憶えてませんよ」

友梨はぶつぶつ言いながら、携帯電話を取り出した。スケジュール帳を見て、二年前のその日の予定を確認しようというのだろう。

「あー、そうか。携帯を買い替えたから、これには二年前の予定は書いてないんだ。家に帰ればわかると思いますけど、報告した方がいいんですか」

「そうしてくれ」

まったくどうしてあたしが疑われなきゃいけないのよぶつぶつ、と聞こえよがしに不平を垂れる。お前が怪しい素振りを見せるからだろ。

「よし、じゃあディスカッションだ。世良朱実の遺体と大関善郎の遺体に共通して残っていた傷跡、これには何の意味があると思う?」

「単なる偶然じゃないですか」

友梨は投げやりに答える。やる気ないだろ。

「腕の切り傷程度なら単なる偶然とも考えられるが、傷跡はかなり特徴的だった。とても偶然とは思えない。犯人が意図的につけたと考えるべきだろう」

「つまり、犯人は同一人物という前提で話をしてるんですね」

「そういうことになるな。問題はなぜ、何もしなければ無関係にしか見えなかったのに、わざわざ特徴的な傷跡をつけたか、だ」

「自己顕示欲でしょ。頭がおかしい犯人は、自分の犯行だっていう目印を残したりするんですよ」

投げやりな割には、的確なことを言うじゃないか。ちょっと感心する。

「そうかもしれないな。つまりキミは、犯人は頭がおかしい人だと考えるんだな」

「それ以外に考えられないでしょ。はい次」

いやいや、もうちょっと考えたいのだが。せっかちだな。

「何か目的、あるいはそうせざるを得ない必然性があったのかもしれない」

「どんなことが考えられます？」

問われても、何も思いつかなかった。だからそれをディスカッションしようと言ってるんじゃないか。

「何か意見あるか？」

「ないですよ。はいはい、次、次」

手で煽《あお》るような仕種をして、先を促す。こいつ、どうも態度悪いな。

「まあ、いい。じゃあ次は、犯人の動機だ。金目当ての行きずりの犯行だろうか。しかし、ふたりとも裕福とはとても言えなかった。大関善郎は定職を持っていなかったし、世良朱実は金遣いが荒くて常に金に困っていた。小銭を手に入れるために、一度ならまだしも、二度も人を殺すとは思えない。となると、犯人はなぜふたりを殺したのか」

「そういうことは、あたしたちが考えてわかることじゃないんじゃないですか。犯人を捕まえて締め上げりゃいいんですよ」

投げやりな上に物騒になってきた。そんな性格だったのか。

「それじゃあ推理にならないだろ。一応考えてみようじゃないか。ここでおれは、大関善郎が幼女殺しの容疑者だったことに着目する。もし本当に大関善郎が幼女を殺したのであれば、復讐されたとは考えられないか」

「復讐？　遺族にですか」

「遺族か、あるいは縁者だ。証拠がないから警察は捕まえられないでいたが、心証は真っ黒だった。少なくとも遺族や縁者にとって、犯人は大関で間違いないと思えた。だからこそ、警察の手が及ばないなら自分たちで処刑してしまおうと考えた」

「まあ、別にその妄想を否定する材料はないですけどね。じゃあ、世良朱実さんはどうして殺されたんですか。そっちも幼女の遺族か縁者が犯人だって言うんですか」

推理ではなく〝妄想〟という表現には大いに不満があったが、後段の指摘はもっともである。おれは人差し指を立てて、「そこだ」と言った。

「そうかもしれないじゃないか。世良朱実は三年前の幼女殺しに、なんらかの関わりがあった。だからこそ、殺されたんだよ」

「世良朱実さんと大関善郎の間にまったく接点がないのに、話をそこまで広げちゃいますか」

友梨の口調に呆れたニュアンスがあることには、あえて気づかない振りをした。推理が突飛《とっぴ》だからといって、それが的外れとは限らないのだ。

「まったく接点がないというのは、本当か？　単に調査が足りないだけかもしれないじゃないか。むしろ幼女殺しについて調べれば、世良朱実が絡んでいたことが判明するかもしれない。そうなれば、全体の構図が見える」

「無駄だと思いますけどねぇ」

なんだなんだ、感心しないのか。これ以外に真相は考えられないと、おれは手応えを感じているのだが。

「つまり十村さんは、三年前の幼女殺しについて調べてみないことには、コーの無実を証明するための仕事をする気になれないわけですね。わかりました。そういうことなら、存分にやってみてください。あたしは今日の分から調査料を払いませんから」

……まあ、今日は友梨への疑惑に基づいて行動しているのだから、その費用を当人に払わせるのはいかにも筋違いだ。やむを得ないと、承知する。

「気が済んだらまた連絡くださいね、メイ探偵さん」

最後はやたらに強調して、友梨はビートルから外に出た。そのまま憤然《ふんぜん》として自分の軽に戻り、さっさと走り去ってしまう。残されたおれは腹立たしいような、なんだか傷ついたような、複雑な心境だった。

5

ひとりになって改めて考えてみると、依然として友梨への疑いは残っていた。正確に言うと、疑う余地がまだ残っているので気持ち悪かった。先ほどまでの態度を思えば、やはり友梨は無関係だという心証に傾く。しかし、心証だけで結論は出せない。というより、これ以上疑いたくないからこそはっきりさせたいのだった。

友梨と大関善郎が同じ店で働いていたのが単なる偶然だったなら、ふたりに付き合いがなかったという証言が欲しい。ならば、もう一度《フォックスロッカー》に行って店長なり当時を知る人なりに話を聞かなければならないだろう。後で友梨に知れたらまたヒステリーを起こされそうだが、こんないがいがした思いを抱えて過ごすよりはましだ。そう結論を出したが、あいにくともう昼時になっていてファミレスは忙しい時間帯だった。おれも今のうちに、腹ごしらえをしておこう。《メコス》が目の前にあるのだからどこかの店に入ってもいいのだが、節約のためにスーパーに行って弁当を買うことにする。三百二十円ののり弁を買って、ビートルの中で食べた。探偵の散文的な日常は、決して人に見せられない。

弁当を食べ終わってもまだ時間が余っていたので、《メコス》の中をうろうろしたり、ビートルの中で本を読んだりして過ごした。そして午後二時を過ぎた時点で動き出し、《フォックスロッカー》に戻った。二時ではまだ空いているとは言いがたかったが、入り口で店長を呼び出す。しばらくして出てきたおばちゃんは、おれを見て「あっ」という顔をした。なんだ、その反応は。

「ごめんなさい、ちょっと裏に回ってくれるかしら。話したいことがあるのよ」

話したいこと。午前に会ってからさほど時間は経っていないのに、いったいどんな新しい話があるというのか。何かを思い出したのかと期待する。

言われたとおり、いったん店を出てから裏手に回り込んだ。おばちゃん店長はせかせかとした動きで手を拭きながら、裏口から出てくる。

「また来てくれてよかったわぁ。あたし、なんか嘘ついちゃったみたいでー」

「嘘？」

午前の話のどこが嘘だったのか、見当がつかない。まさか大関善郎はここで働いていなかった、などという落ちではないだろうな。

「大関くんがうちにいるときに働いてた美人ちゃんの話をしたでしょ。あなたが友梨ちゃんの名前を出すからついうっかりそうかと思っちゃったけど、別の子だったのよー」

「別の子？」

何？　つまり大関と一緒に働いていた美人とは、友梨ではなかったのか。美人姉妹と言ったじゃないか。

「友梨ちゃんも美人だったけどー、他にも美人ちゃんはいたのさー。でもこの年になると若い子の見分けがつかなくって、なんだかみんな同じ顔に見えるのよねー。てへっ」

てへっ、じゃないよ！　おばちゃんが「てへっ」って言うな！

いっぺんに全身から力が抜けた。確かにおばちゃんは美人姉妹とは言ったが、それを沙英と友梨のことだと早合点《はやがてん》したのはおれだ。いくら月影が小さい田舎町とはいえ、美人が沙英と友梨しかいないということはないだろう。他に美人姉妹がいても、決して不思議ではない。沙英以上の美人が存在するはずがないとおれは思っているから、他の人かもしれないという可能性を頭から排除してしまったのだった。

「つまり、江上友梨はここで働いていたけど、大関善郎と同時期ではなかった、ということですね」

念を押した。おばちゃんは弛《たる》んだほっぺたをぷるぷるさせながら頷く。

「そうそう、そうみたいなのよー。後で他の子に言われて、ああ違う子だったわと思い出したのさー。うちの店、ウェイトレスはみんな美人なのよねー。あたしもウェイトレスやるけど。わはははは」

はいはい、美人ですね。

そうとわかれば、もう美人店長に用はない。礼を言って別れ、ビートルに戻った。運転席に着くと自分がフルマラソンを走った後のように疲れ果てていることに気づいたが、自然と笑みが込み上げてくるのは抑えられなかった。疲れはしたものの、どこか嬉しい疲労感だった。

これで、友梨に対する疑いは晴れたと見做していいだろう。やはり友梨と大関善郎の間に接点はなかった。友梨がおれの邪魔ばかりするのは、単に好奇心で首を突っ込んでくるからだった。疑って悪かったと、きちんと謝らなければなるまい。あいつが調子に乗るのは間違いないから、いささか悔しいが。

このまま幼女殺しの調査に取りかかるべきだったが、脱力して新しい行動に移る気力が湧かないから、一度事務所に戻ることにした。署長がくれた資料にも目を通す必要がある。資料といっても、むろん警察の内部資料ではない。当時の新聞の切り抜きのコピーなど、一般人でも手に入るものだけだ。それでも、徒手空拳《としゅくうけん》の探偵には大いに役に立ってくれるだろう。

事務所に帰り着いてインスタントコーヒーを淹れ、新聞のコピーを読んでいるときだった。携帯電話が鳴り出し、サブディスプレイに友梨の名前が表示された。そういえば、大関善郎殺し当日のアリバイを知らせろと言ってあったのだった。まだ謝るための心の準備はできていなかったのだが、この機会を逃すわけにはいかないだろう。おれは億劫《おっくう》な気持ちを押し殺し、携帯電話を開いた。

「二年前の八月七日、あたしは海外に行ってました」

友梨は少しの前置きに続けて、そう言った。海外？　そりゃまた完璧なアリバイだ。

「ずいぶん豪勢だな。どこに行ってたんだ」

「韓国ですよ。アメリカとかヨーロッパに行くお金はないですから。というわけで、あたしの無実は証明されましたね。なんならパスポートのスタンプの写真を撮って送りましょうか」

すでに口調が嫌みたらしい。もちろん、そこまでする必要はないと断る。

「実は《フォックスロッカー》のおばちゃん店長が勘違いしていたことが判明したんだ」

「勘違い？」

どういう経緯で間違えるに至ったかを詳しく説明すると、案の定友梨は声を尖らせた。

「おかしいと思ったんですよ！　そんなおばちゃんの勘違いを鵜呑みにして、あたしを犯人呼ばわりしたわけですね！　海よりも深く反省してください！」

「いや、別に犯人呼ばわりはしてないだろう。おばちゃん店長の証言がなくても、キミの行動が怪しく思えたのは事実だし」

「心の目が曇ってるからですよ！　山寺にでも籠って荒修行で心を清らかにしてください！」

そこまで言わなくても。

申し訳ありませんでした私が悪うございました、とさんざんに平謝りして、ようやく許してもらった。死んだ姉の恋人に対する遠慮も何もあったものではない。姉妹でこうも性格が違うものかとおれは内心で考えていたが、口に出せば火に油を注《そそ》ぐだけなのはわかりきっていたので、賢明な沈黙を保った。いやまったく、女を怒らせるとどういう目に遭うか、過酷な経験を経て学習した次第である。

なんとか電話を切ることに成功し、しみじみとした解放感を味わってから三十分ほど後のことである。ふたたび携帯電話が鳴り出し、おれはぎくりとした。だが今度の相手は友梨ではなく、署長だった。考えてみれば、署長が妙なことを言うからさんざん罵られる羽目になったのである。ひと言文句を言ってやらねば気が済まないと、おれは携帯電話を取り上げた。

「あー、よっちゃん？　今、電話いい？」

太平楽な口調には、毎度のことながら力が抜ける。それでもなんとか気力を掻き集め直し、

「あのな」と切り出した。

「友梨は世良朱実殺しのときも、大関善郎殺しの日も、旅行に行っててアリバイが成立したよ。

お前がおかしなことを言ったせいで、おれはついさっきまで無茶苦茶に罵倒されてたんだからな」

「あー、そうなの？　それはお疲れ様。でも、友梨ちゃんが事件に無関係ならよかったね」

確かにそれはいいんだけど、おれが怒ってるのが伝わらないのかよ。まさに暖簾《のれん》に腕押しとはこのことだ。

「そんなことよりさ」

署長はあっさりと話題を変える。そんなこと、で済まさないで欲しいのだが。

「昨日、ちょっと思いついたことがあると言ったでしょ。うちの署にいろいろ問題があることがわかったから、うちだけじゃなくってもしかして県警全体の問題かもと思って、事故や自殺で処理されている案件について調べてみたんだ」

ん？　なんだか不穏な前置きだな。おれは署長に対する憤懣《ふんまん》を綺麗に忘れ、続く言葉に対して身構えた。

「そうしたらさぁ、見つかったんだよね。現場に×印が残っている変死体が」

またかよ。いったいいくつ事件を掘り起こせば気が済むんだ。

第八章　もう死体にはうんざり

1

「もう死体には食傷してるんだがな」

正直に言ってやった。だが相手は、人生のモットーが「蛙の面に小便」なんじゃないかと疑いたくなる奴だ。おれの文句など、あっさり受け流すだけだった。

「まあまあ、そう言わないで。ぼくだって死体が好きなわけじゃないよ」

まるで話題が食べ物の好みであるかのような口振りである。いっそ聞かなかったことにして電話を切ってしまいたかったが、残念ながらそうはできなかった。腐れ縁の友人を見捨てられない情の篤《あつ》さが憎い。

「どんな死体だったんだ？　やっぱり足の裏に×印があったのか」

「そうじゃないんだ。大関善郎や世良朱実とは、ちょっと状況が違うんだよ。聞いてくれる？」

ここでいやだと言えたらどんなに楽かと、思わないではなかった。しかし署長を突き放すわけにはいかないし、何よりおれもいまさら手を引けない。いささか怖い気分が込み上げてくるのを自覚しつつ、先を促した。

「聞こうじゃないか」

「嬉しいなぁ。ぼくは月影じゃ他に友達がいないからさ、よっちゃんだけが話し相手なんだよね」

いじめられっ子かよ。このやり取りを盗聴している人がいたとしても、まさか連続殺人などという深刻な話題とはとうてい思うまい。

「あのね、亡くなった人の名前は小平秋俊《こだいらあきとし》さん。男性。二十一歳。月影商科大学に通う学生だったんだ」

学生か。これまた違うタイプの人で、大関善郎とも世良朱実とも接点がありそうにない。こんなパターンばっかりだな。

「出身は月影じゃないので、市内でひとり暮らしをしてた。で、亡くなったのは四年前の七月十三日。アパートの自分の部屋の中で、一酸化炭素中毒で死亡している」

「一酸化炭素中毒？　練炭《れんたん》でも燃やしたのか」

「そうそうそう。知ってた？」

知るわけがない。今どき練炭はないだろうと思って茶化《ちゃか》すつもりで言ったことだから、むしろ当たったって驚いた。

「当てずっぽうだよ。しかし、なんで練炭なんだ？　それじゃあ自殺みたいじゃないか」

「そうなんだよ。だから、自殺として処理されてたんだ」

ああ、そうか。殺人とは見做されていない死を調べ直してみたと言ってたっけ。

「警察が自殺と判断したなら、不審な点はなかったわけだろ。死体発見状況を詳しく教えてくれ」

「警察の判断と言ったって、もう当てにならないことはわかってるじゃん。なんかさぁ、うちの署って馬鹿ばっかりみたいなんだよね。やんなっちゃう」

そりゃあ東大卒のエリートキャリア様からしたら、たいていの人は馬鹿に見えるだろうよ。でもそんなことを他の場所で口にしたら、たちまち反感を買うぞ。頭はよくても世間を知らない署長の立場が、かなり不安に思えてきた。

「まあまあまあ、抑えて抑えて。で、状況は？」

「あ、そうそう。死体発見時、アパートの部屋には内側から鍵がかかってた。ドアと窓両方。細工《さいく》した跡はなかったって。当てにならないけど」

そんなことをつけ加えるからには、その部屋は密室状況などではなかったと署長は睨んでいるのか。機密性の高い最新マンションならともかく、安アパートなら確かに、いくらでも細工ができそうだ。

「練炭は台所の流しに置いてあって、小平さんはひと間しかない六畳の卓袱台《ちゃぶだい》に突っ伏していた。遺体に傷はなし。でも、眠くなる成分が入った風邪薬を服《の》んでいた。自殺だとしたら、睡眠導入剤代わりに服んだのかもしれない。他殺なら、服まされたのかもしれない」

「遺書は？」

「手書きのものは残されていない。でも、SNSに自分のアカウントで、『もういろいろいやになった。さようなら』と書き込んでいた」

SNSとは、インターネット上で友人や知人とやり取りするためのスペースである。IDとパスワードを知らなければ他人がなりすますことはできないが、小平が頻繁にアクセスしていたならパソコンや携帯電話にパスワードを記憶させていた可能性が高い。それらに触れる機会があれば、第三者でも代わりに書き込むことは簡単だ。

「SNSに遺書を残すというのは今どきの若者っぽいが、怪しいとも言えるな」

「そうでしょ。そうなんだよねぇ」

同意を得られて嬉しそうである。本当に署内で孤立してるんだな。

「自殺しそうな徴候《ちょうこう》はあったのか」

「大学の友人の中には、何かに悩んでいるようだったと証言した人もいたみたい。ただ、悩みくらい誰でも持ってるよね」

いや、お前は悩みがなさそうに見えるぞ。友達がいないのが悩みか。

「死体はどうやって発見されたんだ？　練炭を燃やしている臭いが漏れたか」

「そうじゃなくって、訪ねてきた友達が発見したんだって。約束があったのに来ないから、風邪でもひいてるんじゃないかと思って見に来たらしいよ」

「いい友達じゃないか。それだったら死体が腐り始めるまで放置されてたわけじゃなさそうだな」

「うん、綺麗な状態で見つかったみたい。よかったよね」

「だから、遺体に残っていた×印も判別できたわけだな」

さっき署長は、おれの確認に対して「そうじゃない」と言った。その否定は、足の裏に印があったわけではないと受け取った。では、どこの部位に×印があったのか。

「ううん、×印は遺体に残されてたんじゃないんだ。机の上にあったレポート用紙に、大きく×と書いてあったんだよ」

「えっ、そうなのか」

意外な返答だった。そしてすぐに、それは違うんじゃないかという疑問が頭をもたげる。

「体に残ってた傷じゃないのかよ。だったら、無関係なんじゃないのか」

大関善郎と世良朱実の間には、否定しようのない繋がりがあるとおれも思う。足の裏の×印という傷は、あまりに特殊だからだ。しかし体にではなく、机の上に残されたレポート用紙に×が書いてあっただけなら、いくらでも解釈が可能ではないだろうか。これまでの事件と絡めて考えるのは、いささか牽強付会《けんきょうふかい》気味と言えた。

「だってさ、何かの書き損じというわけじゃなく、真っ白なレポート用紙にただ×が書いてあっただけなんだよ。変じゃん」

反論されて口を尖らせている様子が、容易に想像できる口調だった。頭がいい人間は、ちょっと言い返されるとすぐふて腐れる。おれと署長は同じ年ではあるが、大人が子供相手に噛んで含めるように説明する気分で、言ってやった。

「あのな、レポート用紙の×印なら、解釈は無限にできるじゃないか。意味がないとは言わないよ。一歩どころか百万歩くらい譲って、小平なんとかの死が自殺じゃなくて他殺だとしよう。×印はダイイングメッセージかもしれないし、犯人が残したものかもしれない。でも、おれたちがこれまで調べてきた事件と関係があると断定するには、あまりにも根拠がなさ過ぎないか」

「……×印は立派な共通点じゃん」

声が拗ねている。こんな上司じゃ、部下も不安になるよな。

「もっと特殊な記号なら、共通点と見ることもできる。でも×印じゃ、あまりにもありふれていて偶然の一致が大いにあり得る」

珍しく、おれの方が論理的になっていた。ふだんはまったく逆で、やり込められるのはいつもこちらなのだが。

「でも怪しいんだもん。よっちゃんは気にならないの?」

食い下がってくるが、まるでだだっ子のようだ。そんな署長に苦笑しつつも、少し不思議にも思った。まだ論理的に説明できないものの、署長は何かに引っかかっているからこそ、こんなに固執しているのではないか。ならば、子供みたいだと馬鹿にするのは正しい態度ではないかもしれない。

「気になるよ。なるけど、その件もおれに調べさせるつもりか?　今のままでも手いっぱいなんだがな」

「だって、ぼくの部下は誰も動いてくれないよ。よっちゃんしか頼れる相手はいないんだよ」

また出た。よっちゃんしかいないという殺し文句。それがおれを動かすキーワードだとわかってて、多用しているんじゃないだろうな。いささか怪しく思えてきた。

「ちゃんと報酬は払うからさ。ねっ。仕事だったら動いてくれるでしょ。友梨ちゃんの依頼はそろそろこの辺りで切り上げて、ぼくの頼みを聞いてよ」

報酬と聞いて心が動いたわけではない。断じてない。友梨から調査料をもらわないことになったから、しばらくただ働きをするしかないなぁと嘆きたい気持ちがあったわけではない。断じてない。ただおれは、友の苦境を放っておけなかっただけだ。ただそれだけのことだった。

「わかったよ。調べようじゃないか」

「やったぁ。さすがはよっちゃんだ」

手放しで喜ばれると、少し面映《おもは》ゆかった。

2

友梨の言い種ではないが、なんだかどんどん本題から逸れていくという自覚はあった。だが、だからといって的外れの袋小路《ふくろこうじ》に向かっているとも思わなかった。もしこれらが本当にひと繋がりの事件なのだとしたら、この田舎町で大変な大事件が発生中ということになる。住民のひとりひとりはのんびりしてておとぼけムードなのに、水面下で意味不明の連続殺人が起きているのだとしたら。どんな困難に立ち向かっていくことも辞さないおれでも、さすがに背筋にうそ寒いものを覚えた。

残念なのは、あれやこれやをすべて中途半端なままにしてあることだ。数々起きている事件のどれひとつとして徹底して調べていないのに、またしても新たな件について洗い直さなければならない。体がいくつあっても足りないとは、まさにこのことだ。優秀な助手が三人くらいいればいいのにと、本気で思った。給料は支払えないが。

時間が惜しいので、さっそく行動を開始した。まず会うべきは、小平秋俊の両親である。ひとり暮らしをしていたと言うから、実家はさぞかし遠方だろうと思ったが、案に相違して隣県だった。考えてみれば当たり前だ。東京の有名大学ならばともかく、月影商科大学程度の無名校にわざわざ遠くからやってくる人はいない。この近辺の大学で、入れたのが月影商科大学だけだったということなのだろう。

車を飛ばして、日が暮れる前に小平秋俊の実家を見つけることができた。割といい場所に建っている、立派なマンションである。エントランスは一応、オートロックだ。部屋番号のボタンを押して呼び出すと、幸いにも女性の声が応じた。

「恐れ入ります。私は生前の秋俊さんにお世話になった者の縁者です。仕事でたまたま近くに来たものですから、これも何かのご縁かと思い、お線香でも上げさせてもらえないかとお訪ねしました」

ここに来る道すがら、考えておいた口実である。馬鹿正直に訪ねても、また門前払いを食らうかもしれないからだ。相手の女性は「あらまあ、そうですか」と声を上げると、あたふたした口調で続けた。

「ちょ、ちょっとお待ちくださいね。すぐ片づけますから」

そして二分くらいして、オートロックが開いた。中に入り、エレベーターに乗る。小平家は五階だった。

「突然お邪魔して、すみません。事前にご連絡できればよかったのですが、電話番号までは知らなかったもので」

玄関ドアを開けてくれた中年女性に対し、丁寧に詫びを口にした。小平秋俊の母親とおぼしき女性は、「いえいえいえ」とせっかちに言う。

「秋俊のことを忘れずに立ち寄ってくださるなんて、嬉しいですよぉ。さささささ、どうぞ上がって上がって」

ドアを大きく開いて、おれを請《しょう》じ入れる。「では遠慮なく」と断って、上がり込んだ。

玄関の正面に位置する部屋が、居間のようだった。部屋の片隅には、小さな仏壇と遺影が設置されている。小平秋俊は、なかなかのイケメンだった。細面に爽やかな微笑みを浮かべている。こんなもてそうな男が自殺とは、おれの感覚で言えばいささか妙だった。何も死なかなくたって、いくらでも楽しい思いができただろう。この風貌でいながら自殺するなら、世の中には死にたくなる人がもっと大勢いるに違いない。

おれはまず仏壇に向き合い、手を合わせた。母親が蠟燭《ろうそく》に火を点けてくれたので、線香に火を灯《とも》して香炉に立てる。まったく知らない人とはいえ、若くして亡くなったのは純粋に気の毒だから、冥福《めいふく》を祈った。

改めて、仏壇の横に坐る母親にも低頭した。母親もまた、「ご丁寧にありがとうございます」と頭を下げる。一度キッチンに立つと、お茶を運んできてくれた。おれたちはダイニングテーブルを挟んで、向かい合った。

「ご挨拶が遅れましたが、私は十村といいます。秋俊さんと面識はなかったのですが、私が交際していた女性がお世話になりました。話を伺っていたので、一度線香を上げさせていただきたいと考えていた次第です」

すらすらと口から出任せが飛び出した。数々の経験を経て探偵業に精通したからだが、顔色ひとつ変えずに嘘をつく自分にいささか嫌悪を覚える。すみません、と心の中で詫びた。

「そうでしたか。それはわざわざありがとうございます。十村さんがお付き合いしていた人に、秋俊が何をして差し上げたのでしょうか」

母親は五十代前半くらいの年格好か。身綺麗にしていて、上品な奥様といった雰囲気だ。おれは神妙な顔を作って、答える。

「はい。私の亡くなった交際相手は、月影商科大学で助手をしておりました。大学では資料集めなどで、秋俊さんにお手伝いいただいたそうです」

「亡くなったって、では十村さんのお付き合いしていた人も、もうお亡くなりになったんですか」

「はい、若年性の癌《がん》で」

これは事実だ。沙英は膵臓《すいぞう》に癌を抱え、発見が遅かったためにあちこちに転移してしまい、手の施しようもなく身罷《みまか》った。若い人の癌は進行が早いというが、本当にそうだ。おれは沙英が入院してから息を引き取るまで、ただ呆然としていたという記憶しかない。人はなんて呆気なく死んでしまうのだろうと、振り返って思う。

「そうですか。それはお気の毒に」

あれこれ突っ込まれると困ると思っていたが、こちらも関係者を亡くしていると知り、母親は気を使ってそれ以上尋ねてこなかった。沙英の死を利用させてもらったかのようで、ますます心苦しくなる。すまんな、沙英。嘘も方便だ。

「そういうわけで私は生前の秋俊さんと会ったことがなかったので知りませんでしたが、ずいぶんイケメンだったんですね。さぞかし人気者だったのでは」

遺影の方に目をやり、若干《じゃっかん》おだて気味に言った。母親はたちまち相好を崩す。

「あらぁ、そうですか？　それほどでもないですけど、そのとおりなんですぅ」

謙遜しているのか自慢しているのか、よくわからない。だが、そう言いたくなる親の気持ちはわかる。

「特に女の子には人気がありましてねぇ、バレンタインデーにはたくさんチョコをもらってましたよ」

羨ましい話だ。ますます自殺説が不可解に思えてくる。おれなら絶対に死なないが。

「いやぁ、あやかりたいものです。でも秋俊さんは亡くなる前に、『もういろいろいやになった』と書き残していたと聞きました。いったい何があったんでしょうね」

「それがねぇ」

つい数秒前までにこにこしていたのに、母親は背後に置いてあったティッシュをいきなり摑むと、目許に当てた。息子の自殺の話をすると、条件反射で涙が出てくるようだ。

「何がいやになったんだか、あたしにはさっぱりわからないんですよぉ。女の子に振られたんでしょうかねぇ。でも秋俊を振る女の子なんて、いるとは思えないし。なんで死ぬ前に一度、親に相談してくれなかったのか」

秋俊を振る女の子がいるとは思えない、とはまた大きく出たものである。いくらイケメンでモテモテでも、失恋くらいするでしょうよお母さん、と言ってやりたくなった。

だが、これでひとつはっきりした。親も小平秋俊の自殺を不可解に思っているのだ。この口振りからすると、徴候はまったくなかったと考えていいだろう。ならばますます、偽装自殺の可能性が強まるのではないか。

「秋俊さんがどんな女性と付き合っていたか、お母さんはご存じですか」

知り合いの縁者でしかない立場にしては、立ち入り過ぎの質問ではある。だが母親はうるさいことを言わず、素直に答えてくれた。

「それが、知らなかったんですよぉ。男の子は大学生にもなると、そういうことは母親に話さなくなっちゃうんですよねぇ。誰か特定の人がいたのか、誰ともお付き合いしてなかったのか、それすらもわからないんです」

そうか。だったら女の線を手繰るのは難しそうだ。男友達で行くか。

「そういえば私の交際相手は生前、秋俊さんの友人にも世話になったと言ってました。名前を失念したのですが、お母さんは憶えていらっしゃいますか」

「ええと、どなたかしら。大学で一緒なら、川端《かわばた》くんですかねぇ。川端くんの名前なら、何度も聞いてますよ」

「ああ、川端さん。そうかもしれません。川端さんのご連絡先なんてわかります？」

警戒心がまったくなさそうなので、ここぞとばかりに頼んでみた。案の定母親は、「はいはい、わかりますよ」と軽く言って立ち上がる。なぜそんなことを知りたがるのか、とすら訊こうとしなかった。田舎の人はこれだから助かる。都会ならこうはいかないだろう。

「お葬式にいらしていただいて、お香典返しをしたから、連絡先がわかるんですよ。ああ、これこれ」

ノートを持ってきて、開いたページを見せてくれた。おれは「ちょっと失礼」と断り、それを書き取る。住所とともに書いてある電話番号は、携帯電話のもののようだ。これは好都合だと、内心で手を叩く。

3

小平秋俊の実家を辞去してすぐ、友人だという川端くんに電話をしてみた。時刻はまだ夕方六時になる前である。うまくすれば、呼び出しに応じてもらえるかもしれなかった。

電話が繋がったので、今度は正直に身許を話した。小平秋俊の自殺について調べているので、話を聞かせてくれないかと頼む。当然のことながら、相手は訝しんだ。

「小平の自殺についてですか。どうして今頃？」

「ある人物の依頼に基づいて調査している、としか申し上げられません。川端さんは生前の小平さんと親しくされていたと伺ったので、ぜひお話を聞かせていただきたいのですが」

「あー、そうですか。これからですか？」

「できれば」

「そうですねぇ。じゃあひとつ、条件があります」

川端の声は、いいことを思いついたとばかりに弾《はず》んでいた。条件と聞いて、おれは警戒する。果たして川端は、厄介なことを言い出した。

「実はこれから、祭りのための準備をしなきゃいけないんですよ。ぼくは月影の青年団に入っているのでね。もしそれを手伝ってくれるなら、お会いしてもいいですよ」

「祭りの準備？　どんなことをすればいいんでしょう？」

「大工仕事です。男手はひとりでも多い方がいいんで、手伝ってくれるとありがたいなぁ」

色男なので箸より重い物は持たない主義なのだが、成り行き上やむを得ない。釘の五本も打てば解放してもらえるだろうと思い、承知した。

「わかりました。私でよければお手伝いしますので、どこに向かえばいいか教えてください」

川端はこちらの求めに応じ、市民会館を指定した。建物の中に入れば、どこにいるかすぐわかるはずだと言う。一時間ほどで着くと約束して、電話を切った。おれはいささか憂鬱な気持ちで、車を発進させた。引っ越しの手伝いやら大工仕事からは卒業したつもりだったのに、と愚痴を垂れながら。

道が空いていたので、一時間もかからずに市民会館に到着した。駐車場に車を停めて外に出ると、建物の中から金槌《かなづち》を振るう音が聞こえてくる。なるほど、これなら迷うことはなさそうだ。会館に入ってすぐの広い部屋に照明が点いていて、大勢の人のいる気配がした。

中を覗くと、ざっと十人ほどの人が床に置いた木材に取りついていた。長さを測ったり、切ったり、釘を打ったりしている。入り口のところで立ち止まっているおれに気づいて、ひとりの男性が立ち上がった。

「十村さんですか！　お待ちしてました！」

そう気さくに言って近づいてくるのは、頭を角刈りにした、がっしりした体軀《たいく》の男だった。この人が川端らしい。頭に手拭いを巻けば寿司職人に、柔道着を着れば柔道選手に見える風貌である。声がやたらに大きいので、おれは思わず仰《の》け反《ぞ》ってしまった。

「お忙しいところ、お邪魔してすみません」

仕事を中断させてしまう手前、頭を下げた。川端はおれとの距離が一メートルほどのところまで近づいてきたのに、まるで五十メートルくらい向こうにいる人に話しかけるような大声で応じる。

「いえ、いいんですよ！　後で手伝ってくれるんだから！　ねっ！」

耳を塞ぎたくなった。間違いなくこれは、体育会系の人なのだろう。優男の小平とは、あまりにタイプが違う。本当に友人だったのだろうかと、不思議に思えてきた。

「ここは坐るところもないから、ロビーで話しましょうか！」

耳が痛くなるから、もうちょっと小声で話して欲しいのだが。しかし会ったばかりでそんなことも言えず、弱ったなぁと思いつつロビーのベンチに腰を下ろす。まずいことに、向かい合うのではなく隣り合って坐る形だ。こんな至近距離で、大声を聞かせられるのか。

「で、どうしてですか！　なんで今頃、小平のことを調べてるんですか！」

案の定、声を絞るということを川端は知らないようだ。内緒話など、生まれてこの方一度もしたことがないに違いない。

「いや、あのですね、小平さんの死は本当に自殺だったのか、疑問を持っている人がいるんですよ」

おれはわざと小声で言った。これくらいで充分聞こえるよという意を込めたつもりだったのに、川端にはまるで通じなかった。

「えっ！　なんですか！」

耳が遠いのかよ。諦めて、せめて普通の声で繰り返した。

「小平さんの死は自殺ではなかったんじゃないかと考えている人がいるんです」

「えーっ！　誰ですか！」

「それは守秘義務があるので言えません！」

うっかりおれも大声になってしまった。川端はぐいと顔を近づけてくる。暑苦しいんだがな。

「小平は自殺したんですよ！　警察の判断はそうだったし、おれも含めた知り合いもみんな納得してたし！」

そうなのか。母親の言とはずいぶん違うな。もっとも、大学生にもなれば親は子供のことなど何もわかっていないと言っても過言ではないが。

知り合いがみんな納得してたということは、小平さんに自殺しそうな徴候があったのですか」

確認すると、一秒のタイムラグもなく「そうですよ！」と返事が返ってくる。

「小平はいろいろ悩んでましたからね！　自殺したと聞いてびっくりしたけど、『ああ、やっちまったか』と思いました！」

「いろいろ悩みと言いますと、例えばどんな！」

「あいつの場合は、まず女ですね！　女といろいろ面倒を起こしていたから！」

やはりそれか。まあ、そうだろうとは思ったが。というのはイケメンに対する偏見か。

「面倒と言いますと！」

「あいつはもてるから、小平を挟んで女同士で喧嘩になっちゃうんですよ！　付き合う時期が重なったりして、結果的にふた股をかけている格好になっちゃったこともあったし！」

「ふた股ですか！　それはいけませんね！」

つい、言葉に力が籠ってしまった。

「でもね、あいつも好きでそういうややこしい状況を作っているわけじゃなく、成り行きでそうなっちゃってたんですよ！　だから悩んでたわけです！」

「なるほど！」

よくわかる話である。しかし「いろいろ」と言うからには、まだあるのだろう。

「他には！」

「学校の成績ですかね！　あいつ、遊んでて授業に出なかったから、成績が悪かったんですよ！　まだ二年生でしたが、四年で卒業できるかどうか不安がってました！」

二年生ならいくらでも挽回できると思うが。自分は生活態度を改められないという自覚があったからこそ、不安を覚えていたわけか。

「でも、確かにそれは悩みでしょうが、自殺するほどじゃないですよね！」

おれが疑問を口にすると、「ちょっといいですか」と割って入る声がした。大工仕事をしている部屋から、三人の若い男が出てきている。

「おれたちも昔からの知り合いで、小平とは面識がありました。だからわかるんですけど、小平は小さいことでくよくよするタイプだったんですよ」

ありがたいことに、声の大きさはごく普通だった。容貌にも特筆すべきところはない。よってこの三人は、面倒なのでわざわざ区別はつけないことにする。

「くよくよ、ですか。イケメンで女性にもてて、言うことないじゃないですか」

「それは十村さん、あなたがもてた経験がないからそう思うんじゃないですか！　もてる男はけっこう大変みたいですよ！」

横から大声を浴びせられる。川端に対する印象が、マカオタワーのてっぺんからバンジージャンプをしたときのように一瞬で下落した。神経が太いんじゃなくて、神経がないタイプか。

「確かに私には想像がつきませんが、ではあなた方は、小平さんから悩み相談をされたりしたんでしょうか」

「まあ、ちょくちょく。結局なんの力にもなれなかったので、今でもそれを残念に思ってますが」

と、これは友人A。無神経な川端と違って、このごく普通の人が沈痛な顔で言うと、お気持ちはわかりますと同情したくなる。

「実は、小平はよく『死にたい死にたい』と言ってたんですよ！　ほとんど口癖だったので、おれらも気にかけてませんでしたが！　まさか本当に死ぬとは思いませんでした！」

このがさつな男が他人の心の機微《きび》を察するわけがないが、ふだんから死にたいと連呼してたなら、本気で受け取らなくても仕方がなかったとは言える。しかし現に小平は、自殺としか思えない状況で死亡した。死にたいという言葉を実践に移したと考えるのが妥当だろうか。

「もしかして、小平さんが亡くなっているのを発見した友人というのは、皆さんの中のどなたかですか」

思いついて尋ねてみたが、この推測は違っていた。彼らの中に、発見者はいなかった。

「どなたが発見したか、ご存じですか？」

「知ってますよ！　今日は来ないけど明日は来るから、またここにいらっしゃれば会えますよ！」

明日か。ということは、明日も大工仕事を手伝わされるのだろうか。署長に対して、割増料金を請求しようと心に決めた。

「つかぬことを伺いますが、こういう×印について、何かご存じではないですか」

おれは両手の人差し指を交差させて、彼らに見せた。何か彼らの間の符号みたいなものがあり、大関善郎や世良朱実の事件とは無関係と証明できればそれでもいいと考えたのだ。

「なんですか、それ！　×がどうかしたんですか！」

だが残念ながら、無神経男も含めて全員が首を振るだけだった。おれは次の質問には躊躇したが、訊かずに済ますわけにはいかないので思い切って口にした。

「小平さんが亡くなったとき、皆さんは何をしていたか憶えてますか？」

「アリバイ調査ですか！　おれたちのことを疑ってるんですか！」

川端が四角い顔をさらにぐいと近づけてくる。おれは身を遠ざけながら、「いえいえ」と首を振った。

「疑うも何も、小平さんは自殺したのでしょ。友人が亡くなったとき、皆さんはどんな生活をしていたのかと興味を抱いただけです」

自分でもあまり説明になってないと思ったが、川端は引き下がってくれた。少し考えるようにしてから、「思い出せません！」と声を張り上げる。

「みんなはどうだ！」

友人ABCにも訊いてくれたが、全員首を傾げるだけだった。まあ、四年も前のことをすら思い出せる方がおかしい。ごく普通の反応だろう。

「明日までに思い出しておきますよ！　じゃあ、そろそろいいですか！　他にまだ質問があったら、作業しながら訊いてください！」

そう言って川端は腰を上げた。いよいよ大工仕事か。この暑苦しい男の指導で働くかと思うと、ますます憂鬱になる。なんでこうなるのかなぁと、我が身の不運を密かに嘆いた。

その夜は、十一時過ぎまで働く羽目になった。

4

朝九時には、パソコンを立ち上げてディスプレイを睨んでいた。メールは一分ごとの自動受信にしていたが、その一分を待つのがもどかしく、先ほどから何度も受信ボタンをクリックしている。向こうもあまりおおっぴらにできないことをしようとしているのだから、そんなにすぐに動けないのはわかっている。警察のふだんの活動内容をおれは知らないが、朝礼だの朝の捜査会議だのがあるのかもしれない。だからメールが来るとしても、朝一番とは限らない。そう承知していても、受信ボタンをクリックせずにはいられなかった。署長からのメールが来なければ、おれは動き出すわけにはいかないのだ。

焦《じ》れる時間は、短くて済んだ。九時十分には、メールが届いたからだ。署員の目を盗むのは簡単ではなかったろうが、やり遂げてしまうのが署長のすごいところである。単なる世間知らずのおぼっちゃんではない。

届いたメールのアドレスは、見慣れないものだった。誰でもただで取れる、フリーメールだからだ。つまり署長は、万が一にも自分が送り主と特定されないよう気を使っているのである。それほどに、このメールの内容は重大だった。

いや、正確に言うと内容が重大なのではない。この内容を部外者であるおれに漏らしてしまう行為が重大なのだ。これまで署長は、おれに事件資料を渡す際にも、手間さえかければ誰でも手に入るものしかくれなかった。捜査情報の漏洩は職業倫理に悖《もと》るから、親しい仲とはいえそこは一線を引いていたのである。

しかし昨日の署長は、さほど切羽詰《せっぱ》まった調子でもなく、捜査でわかったことをメールで送ると言った。あまりにいつもどおりの口調なのでおれは一瞬聞き逃してしまったが、署長の覚悟に気づいて驚いた。ばれれば懲戒免職もあり得ることを、署長はすると言っているのだ。飄《ひょう》飄《ひょう》としているからわかりづらいが、実は事態の変転にかなりの危機感を覚えているのだと悟った。

署長がそれほどの覚悟で送ってくれたメールである。おれも緊張せずにはいられなかった。自分の首を賭けてまで署長がおれに資料を送る理由はただひとつ、部下を信用できないからだ。おれがこれまでにもたらした数々の情報で、署長は部下を信用しないと決めた。だからこそ、おれに頼るしかないのだろう。これに応えずに、なんの友人か。なんの探偵か。おれの俠気《おとこぎ》は、燃えに燃え上がっているのだった。

昨日の署長の説明によると、生前の小平秋俊はたちのよくないアルバイトをしていたとのことだった。そのアルバイトのせいで、人間関係のトラブルがあったのかもしれないと報告書には書かれていたという。

『どうもそのバイト、ネズミ講みたいなんだよねー』

仕事内容は会社の商品を知人に売ること、そして同じアルバイトをする会員を増やすことだった。自分が勧誘して会員になった人は、子会員となる。子会員が商品を売ると、親会員の元にも幾ばくかの金銭バックが入る。つまり子会員を増やせば増やすほど、自動的に入ってくる金が増えるわけだ。まさにネズミ講の手口だった。

『そのネズミ講の被害に遭った人がいるはずだから、捜査記録を調べてみるよ。よっちゃんにメールで被害者の名前を教えるんで、当たってみてくれない？』

届いたメールには、複数の男女の名前があった。名前だけではなく、連絡先や勤め先の名称まで書いてある。なんの説明もなく、ただのデータの羅列だが、これがかなりまずいものであることは明らかだ。おれはそれらをメモに書き取り、メール自体は削除した。念のため、パソコンそのものにもパスワードロックをかけておく。署長の首が飛ぶような事態は、なんとしても避けなければならなかった。

　おれはメモを財布にしまい、事務所を出発した。本来ならまず問題の会社に向かいたいところだが、すでに消滅していた。四年も前の話なので、そんな怪しげな会社が存続しているわけもない。おれはそのネズミ講の名前すら聞いたことがなかったので、被害者たちにどんな救済措置があったのかも知らなかった。

　署長が教えてくれた人は会社員が多かったので、いきなり訪ねていっても会ってくれる見込みは少ない。だからおれはリストの中から、専業主婦らしき人を選んだ。若島桜子《わかしまさくらこ》、三十一歳。四年前の情報なので今は働いているかもしれないが、まずは訪問してみないことには始まらなかった。

　車で四十分ほどの住宅街が、若島桜子の居住地だった。適当なところでビートルを停め、徒歩で各戸の表札を見て回る。《若島》の名前を見つけて、呼び鈴を押した。

「はーい、どなた?」

　予想よりも若々しい声が、インターホンから聞こえた。おれはマイクに顔を近づけ、小声で囁《ささや》く。近所の耳を憚ったのだ。

「恐れ入ります。私は《エクセレント・リバティー》について調べている者です。よろしければお話を伺わせていただけないでしょうか」

《エクセレント・リバティー》というのが、ネズミ講の名前だった。名前だけはやたら格好いい。なんとか商事では、警戒して人が集まらないのだろう。

「えっ、《エクセレント・リバティー》？　《エクリバ》の何を？」

唐突な申し出に、若島桜子は戸惑っているようだった。相手が警戒しないうちに、おれは畳みかける。

「被害に遭われた人たちのお話を伺いたいのです。私は私立探偵です」

「私立探偵？　じゃあ誰かがあなたを雇って、《エクリバ》について調べてもらってるんですか」

「そのとおりです」

おれの返事を聞いて、若島桜子は黙り込んだ。どう対処すべきか、考えているのだろう。しばらくしてから、ようやく次の言葉が聞こえた。

「玄関先でもよろしいですか」

「もちろんです。突然にお邪魔して、申し訳ありません」

「では、少々お待ちください」

少々待て、という言葉で予想される待ち時間は、どれくらいだろうか。せいぜい三十秒か、長くて一分ではないかとおれは思う。だが若島桜子は、たっぷり五分ばかり待たせてくれた。あまりに待たされるので、何か疚《やま》しいことがあって裏口から逃げたのではないかと怪しんだ。しかしようやく開いた玄関ドアから覗いた顔を見て、得心がいった。若島桜子はばっちりメイクをしていたのだった。

若島桜子は最初、とびきりの笑みを浮かべていた。だがその表情は一瞬強張り、やがて露骨な失望の色を浮かべた。いやになることだが、おれはその心の動きをしっかり読み取ってしまった。以下、解説しよう。

若島桜子はおそらく、私立探偵と聞いてなにやら桃色の妄想をしたのだ。テレビドラマや映画に出てくる、有名俳優が演じる虚構の探偵を想像したに違いない。そんな人が来たからには一大事と、慌ててメイクを整え、精一杯めかし込み、そしてにこやかな笑みを浮かべて出迎えた。しかしあいにくなことに、若島桜子の妄想とおれの容姿は一致しなかったようだ。おれとしてはその点が非常に納得がいかず、ドラマに出てくる探偵そのものではないかと抗議したいくらいなのだが、他人の好みにまでは口出しできない。若島桜子はきっと、三枚目タイプのおちゃらけ探偵が好きだったのだろう。ならばおれを見てがっかりするのも仕方がなかった。

「――どうぞ」

沈んだ声を出すのはやめてもらいたい。さっきとぜんぜん違うじゃないか。

「失礼します」

断って、中に入った。玄関先で、とのことなので、おれは三和土《たたき》にとどまる。若島桜子は上がり框《かまち》に立ったまま、「なんでしょうか」と無愛想に尋ねた。おれはまず、名刺を差し出す。

「私はこういう者です。《エクセレント・リバティー》の実態について調べております。若島さんが会員だったと聞き、お話を伺わせていただければと思いました」

「あたしの名前は、どこから聞いたのでしょうか」

当然の疑問だ。だが、答えるわけにはいかない。

「他の会員の方からです。若島さんはいつ、どんなきっかけで会員になったんですか」

しつこく訊かれると困るので、主導権を握り続けた。若島桜子は不本意そうにしながらも、質問に応じてくれた。

「五年前に、友達に誘われて会員登録しました。ちょっとしたバイトの感覚だったのですが、あれってポイント制なので、そのポイントが無駄になっちゃうのがもったいなくて、つい嵌《はま》ってしまいました。ホント、よくできてるシステムなんですよ」

一度興が乗ると、ぺらぺら喋るタイプのようだった。当時のことを思い出して腹が立ったのか、その怒りを原動力に滔々《とうとう》と語ってくれる。

《エクセレント・リバティー》では、衣類や食器、ビタミン剤、家具などを扱っていた。知人に商品が売れると、ポイントがつく。そのポイントの有効期限は、三ヵ月だった。三ヵ月以内に一定のポイントに達すると、ランクが上がって自分の取り分のパーセンテージが増える。だが三ヵ月を過ぎると失効してしまうので、それがもったいなくてつい自腹を切ってしまうこともあったそうだ。

「あと三千円分売れればとか、いつも微妙なところだったんですよ。一番下のランクだと、けっこう売ってもあたしに還元されるのはせいぜい月千円でした。でもひとつランクが上がっただけで、それが三千円になるんですよ。三千円入ってくるなら、自腹を切ったって損じゃないでしょ。むしろその後もずっと毎月三千円入ってくるんだから、ちょっと無理しても結局は得なんです。いやもう、ホントによく考えられてて、冷静になった今でも感心します」

上位会員になると、副業としてではなく《エクセレント・リバティー》一本で生計を立てている人もいたという。そしてそういう人は、ハワイに別荘を持つまでの収入を得ていたそうだ。

「ハワイに別荘っていうのは、会員たちの目標だったんですよ。しかもそこまでランクが上がると、もうあくせく働く必要はないんです。ハワイでのんびりリゾート生活を楽しんでるだけで、子会員たちのバックが月に何百万円も入ってくるって言うんですよ。ハワイでのんびりって言葉に、あたしたちはやられちゃってましたねぇ。なんか、他のことが見えなくなってました」

目の前にぶら下げられたニンジンがあまりに魅力的だったので、自腹を切る金額もどんどん大きくなっていったと若島桜子は語った。自腹を切ってもランクが上がれば、それだけ夢の生活に近づく。だから赤字になっても、そんなことは気にしなかったそうだ。

「馬鹿ですよねぇ。もうギャンブルに狂う人と同じですよ。一発当たれば取り返せるんだと思えば、お金を摩《す》るのも怖くないじゃないですか。まさにそんな感覚でした」

しかしどんなにがんばっても、ランクはなかなか上がらない。最初のうちはとんとん拍子《びょうし》に上がるのだが、上になればなるほどノルマがきつくなり、達成できなくなるのだ。

「最終的に、月いくらくらいのランクになったんですか」

おれが尋ねると、若島桜子は苦笑いを浮かべた。

「月一万円です。でもそのために、三万くらい自腹を切ってました」

なかなかたちが悪い。眼前の女性は間違いなく搾取《さくしゅ》された側だが、果たして小平秋俊は被害者だったのか、あるいは甘い汁を吸えたのか。自殺が不自然に思われなかったくらいだから、搾り取られた口なのだろう。

「ところで、小平秋俊さんって人はご存じですか」

知らないだろうなと思いつつ、念のために尋ねただけだった。だが若島桜子は、その名を聞いてぱっと表情を明るくした。おれを出迎えたときの仏頂面とはずいぶん違うじゃないか。

「あのイケメンの人！　ええ、知ってます。《エクリバ》ではすごい有名人でした！」

イケメンの話となると声が弾むのね。はいはい。

「会ったことあるんですか？」

「話をしたことはないんですけど、支部であった講演会で見かけたことがあります。あたしもあの人の子会員になればよかったー、って思いましたよ」

目がハート形になっている。あんた、人妻なんだろ。それでいいのかよ。

「有名っていうのは、イケメンだからですか」

「それもそうなんですが、上位会員だったんですよ。確かあの頃、小平さんって大学生ですよね。でも月に五十万円くらい稼いでいたみたいですよ」

月に五十万円。羨ま――、じゃなくて学生にそれは分不相応だろう。そこまで稼ぐということは、子会員も多かったわけか。

「つまりそれだけ、小平さんのせいでお金を損した子会員がいるということになりますね」

確認したのだが、目がハート形になっている人には些細なことのようだった。

「あたしもどうせ損するなら、小平さんにお金を使って欲しかったわぁ」

幸せな人である。せいぜい妄想してなさい。

「ですが、小平さんは自殺したんですよ。ご存じですよね」

「そうなんですよぉ。あたし、それを知って泣きました。そういえば、《エクリバ》に対する気持ちが冷めたのは、あれが最初のきっかけだったのかも」

だとしたら、小平秋俊の死も決して無駄ではなかったわけだ。このおめでたい人妻だけでなく、他にも我に返った人はいたのだろう。

「どうして小平さんは自殺したんだと思います？　《エクセレント・リバティー》の上位会員だったせいで、人の恨みを買ってトラブルに巻き込まれたのでしょうか」

「どうなんでしょう。詳しいことは知らないです。美男子薄命ってことかしら」

こういう人が、ばあさんになっても若い演歌歌手を追いかけたりするのだろうな、とおれは思った。

5

その後もおれは、《エクセレント・リバティー》の被害者たちを訪ね歩いた。会社勤めの人には、会えたり会えなかったりだった。小平秋俊の名前を知っている人は、ふたりいた。やはり会員間では有名人だったらしい。とはいえ直接の面識があったわけではないので、自殺の動機はもちろんのこと、小平の人となりすら知らなかった。つまり、新情報はほとんど得られなかったということだ。

その間に一度、友梨から電話がかかってきた。今は友梨の依頼で動いているわけではないとはいえ、まったく無関係の仕事をしているのでもない。調査の進捗《しんちょく》状況は気になるようだ。

「どうですか。何か判明しましたか？」

友梨の言う〝何か〟とは、幼女殺しについてだろう。実は幼女殺しの件はまるで調べていない、とも言えず、適当にはぐらかすことにした。

「まあ、いろいろとな。着々と真相に近づいていると言っていいだろう」

「そうなんですかぁ？　あたしと一緒に行動しているときは、なんの進展もなかったじゃないですか。ひとりの方が仕事が捗《はかど》るなんて言うんじゃないでしょうね」

「そのとおり。邪魔する人がいないお蔭で、行く先々で意外な事実が判明してびっくりしているところだよ」

「つまり、何もわかってないってことですね。そんなことじゃないかと思ってましたよ」

なぜそんなねじ曲がった解釈をするのか、理解できない。姉さんとは大違いだな、という台詞を胸に呑み込むのは、これで何百回目か。

「まさかサボってるんじゃないでしょうねぇ。やっぱり、あたしがついてて尻を叩いてあげた方がいいんじゃないかしら」

いや、収穫に乏しいという点では、お前が一緒にいても何も変わらないよ。おれはそう言ってやりたかったが、前言と矛盾するのでやめた。面倒なので、車の運転中であることを口実に通話を一方的に切る。実際は路肩に停めて電話をしていたのだが。

そして夕方には、ふたたび市民会館に行った。建物を見ただけで、さんざんこき使われた昨夜の悪夢が甦る。また今日も同じ目に遭うのは確実なのでこのまま引き返したかったが、職を賭する覚悟の署長を思えば逃げるわけにはいかなかった。

「やあ、十村さん！　お待ちしてましたよ！」

作業場に使っている部屋を覗き込むと、筋肉馬鹿の川端が目敏《めざと》くこちらを見つけた。作業をしている人たちも全員顔を上げ、「やあ」「やあ」「やあ」と口々に声をかけてくる。爽やかなのは悪くないんだけど、全員が白い歯を光らせてにこやかに笑う様はいささか気持ち悪い。妙な宗教でもやってるんじゃないだろうな、と疑いたくなる。

「小森《こもり》ーっ、小森ーっ！　あちらが昨日いらした探偵の十村さんだ！」

川端が呼びかけた相手は部屋の隅にでもいるのかと思いきや、斜め前にいる人物だった。なぜそんな近くにいる人を、そこまで大声で呼ばないといけないのか。

「……です。……んばんは」

呼ばれた人物は金槌を置いて立ち上がり、ぺこりとおれに頭を下げた。小森と名乗ったのだろうが、よく聞こえない。耳が川端の大声に慣れてしまったのだろうか。

小森なる人物は、小平秋俊と同年齢なら今は二十五歳のはずだが、四十代後半に見えそうな老《ふ》け顔だった。ひょろりと細い体格で、筋肉馬鹿の川端の後ろにいたらすっぽり隠れてしまうだろう。小森はこちらに近づいてくると、「ロビーで……」と囁くように言った。

「……平の遺体を発見したときの話を聞きたいんですよね」

昨夜と同じように、ベンチに並んで坐った。しかし昨日とは打って変わって、隣に坐っているのに声が聞き取りにくい。病弱そうな老け顔とこのか細い声なら、お化け屋敷のアルバイトが適職ではないか、などとつい考えてしまった。

「はい、そうです！」

苛立ちからつい大声を発してしまい、はたと気づいた。なるほど、川端の大声はこの人と付き合っているせいなのか。謎が綺麗に解明できた心地だった。

「……平は自殺じゃなく、他殺だと怪しんでいるとか」

話し始めが不明瞭なので、こちらが頭の中で補完しなければならない。今はもちろん、「小平は自殺じゃなく」と言っているのだ。ああもう、面倒な人だ。

「そうなんですよ！　小森さんは遺体を発見したとき、どう感じましたか！　ひと目で自殺だと思いましたか！」

「……え、そうではなく、最初は事故かと思いました。あの日ぼくは、小平と会う約束があったんですよ。それなのに待ち合わせ場所に来ないし、携帯に電話しても出ないから、おかしいなと思ってアパートを訪ねたんです……」

その朝小森は、大学の授業が始まる前に小平と落ち合い、ノートをコピーさせてもらうことになっていたらしい。前週の授業を小森は風邪で欠席したので、その部分をコピーで埋め合わせるつもりだったそうだ。だが小平は約束を守らず、小森はひとりで授業を受けた。小平は無断で約束を破るような人ではないので、おかしいと思い授業後に訪ねたのだという。

「……パートの部屋は鍵がかかってて暗かったので、最初は留守かと思ったんです。でも、ドアの前から小平の携帯に電話すると、中で呼び出し音が鳴ったんですよ。携帯を置いて外出するなんて変でしょ。だから、これは体の具合が悪くて倒れてるんじゃないかと心配になって、一階の大家さんを呼んだんです。小森のアパートには何度も行ってるので、一階に大家さんが住んでることは知ってました……」

初老の大家さんは最初、合い鍵を使うことをためらった。学生なんだから、寝ているだけじゃないかと考えたようだ。しかし小森が、病気で倒れているのに放っておいたせいで手遅れになったらどうする、と脅したら慌てた。放置して責任を問われるより、勝手に開けて怒られる方がましだと判断したのだろう。

「……アを開けてみたら、もわっといやな臭いが部屋から出てきました。大家さんとふたりで逃げて、臭いが抜けるのを待ちました。でも逃げる前に一瞬、卓袱台に突っ伏している小平の姿が見えました。だからぼくは、『ああ、事故だ』と思いました……」

小森は結局、部屋の中には入らなかったそうだ。まるで動こうとしない小平は、遠目からも死んでいるとわかったからだ。大家も肝を潰し、そのまま階下に行って一一九番通報をしたため、中に入ってはいない。窓の鍵が閉まっていることを確認したのは、警察である。

「……関に鍵がかかっていたのは間違いないです。ぼくと大家さん、ふたりで確かめました。窓にも鍵がかかっていたと、警察は言ってました。だから部屋の中には小平しかいなかったわけで、他殺の可能性はゼロですよ……」

「ドアを合い鍵で開けた後、あなたはずっと部屋を見張っていたんですね。中にいた第三者が逃げる暇はなかったんですね」

非現実的な発想ではあるが、例えば酸素ボンベで呼吸を確保し、犯人が室内に潜伏していたという可能性もゼロではないと考えたのだ。もっとも、小平の死亡推定時刻は前日の夜九時から十時の間である。翌朝の発見時までとなると、十三時間から十四時間ほど潜伏していなければならない。酸素ボンベを何本も用意しなければならず、ほぼ不可能と言えた。

ちなみに、それほど時間が経っていても一酸化炭素が室内に残っていたのは、アパートがそこそこ新しく、比較的気密性が高かったからだ。最新の住宅であれば二十四時間換気システムが導入されているだろうから、一酸化炭素が充満している時間も短く、酸素ボンベを使用したという無茶な仮説も成立するところだった。つまり、そこそこの新しさがかえって他殺の可能性を否定しているのである。警察の手抜かりがない限り、遺体発見現場は密室だったと断定してかまわなさそうだ。

この件は無関係なんじゃないか。そんな心証に傾いていた。遺体の足の裏に×印があったならともかく、机の上に置いてある紙に書いてあっただけである。さすがに署長の考えすぎではないかと思えた。

×印の意味に何か心当たりはないかと小森にも尋ねてみたが、知らないとのことだった。意味は死んだ小平にしかわからないのではないだろうか。

「どうですか、十村さん！　納得いきましたか！」

作業部屋から、川端とその他の友人たちがぞろぞろと出てきた。放っておいてくれないのは、おれが逃げることを警戒しているのか。実際、このまま消えてしまおうと考えていたので、内心で舌打ちする。もう少し早く話を切り上げればよかった。

「そうですね、事故か自殺かわかりませんが、他殺の可能性だけはなさそうです。ところで皆さんは、《エクセレント・リバティー》ってご存じですか？」

昨日、その話が出なかったことをおれは訝しんでいた。彼らは小平が《エクセレント・リバティー》で金を儲《もう》けていることを知らなかったのだろうか。

果たして、彼らは目に見えて動揺した。互いに顔を見合わせたり、不自然におれから顔を逸らせたりする。もしや、こいつらも《エクセレント・リバティー》をやっていたのか。慌てるということは、被害者ではなく儲けていたんじゃないだろうな。

「な、なんですか、それ！　お菓子の名前ですか！」

とぼけるときまで、川端は大声だった。

まあ、いい。小平は他殺ではないとはっきりしたからには、彼らが《エクセレント・リバティー》の被害者であろうと搾取した側であろうと関係ない。道義的責任はありそうだが、おれが糾弾するべきことでもなかった。

「そ、そうだ！　小平が死んだときのおれたちのアリバイを気にしてましたよね！　四年前の手帳を見てみたら、あの日もちょうど祭りの準備をしていたので、ほぼこのメンバーで集まってましたよ！　なっ！」

川端が同意を求めると、その他大勢たちはがくがくと頷く。きちんと証言を突き合わせないと全員のアリバイが成立したことにはならないが、いまさらどうでもいいことである。

「じゃ、じゃあ、話が終わったんならまた作業に取りかかりましょうか！　ねっ、十村さん！」

強引に話を逸らされた格好になったが、約束だからやむを得ない。おれはおとなしく、作業部屋に移動した。

しかし幸いにも、大工仕事に従事するのはさほど長い時間ではなかった。取りかかって一時間もしないうちに、おれの携帯電話が鳴ったのだ。サブディスプレイに表示された名前は、思いがけないものだった。電話をかけてきたのは、田ノ浦好美だったのである。

「ちょっと失礼」

周囲に断って、ロビーに出た。携帯電話を開いて耳に当てると、なにやら悲愴《ひそう》な声が聞こえた。

「ああ、十村さん。田ノ浦です。夜遅くにすみません」

「いいえ、かまわないですが、どうしたんですか。まさか、まだ月影にいるんじゃないでしょうね」

　とっくに東京に帰ったものと思っていた。しかし田ノ浦好美は、月影でただひとつのホテルに泊まっていると言う。その理由を尋ねる間もなく、彼女は早口に言った。

「私、誰かに尾《つ》けられているようなんです。怖いので、これから十村さんの事務所に行ってもいいですか」

　えっ、これから？　事務所とはいっても、住居兼用なのだが。ホテルにいるなら、部屋に閉じ籠っている方が安全ではないだろうか。

「鍵をかけてホテルの部屋にいればいいじゃないですか」

「変な電話がかかってきたんです。これ以上首を突っ込み続けると、どうなっても知らないぞって」

　脅しの電話？　何者の仕業か。この状況でそんな電話をかけてくるのは、その人物こそ間違いなく犯人だろう。

「男でしたか、それとも女ですか？」

「デジタル加工している声だったので、わかりません」

　デジタル加工か。少なくともパソコンをいじれない人ではなさそうだ。もっとも昨今では、じいさんばあさんでもパソコンを使っていたりするから絞り込みの材料にはならないが。

「ともかく、ひとりでいるのが怖いんです。ご迷惑とは思いますけど、今から行きますのでよろしくお願いします」

そう宣言すると、田ノ浦好美は電話を切ってしまった。これからおれの事務所に来て、どうするつもりか。まさか泊まっていくんじゃないだろうな。

いやぁ、困っちゃうなぁ、そういうの。

第九章　探偵はいよいよ事件の核心に迫る

1

　こうなったら長居は無用と、青年団員たちの白い目もものともせず、さっさと市民会館を後にした。まったくもって、田ノ浦好美はいいタイミングで電話をくれたものである。とはいえ、その内容を考えるといささか気がかりではあったが。

　田ノ浦好美をひとりで待たせるわけにはいかないので、車を飛ばして事務所に戻った。幸い、まだ田ノ浦好美は来ていなかった。事務所に入り、お茶の用意でもしておくかと考えているところに、車がビルの前で停まる音がした。窓から覗くと、タクシーから降りる田ノ浦好美が見えた。どうやらタッチの差で間に合ったようだ。

　中に入れ、ソファに坐らせた。田ノ浦好美は怯えているのか、顔色が青白かった。まだ怖がっているらしく、事務所内をきょろきょろと眺め回している。おれの他に誰かいないか、恐れているのだろう。そんなに怖い思いをしたのかと、ようやく事の重大さがわかってきた。

「コーヒーでいいですか？　それともカフェオレにしましょうか」

夜なので、そう提案してみた。田ノ浦好美は頷き、「では、カフェオレをください」と言う。おれは牛乳を温め、コーヒーと混ぜた。自分のためには、ブラックコーヒーにミルクを少しだけ入れた。

「何があったか、詳しく話してください」

マグカップを田ノ浦好美の前に置き、テーブルを挟んで正面に坐った。田ノ浦好美は礼を言ってカップに口をつけると、「おいしい」と小声で呟く。そして、引き締めた表情でおれに視線を向けた。

「昼から、誰かに尾けられている気がしていたんです。さりげなく振り返ってもそれらしい人はいないんですが、ずっと視線を感じてました」

「昼からって、また市内をうろうろしていたんですか」

「はい、実は」

危ないからよせと言ったのに、その警告には従わなかったわけだ。妹を殺した犯人を見つけ出したいという気持ちは、我が身の危険も顧みさせなかったらしい。

「十村さんの忠告を無視した形になって申し訳なかったんですけど、でも私はどうしても朱実を殺した犯人を見つけ出したかったんです」

「気持ちはわかります」

そう言ってはみたものの、東京に帰って世良朱実の過去の行状を調べてくれた方が役に立ったのだがと、内心では考える。まあ、妹の旧悪を調べるのは気が進まなかったのだとしても、無理もないとは思うが。

「どこを歩いてたんですか。また《メコス》ですか」

「いいえ、今日は県庁大通りとか、その周辺です」

県庁大通りは、かつて月影で一番賑やかだった商店街だ。今は《メコス》に客を奪われたとはいえ、他にこんなに大きい商店街はないので、未だに人通りはある。

「県庁大通りなら、尾行されてもその相手を見つけづらいですね。もちろん、知った顔を見かけたりはしてないんですよね」

「はい」

田ノ浦好美は月影に知人がひとりもいない。世良朱実との間に悶着《もんちゃく》があった人間が尾行をしたとしても、田ノ浦好美はその顔を知るすべがないのだった。

「で、ホテルに帰ったわけですね。すると電話がかかってきた」

「そうなんです。びっくりしました」

そのときの恐怖を思い出したらしく、田ノ浦好美は両手を回して自分を抱き締めるようにする。おれは大事な点を確認した。

「電話はどこにかかってきたんですか。あなたの携帯電話ですか、ホテルの電話ですか」

「ホテルのです」

それならまだよかった。相手が田ノ浦好美の携帯電話の番号まで知っているとなると、事態はかなり深刻だからだ。ホテルの電話なら、名前を言えばフロントで繋いでくれるだろう。相手が知っていたのは、田ノ浦好美の名前だけだったと推測できる。

「電話の相手が言ったことを、正確に憶えていますか」

「ええと、『あまりちょろちょろするな。おとなしく東京に帰れ。これ以上首を突っ込むと、どうなっても知らないぞ』と」

「それだけですか」

「そうです。一方的に言って、切ってしまいました」

相手の声も男か女かわからないのでは、手がかりがまるでない。ただ、電話をかけてきた意図を推理することはできる。

「わかりました。では一緒に考えてみましょう。相手はなんのために、そんな電話をかけてきたのか」

「目障《めざわ》りだった、ということですよね。自分が殺した女と同じ顔をした人間がうろうろしていたら、きっと不気味でしょうし」

田ノ浦好美は、電話をかけてきた相手が世良朱実を殺した犯人だと決めつけている。否定する材料はないので、今はその仮定に基づいて話を進めてもかまわないが。

「それもあるでしょうね。でも、そんな脅しをかけたら藪蛇《やぶへび》という面もあるかもしれない」

「藪蛇？　と言うと？」

「これまで警察ですら容疑者を絞り込めずにいたのに、犯人はついに姿を見せたわけですよ。いや、姿を見せたというのは比喩《ひゆ》的表現で、単に声を聞かせただけですけど。それでも、犯人とおぼしき人物が現れたことは大きな前進です。犯人はやはり、この月影にいたと判明したわけですから」

「そうですね。私のしたことは無駄じゃなかったんですね」

沈んでいた田ノ浦好美が、ようやく声を弾ませた。しかしおれは、窘めずにはおれない。

「無駄ではありませんでしたが、危険です。もう本当にやめてくださいね」

「……はい、おっしゃるとおりですね。わかりました」

せっかく表情を明るくしかけた田ノ浦好美が、また顔を曇らせる。申し訳ないとは思ったものの、ここは強く言うべきだと心を鬼にしたのである。

「藪蛇になってまで脅しをかけたのは、やはり田ノ浦さんがもたらす情報が怖かったからじゃないですか」

「情報？」

おれの推測が、すぐにはピンと来なかったようだ。少し小首を傾げて、「例の、詐欺紛《まが》いのことですか」と尋ねる。

「朱実が東京でやっていたことを知られると困る人がいる、という意味ですか？　でも、誰が困るんですか」

「ご存じないかもしれませんが、月影での世良朱実さんの評判は悪くなかったんですよ。天使のようだった、なんてことまで言う人もいたくらいで。私自身、あなたから話を聞くまで、朱実さんがそういう人とは知りませんでした」

「そう……だったんですか」

月影は世良朱実の生まれ故郷だから、まさかここで本性を隠しとおしているとは思いもしなかったのだろう。田ノ浦好美はきょとんとした顔をしている。おれはさらに説明した。

「犯人はもしかしたら、朱実さんに騙された人なのかもしれない。殺害の動機は、その恨み。でも、朱実さんの本性がばれなければ、自分の動機も明らかにならないわけです。実際、これまで容疑者は浮かび上がっていない。そこにあなたがやってきて、朱実さんが結婚詐欺紛いのことを東京でしていたと話せば、その線で警察が洗い直すかもしれない。犯人はそれを恐れたんじゃないでしょうか」

「ああ、なるほど」

田ノ浦好美は膝をぽんと打ちそうなほど、感心の表情を浮かべた。なかなか気分がいい。この田舎町では、探偵の卓越した推理に感心してくれる人などひとりもいなかったのだ。田舎者におれのすごさはわからないのだと、改めて思う。

「だとしたら、犯人が最もいやがるのは情報です。だからあなたはやっぱり、東京に戻って朱実さんがどういうふうに男性からお金を巻き上げていたのか、調べてください。実は私は、警察にコネクションがあります。あなたが調べてくれたことを、そのまま警察の耳に入れることができます」

「そうなんですか。すごいですね」

もはや田ノ浦好美は、手を握り合わせて眸《ひとみ》をうるうるさせかねんばかりである。この様子を友梨に見せてやりたいと考えたが、また不機嫌になるだけだと気づいた。

いや、それ以前に、夜に田ノ浦好美を事務所に招き入れたなどと知れたら、何を言われるかわかったものではない。沙英の遺影に報告するのだけは勘弁して欲しい。やはりここはなんとしても、ホテルに送り返すべきだった。

「今日はもうホテルに泊まるしかないですが、明日はなるべく早い時間に東京に帰ってくださいね」

「はい、明日帰ります。でも今夜は、ホテルには戻りたくないです」

「えっ。ホテルに戻らないでどうするんですか」

「ここに泊めてください。このソファでいいですから」

「えええっ！」

いや、だからそれが一番まずい展開なんですよ。あまりに格好いいところを見せすぎたので、惚れられてしまったか。

「ホテルの部屋に籠って、鍵とドアチェーンをかけておけば安全じゃないですか。ホテルまでは送りますから」

「ひとりでいるのが怖いんです。ご迷惑とは思いますが、ここにいさせてください」

「そ、そうは言っても、私も一応男ですから、それはまずいでしょ。じゃ、じゃあこうしましょう。私は知人の家に行きますから、あなたはここで寝てください」

「それじゃあ意味がないです。一緒にいてください」

田ノ浦好美は必死の形相《ぎょうそう》で懇願する。ここまで頼まれたら、無下に追い出すことはできなかった。

いやぁ、しかし困っちゃったなぁ。どうしたらいいのかなぁ。

——と案じるまでもなく、あれこれ寝るための身支度を調《ととの》えると、田ノ浦好美はさっさとソファで寝てしまった。むろん、楽しいことや困っちゃうことなど何も起きなかった。一夜明けてみると、よく寝られなかったおれは頭が朦朧《もうろう》としていた。なんだか独り相撲《ずもう》を取らされた心地だった。

2

東京に帰る田ノ浦好美を駅まで送っていこうと、駐車場に行ったときのことだった。おれは視界の中に違和感を覚え、ふと立ち止まった。おれの愛車のビートルに異変が起きている。まじまじと見て、気づいた。タイヤがパンクしているのだ。

それも一本だけではない。慌ててビートルに取りついて確認してみると、四本ともパンクしていた。自然にこんなことが起きるわけがない。何者かが、わざとパンクさせたのだ。

「畜生。やられた」

やったのは間違いなく、田ノ浦好美を尾行して脅した奴だろう。ここまでついてきて、事務所に入れない腹いせにビートルのタイヤをパンクさせたのだ。なんて汚い真似をするのか。タイヤ四本分の値段を考え、おれは怒り心頭《しんとう》に発した。

「あ、あの、私はタクシーで帰りますから」

気遣いの言葉をおれにかけてから、田ノ浦好美は言った。悔しいが、そうしてもらうしかない。おれはタクシーを呼んで田ノ浦好美を乗せてから、ＪＡＦに連絡してビートルを引き取りに来てもらった。憐れおれの愛車は、何も悪いことはしていないのにレッカー車に引っ張られて修理工場へと去っていった。

怒りが収まらないまま事務所に戻り、今日の行動予定を考えた。青年団たちの証言で、小平秋俊は自殺と見做してかまわないだろうと結論する。単に×印が書いてあるレポート用紙があったというだけの理由で、世良朱実や大関善郎の事件と関連があると考えたのは、やはり署長の牽強付会だった。話としては面白いが、連続殺人と考えるのはいくらなんでも無理がある。調べるだけ調べた上での結論なのだから、署長も納得するだろう。

そう考え、報告のために署長の携帯電話にかけた。だが、珍しく繋がらなかった。いや、珍しくなどと考える方がおかしいか。何しろ相手は、警察署の署長なのである。いつでも電話が繋がるはずがない。またかけ直すことにして、受話器を置いた。

小平秋俊の線が片づいたなら、次にすべきことはいよいよ幼女殺しの調査だ。ここに辿り着くまで、なんだかずいぶん遠回りをしていた気がする。ようやく取りかかれるかと思うと、おれの気持ちも勇み立った。一刻も早く犯人をとっ捕まえて、パンクの修理代を払わせてやりたかった。

問題は移動の足だ。幼女の親の家は、歩いて行ける距離ではない。かといって、バスなら何本も複雑に乗り継がなければならない。田舎町のこととて、電車は東西に走る一本だけで、まるで役に立たない。そうなると、自転車を使うしかなかった。

自転車かぁ。おれは気が進まなかった。というのも、おれの自転車は以前に依頼人にもらったママチャリだからだ。ママチャリに乗って移動するハードボイルド探偵はないよなぁと自分でも思うものの、他に手段がないのだからやむを得ない。めったに乗らないので錆びついてしまっているが、油を差せば役には立つだろう。おれは外に置いてある自転車のカバーを外し、メンテナンスを済ませてから出発した。こんなところ、知り合いには絶対に見られたくなかった。

油を差してもギコギコ言う自転車をせっせと漕《こ》いで、一時間余りでようやく目指す場所に着いた。中規模開発の住宅地で、ひとつひとつの家が小さめのためか住人は若い夫婦が多いという印象がある。当然、各家庭の子供たちはまだ小さく、平日の昼間でもそこここで幼い声が聞こえた。これから訪ねていく家にも、本来ならかわいらしい盛りの子供がいたはずだったのだ。

幼女の名前は鈴木《すずき》茉《ま》凛《りん》といった。名字が平凡だから、名前でがんばっちゃった感じだ。三年前の七月、近所の子と一緒に遊んでいたはずの茉凛ちゃんは、忽然と姿を消した。東京ならば今どき、五歳の子供たちだけで外で遊ばせたりはしないだろうが、この辺りはまだまだ牧歌的なので親も油断していた。公園で遊んでいたときに茉凛ちゃんはトイレに行き、それきり友達の許へは戻ってこなかった。

親と警察、近所の人も総動員で市内を捜し回ったが見つからず、翌々日に酒香川の下流で芦に引っかかっているところを発見された。言うもおぞましいことではあるが、茉凜ちゃんは性的いたずらをされていた。変質者の仕業なのは、どんなぼんくらでもわかることだった。

もし自分が親の立場だったら、などという仮定すら怖くてできない。世の中の子を持つ親にとって、最悪の事態だろう。両親はもちろん、親戚や知人の怒りもひととおりではなく、犯人を自分の手で八つ裂きにしてやりたいと思っている人も少なくないのではないか。そう考えてしまう心の動きを、おれは責めることができない。

だから両親を訪ねるのはいかにも気が引けるが、だからこそ見過ごしにはできないとも思っていた。この件に関しては、強烈な動機が存在する。もし本当に大関善郎が犯人なのに、証拠不十分で警察が逮捕できずにいたのだとしたら、両親は行動を起こすだろう。いや、大関善郎が本当に犯人かどうかは問題ではないのだ。両親がそう信じ込んでいたら、それだけで殺人の動機になる。だからおれは直接会って、両親の恨みがどれほど深いか確かめなければならないのだった。

小さく区画割りされている地域だから、住所から目指す一軒に辿り着くのは面倒だった。おれはママチャリを手で押しながら一軒一軒表札を見て回り、ようやく鈴木家を発見した。違う鈴木家かもしれないという恐れはあったものの、ともかく呼び鈴を押してみる。

「はい」

嗄《しわが》れた陰気な声が応じた。年寄りの声にも思えるが、念のために確認した。

「恐れ入ります。こちらは鈴木茉凜ちゃんのご両親のお住まいでしょうか」

インターホンに向かって問いかけてみると、返事は沈黙だった。どうやらここで間違いないようだ。おれは相手の言葉を待たず、畳みかけた。

「突然に申し訳ありません。私はわけあって茉凜ちゃんの事件を再捜査している者です。茉凜ちゃんの事件について新しい事実とおぼしきことが浮かび上がってきたものですから、ぜひともお母様にもお話を伺わせていただきたいと思い、不躾《ぶしつけ》ですがお訪ねしました」

こういう言い方をすれば玄関を開けてくれるのではないかと期待したが、おれの予想は見事に外れた。返ってきたのは、地獄の底から聞こえてくるような沈んだ声だった。

「……あなたは警察の方ですか」

「いえ、そうではありません。警察の意を受けて動いてはいますが」

真実ではないが嘘でもない。これくらいの詭弁《きべん》は許されるだろう。

「じゃあ、なんですか」

「私立探偵です」

「私立探偵……」

昨日のイケメン好き奥さんみたいな反応だといいのだがと思ったが、そんなはずはなかった。なんと、続く言葉はなく一方的に通話は切られてしまった。驚いてもう一度呼び鈴を押したが、もう出てくれない。やっぱり駄目か、とおれは諦めた。娘を喪ってからまだ三年しか経ってないのだから、傷口に触りに来るような相手を受け入れてくれないのも当然だった。

仕方なく、隣近所を回ってみることにした。お喋りな人はどこにでもいるものである。有益な情報が聞けると期待しているわけではないが、それでも両親の落ち込み具合や、どんな人となりかくらいはわかるだろう。

　両隣の人は、鈴木家に対して気を使ってか応じてくれなかった。一軒ずつ、鈴木家から遠ざかっていく。そうして虱潰《しらみつぶ》しに訪ねた末に、お喋りな人を見つけた。このエリアの主婦としては、薹《とう》が立っている。五十代半ばくらいか。だからこそ鈴木家とはママ友ではなく、喋りたい欲求を抑えられなかったのだろう。

「探偵さん？　月影に探偵さんなんかいたの？　へえーっ」

　珍獣でも見るような物言いをして、主婦は中に入れてくれた。三和土に立つおれを上から下まで見て、「けっこうイメージどおりねぇ」と言う。そうだろ。この主婦に対するおれの好感度は、ぐーんと跳ね上がった。おれに依頼することがあったら、そのときには少し割引してやろう。

「玄関先じゃあなんだから、お茶でも飲んでく？　ただし、あたしに何もしないと約束するならだけど」

　神に誓って、何もしません。自意識過剰か、と突っ込みたいところだが、いい人そうなので抑えておいた。

　若い男に襲われることを警戒している主婦は、なかなか大きい胸と腹のせり出し方が同じくらいだった。でかい尻の肉を前に持ってくることができたなら、鏡餅のような三段階の肉塊となる。わざわざこんな描写はしたくなかったが、襲う可能性が皆無であることを証明するために詳述してみた。むしろおれの方が、襲われることを心配したい。

「なんで探偵さんが茉凜ちゃんの事件を調べてるのさー？　依頼人は誰？」

キッチンからお茶を運んできた主婦は、いきなり立ち入った質問をしてきた。そういうことには答えられないと撥ねつけると、「本物の探偵みたい」とわけのわからないことを言う。どういう意味だ。

「茉凜ちゃんのご両親は、最近どうですか？　元の生活ペースに戻っているようですかね」

心配している振りをして、その実、最も訊きたいことを尋ねる。主婦は「そうねぇ」と小首を傾げて、喋り出した。

「元の生活と言えば元の生活だけど、実際はどうなのかしらねぇ。旦那さんは前と変わらず会社に行ってるみたいだけど、会社でどう過ごしているかは知らないし。奥さんは家に籠ってて、買い物のときくらいしか外に出ないから、どんな生活をしているかなんてわからないさー。ただ、前はママ同士の付き合いでけっこう他の家と行き来があったけど、今はそれもないみたいね。子供がいなくなっちゃったんだから、当然だけど。なんか、陰気になっちゃってねぇ。負のオーラって言うの？　あの奥さんの周りだけ暗くなってるような、姿を見たらぎょっとする雰囲気なのよー。子供をあんなふうに殺されたんだから、もう一生明るい顔なんてできないわよねー。あたしの子なんて、もはやかわいくもなんともないおっちゃん顔になっちゃったけど、それでも殺されたりしたら頭おかしくなっちゃうだろうからね。あたしの息子の写真、見る？

こんなでも親からすればかわいいんだから。親なんていつまでも馬鹿よねー」

一応説明すると、これらの言葉は機関銃の如くほぼひと息で主婦の口から発されたものである。すごい肺活量だと、的外れな感心をしてしまった。ただ、この調子で喋られたら間違いなく頭痛がすると、先行きが心配になった。

「いや、あの、息子さんの写真はまた次の機会に。では、ご両親はまだ立ち直ってないんですね。かわいい盛りの娘をあんなふうに喪ったら、そりゃあそうですよね」

話を引き出すために相槌を打ったが、引き出しすぎることを心配した。案の定、怒濤《どとう》という表現がぴったりなほど余談たっぷりの言葉の洪水が溢れ出してきたが、面倒なので大半聞き流し、要点だけを拾った。

「一生立ち直れないんじゃないかしらねぇ」

これがおよそ、主婦の口から飛び出した言葉の量の十分の一である。こんなひと言で言い表せることに、よくまあ十倍もの尾鰭《おひれ》をつけられるものだ。

「じゃあ、犯人のことも一生恨み続けるのでしょうか。まだ捕まってないんですもんね」

「えっ、でも犯人は死んだんでしょ」

「えっ?」

主婦の言葉が簡潔だったので、思わず訊き返してしまった。いや、違う。簡潔だからではなく、その内容に驚いたのだ。犯人が死んだって、まさか大関のことを言っているのか。

「あらー、探偵さん、知らなかったの?　犯人はもう死んでるのよ」

ここは要約済み。実際にはこの十倍。さすがに聞いてて苛々した。

「犯人って誰のことを言ってるんですか」

「なんだったっけ。横綱だか関脇だか小結だかって人」

なぜ大関だけ飛ばすかな。

「大関善郎ですか」

「ああ、それそれ。その人。殺されたんでしょ。天罰よねぇ。殺した人は正義の味方ね」

「警察は大関善郎が犯人とは断定してませんよ。それなのにどうして、大関の名前を知ってるんですか」

「もっぱらの噂さー。大関って人が犯人だって、この辺りじゃ誰でも知ってるさ」

大関が警察にマークされたのは幼児ポルノ愛好家だからだが、理由はそれだけではない。この月影にも何人かいる幼児ポルノ愛好家のうち、大関だけが特に目をつけられたのは、ある不穏な発言のためだった。

事件発生後、同好の士がビデオを貸そうとしたときに、大関は断った。その際、大関はこんなことを言ったのだ。

『今はお腹いっぱいだから、ビデオは当分いいかなー』

お腹いっぱいとは、果たしてどういう意味か。推測するのも胸くそが悪くなるが、事件発生後というタイミングを考えると、見過ごしにはできなかった。その発言を聞いた同好の士も同じ想像をしたらしく、幼児ポルノ愛好家の間でたちまち噂が駆け巡った。その噂を、優秀な警察官のひとりが耳にしたというわけだ。

ちなみに大関は事件当日、アリバイがなかった。ずっと家にいたと主張したそうだ。家族も、その主張を裏づけた。だが家族の証言はアリバイの補強にはならないし、大関の在宅を証明する第三者もいない。アリバイと言えるアリバイがない大関は、つまり限りなく黒に近い灰色の存在だったのだ。

残念ながら、茉凜ちゃんが消えた公園付近、及び酒香川河川敷で大関を目撃した人はいない。大関に限らず、怪しい人物の徘徊《はいかい》はまるで認められなかった。いやな話ではあるが、茉凜ちゃんの体内に犯人のDNAを特定する物質は残っていない。川の水流に体を洗われていたので、皮膚表面に唾液《だえき》や指紋も見つからなかった。死因は紐状の凶器による絞殺で、手形もない。物証なし、証言なしで、最も怪しい人物を追いつめる手立てがなく、事件は未解決のまま今に至っているのだった。

そこまではおれも署長から聞いていたが、幼児ポルノ愛好家の間だけでなく、一般の人にまで大関が犯人だという噂が流れているとは思わなかった。被害者の近所の人だから耳にする機会があったのか、それとも例の調子で、月影じゅうの人が知っているのだろうか。

「大関善郎が危ない趣味を持っていたのは確かですが、犯人だという証拠はないんですけどね」

断定調が気になるので、控え目に反論しておいた。だが世間の代表のようなおばちゃんに、そんな正論は通じなかった。

「証拠がなくても、小さい女の子が好きだなんて異常者は、それだけで死刑にしていいさー」

いやまあ、おれもそう思わなくはないが、実際には死刑にするわけにはいかないでしょ。まして、犯人だという証拠もなしに断罪したのでは、ただのリンチでしかない。

そもそも、大関殺害の動機が茉凜ちゃん事件だと決まったわけではないのである。おばちゃんの断定に、ついついおれも錯覚《さっかく》しそうになってしまった。素朴な市民感情は怖い。

「じゃあ、茉凜ちゃんのご両親も、大関善郎が犯人だと思ってるんですかね」

「そうでしょ」

それが何か、と言わんばかりの反応である。おれにはもう、続ける言葉がなかった。

ぜひ息子の写真を見ていってくれ、とせがむおばちゃんをなんとか振り切り、家を後にした。そして家の前に停めてあったママチャリに跨《また》ろうとして、愕然《がくぜん》とする。なんと、ママチャリのタイヤは二本ともパンクしていたのだった。

3

尾けられていた！　おれは慌てて道の左右を見回したが、怪しい人影はなかった。尾行者はおれを困らせるという目的を達成して、この場を去ったのだろうか。それとも、未だどこかからおれを監視しているのか。

いや、待て待て。尾行されていたのは本当か。おれは事務所からここまで、延々一時間もママチャリに乗ってきたのである。徒歩ならまだしも、自転車に乗っている相手を一時間も尾行するのは至難の業だ。ましてこちらは、プロの探偵である。一時間もあれば、必ず尾行者の存在に気づく。

つまり、おれは尾行などされていなかったということだ。ならば、ビートルをパンクさせた奴はここに先回りしていたのか。いや、それも無理だろう。おれの行動は先読みできなかったはずだ。たとえ事務所に盗聴器を仕掛けていたとしても、おれはひとり言など呟いていないからわかるはずもない。だとしたら、ビートルをパンクさせた奴とママチャリをパンクさせた人物は別人ということになる。

そこでおれは、怪しい人物に思い至った。茉凜ちゃんの母親だ。母親にとって、事件を蒸し返す探偵は目障りだったことだろう。不躾に訪ねてきただけでも腹立たしいのに、近所に話を聞いて回っている。そんな探偵には、少し嫌がらせをしてやれ。そう考えたのではないだろうか。

同じ日に車と自転車がともにパンクさせられた偶然は気にかかるが、これ以外にうまい説明は思いつかなかった。というか、同一人物にやられたと仮定するより、茉凜ちゃんの母親の仕業と考えた方が怖くなかった。神出鬼没の謎の人物に目をつけられているなどとは、想像したくない。これは茉凜ちゃんの母親がやったこと、と決めつけておれは納得することにした。

先ほどの話ではないが、証拠もなしに文句を言いに行くわけにはいかないので、ここは泣き寝入りするしかなかった。ともかく、このままでは移動の手段がない。修理しないことには乗れないから、携帯電話を使って最寄りの自転車屋を探した。うんざりすることに、一番近くでもかなり離れていた。徒歩では四十分くらいかかりそうだ。おれは手で自転車を押して、悄然と歩き出した。

　歩きながらもう一度署長に電話をしてみたが、依然として繋がらなかった。警察署長らしく、私用電話には出られないほど忙しくなったか。いいことだと思い、携帯電話を閉じる。自転車屋までの道のりは、まだまだ長かった。

　ようやく辿り着いた自転車屋で、修理が終わるのを三十分ばかり待った。大変な時間のロスだ。おまけに、またしても修理代を取られた。畜生、今日はなんてついてない日なんだ。

　しかし、ただ待ち時間を無駄に過ごしたわけではなかった。おれは茉凜ちゃんの父親に電話をかけ、会う約束を取りつけたのだった。母親は駄目でも父親はわからないと考えて電話をしてみたのだが、大当たりだった。娘の事件を調べてくれる人なら、たとえ探偵でもかまわないと考えたのだろう。三時の休憩時間に十五分だけなら立ち話できると言うので、それでかまわないとおれは応じた。

　修理が終わったママチャリで、勇躍オフィス街へと向かった。茉凜ちゃんパパの勤め先は、一流企業である。おれがサラリーマンだった当時、そこの社員に苛められたという曰《いわ》くつきだ。勤め先の名前を知ったときから、なんとなくいやなイメージを持っていた。

　立派なオフィスビルの受付で呼び出すと、しばらく待たされた末に男性がひとりエレベーターで降りてきた。受付に声をかけてから、おれの方に近づいてくる。茉凜ちゃんパパは、根拠なく抱いていたイメージどおりの人だった。銀縁眼鏡をかけ、髪をきっちりと分けたエリートサラリーマン然とした人。おれを苛めた相手もこんな雰囲気だったと、思い出したくない記憶が甦った。

「お仕事中、申し訳ありません。私はこういう者です」

名刺を渡して、名乗った。茉凜ちゃんパパは、それを受け取ると慣れた手つきで自分の名刺も差し出す。その仕種がいささかぞんざいと感じたのは、単なる偏見か。茉凜ちゃんパパは顎をしゃくると、「そこでお話ししましょう」とロビー隅のソファを示した。

電話では立ち話と言っていたが、一応坐って応じてくれるようだ。テーブルを挟んで向かい合うと遠くなるので、九十度の角度でそれぞれ腰を下ろす。相手が仕事中であることを考慮し、いきなり本題に入った。

「私は警察の意向を受けて、茉凜ちゃん事件の再調査をしております。単刀直入に伺いますが、鈴木さんは大関善郎という人物をご存じですか」

「知っています。茉凜を殺した奴です」

いきなりの断定。先ほど会ったおばちゃんの言っていたことは正しかったわけだ。

「正確には、容疑者のひとりでした。大関が犯人であると証明する物証や証人は、なかったわけですから。でも鈴木さんは、大関が犯人だったと考えているわけですね」

相手を怒らせてはいけないが、かといって当たり障りのない質問だけをしていても意味がない。おれはぎりぎりのところを尋ねたつもりだった。茉凜ちゃんパパは、銀縁眼鏡の奥から冷ややかな視線をこちらに向ける。

「あなたは警察の意向を受けて動いている、と言いましたね。それは本当ですか。警察が一介の私立探偵にそんなことを頼むんですか」

頭のいい人なら、当然感じる疑問であろう。だが、嘘ではないのだから臆することはない。

「あくまで非公式に、ですが」

「まあ、いいでしょう。だったら、大関に関する噂も知っているわけですね」

「聞いてます」

「『お腹いっぱい』って、どういう意味ですか。大関が犯人だという以外に、何か別の解釈がありますか。私もね、不本意ながら犯罪についてはあれこれ勉強したんですよ。特に犯罪者の心理についてね。過去の事例によれば、犯罪者は逮捕されたくないと願う反面、自分の犯行を人に知って欲しいという自己顕示欲が抑えられないのです。だからたいてい、どこかでぼろが出て逮捕されることになる。大関も同種の人間で、自分がやったことを誰かに言いたかったのでしょう。もしかしたら、自慢のつもりだったのかもしれません。許せないことですが」

勉強と来たよ。いかにもこの頭よさげな人が言いそうなことだ。そして、言ってること自体も正しいのだろう。大関の発言についての分析は、おれも同感だった。

「『お腹いっぱい』という言葉の意味を他に解釈しようがないなら、やはり大関が犯人だと考えるしかない。物証の有無は逮捕の要件でしかなく、犯人の特定には心理的証拠だけで充分です」

なんだか喋り方まで、おれを苛めた奴にそっくりだ。この会社にはこんな人間しかいないのか。

「おっしゃることはわかりました。では当然、大関善郎が何者かに殺されたこともご存じですよね」

「知っています」

「大関殺害の犯人が未だ捕まっていないことも？」

「知ってますよ。このまま捕まらなければいいと思っています」

「誰が大関を殺したと考えていますか？」

ずばり切り込んでみた。茉凜ちゃんパパはわずかに眉を動かす。

「誰が？　そんなこと私が知るわけがないでしょう」

「大関殺害は、茉凜ちゃん事件と無関係とお考えですか」

「それもわかりませんよ。関係あるかもしれない、ないかもしれない。私はご覧のとおり、ただのサラリーマンですから、捜査権があるわけじゃない。警察が調べてわからないものを、私がわかるわけないですよ」

まるで馬鹿を相手にしているような噛んで含める物言いが、そこはかとなく腹立たしい。そんなこと、こっちだってわかってるよ。

「では、鈴木さんの個人的な思いでけっこうです。大関が殺されて、どうお感じになりましたか」

「なんですか、この質問は。茉凜のことじゃなく、大関殺害について調べているわけですか」

不愉快そうに、茉凜ちゃんパパは目を細める。おれは動じず、説明した。

「正確には、ふたつの事件の関連性について調べています」

「ああ、そうなんですか。そういうことなら会わなかったんだけどな。まあ、乗りかかった船だ。本音を言いましょうか」

「ぜひ」

促すと、もったいをつけるように一拍おいてから、茉凜ちゃんパパは言った。

「嬉しかったですよ。大関は八つ裂きにしても飽き足りなかったですからね。死刑になるどころか、物証がないからって逮捕もされずに野放しになっているなんて、とても耐えられないことでした。また新たな被害者が出てしまうかもしれないと考えると、いっそ私の手で殺してやるべきだとすら思いましたから。誰だか知りませんが、大関を殺した人には感謝しています。本当に、心から」

過激な発言ではあるが、子を無惨《むざん》に奪われた親としては当たり前の感情なのだろう。だからここは割り引いて受け止めるべきなのかもしれないが、冷静な顔で淡々と言われるとかなり印象が悪かった。そんなこと言って、やっぱりあなたが本当に殺したんじゃないの？　と問いたくなる。

「大関殺しの犯人は誰だかわからないが、感謝しているというわけですね。鈴木さんに代わって復讐をしてくれた、という認識ですか」

「復讐もそうですし、社会正義でしょう。あんな奴を野放しにしておいてはいけないんだ」

それを社会正義と言ってしまうのはかなり危険な発想だが、おれはあえて反論を喉の奥に押し込めた。子を喪った親には、何を言っても通じない。

だから、「溜飲《りゅういん》が下がりましたか?」という質問も控えた。愚問だからだ。ここまで明け透けに話してくれるとは思わなかったので、こちらにも戸惑いがある。もう少し本音を隠してくれた方が、あれこれ攻めようがあったのだが。

ともあれ、大関殺しの犯人に心当たりがあっても、この調子では教えてくれそうにない。むしろ全力で、その人物を守ろうとするのではないか。ならばこれ以上、大関殺しについて質問を重ねても無意味だ。今現在の気持ちを聞けただけでも、収穫だった。

「では、最後にひとつだけ。世良朱実という女性をご存じですか」

茉凜ちゃん殺害の復讐として大関善郎が殺されたなら、世良朱実も関係していたはずだとおれは睨んでいる。だから尋ねてみたのだが、茉凜ちゃんパパの返事はつれなかった。

「いや、知らないですね。誰ですか?」

4

オフィスビルを後にし、朝からのサイクリングで疲れたので休憩できる場所を探した。ファミリーレストランを見つけて、そこで遅い昼食を摂《と》ることにする。パンク騒ぎで興奮して、腹が減っていることすら忘れていた。

注文した料理が来るのを待っているときだった。携帯電話が鳴り出したので、席を離れて店の外に出た。相手の番号は非通知になっている。誰だろうかと訝りながら、電話に出た。

「アマリチョロチョロ動キ回ルナ」

聞こえてきたのは、加工された声だった。パソコンで声のトーンを変えているのか、ロボットが喋っているようだ。だが言葉の内容は、明らかに人間の悪意を感じさせる。田ノ浦好美に電話をした奴か、と直感した。

「誰だ」

問うたが、相手はまともに答えなかった。

「取リ返シノツカナイコトニナル前ニ、サッサト手ヲ引クコトダ。警告シタカラナ」

それだけを言って、一方的に切ってしまう。リアルタイムで喋っている声を加工しているのか、あるいは録音した音声なのか、それすらもわからなかった。

おれは思わず、周囲を見渡した。こちらに注がれる視線は感じない。怪しい人影もない。今現在は監視されていないということか。あるいは、気配を感じさせないほど相手は尾行の達人なのか。

このまま外にいるのも怖いので、店の中に戻った。そして携帯をテーブルの上に置き、それを眺めながらじっと考えた。

電話をかけてきたのは何者か。相手はおれの携帯電話の番号を知っていた。この事件の調査に関わってからこちら、大勢の人に名刺を渡した。だから番号を知っているというだけで、電話の相手を絞り込むことはできない。過去の依頼人まで遡れば、携帯の番号を知っている人物は五十人は下らない。

しかし、問題はタイミングだった。おれは大関殺害の有力な動機となり得る、茉凜ちゃん事件について調べ始めた。するとたんに、ママチャリのタイヤはパンクさせられ脅しの電話がかかってきた。これは単なる偶然か、それともつついてはいけないところをつついた結果か。偶然とは思えなかった。やはりおれは、事件の核心に迫ろうとしているのだ。おれは鈴木家の近隣を訪ねて回った上に、茉凜ちゃんパパに面会を求めた。それがいけなかったのだとしたら、脅し電話をかけてきたのは茉凜ちゃんパパではないだろうか。

ママチャリのタイヤをパンクさせたのが茉凜ちゃんママなら、電話の主は茉凜ちゃんパパの可能性が高い。名刺をある人物に渡し、その直後に電話がかかってくれば、電話の相手は名刺を渡した人と考えるのが普通だろう。声をパソコンで加工するなんて真似も、いかにもあの頭よさげな男のやりそうなことだ。大いに偏見が交じっていることは認めるが、おれはその結論に飛びついた。

というのも、ママチャリのパンクと同じで、それが一番怖くないからだ。相手の顔が見えるうちは怖くない。しかし、誰だかわからない相手からの脅しは怖い。今の電話は茉凜ちゃんパパからのもの、そう決めつけて、自分を納得させた。茉凜ちゃんパパがなぜ、田ノ浦好美にまで脅し電話をかけたのかという疑問は、ひとまず棚上げにしておいた。世良朱実が茉凜ちゃん殺しになんらかの関わりがあるなら、きっと田ノ浦好美も目障りなのだろう。

さらにつらつら考えると、茉凜ちゃんパパママはおれに嫌がらせをしているというだけにとどまらず、大関殺しの犯人ではないかとも思えてくる。そうでなければ、こんな嫌がらせをする理由がないからだ。現に茉凜ちゃんパパは、殺せるものなら殺したいと言っていたではないか。あそこまで断言するからには、機会があれば必ずやるはずだ。犯人を特定するには心理的証拠だけで充分という茉凜ちゃんパパの理屈に従えば、おれにとって犯人はもう確定だった。

これは署長に報告しなければならない。警察は当然、茉凜ちゃんパパママによる犯行の可能性も考えていただろうが、おれが脅しを受けたことは捜査の新たな材料になり得るはずだ。

ふたたび外に出て、電話をした。しばらくコール音を聞いたが、またしても伝言メモに繋がるだけだった。ここに至ってようやく、おかしいと気づいた。おれは今朝から二度、署長の携帯に電話をしている。おれからの電話を無視する署長ではない。たとえかかってきたときに手が離せなくても、後で折り返しの電話をかけてくるのが普通だ。まるで連絡がとれなくなったのは、異常事態と思わなければならない。

焦った。もったいないし腹が減っていたが、料理を食べている場合ではなかった。急用ができたからと料理を断って精算してもらい、ママチャリに飛び乗って月影警察署を目指す。車を使えないのが、本当にもどかしかった。

息を切らしながら月影警察署に辿り着き、受付に齧りついた。署長に面会したいと求める。しかし受付の人は、約束がなければ取り次げないと言うだけでにべもない。十村という名前を伝えてくれと頼んでも、それは同じだった。

考えてみれば、当たり前のことだった。いきなり訪ねていって、警察署長に簡単に会えるはずもない。仕事を離れれば友人でも、職場にいるときはこの町の警察署長なのだ。前回はあっさり署長室に案内されたから、甘く考えていた。

「署長室にはいるんですか。せめてそれだけでも確認してください」

求めたが、やはり断られた。セキュリティーのために、署長の所在を明かすわけにはいかないのだろう。それはわかるが、今は非常事態なのだ。どうしたら署長の身の安全を確認できるのか。

「なんだ、と～むらちゃんじゃないの」

困り果てているところに、声をかけられた。これまでならその濁声にうんざりするところだが、今ばかりは天の助けに聞こえた。おれは振り返り、相手の名を呼んだ。

「成田さ～ん。いいところに来てくれました」

らっきょう顔と、その横にいるパンチパーマが近づいてくる。地獄にホトケとはこのことだ。

「と～むらちゃん、駐車違反でもしたのか。なんなら揉み消してやろうか」

そんなことを警察署の玄関ホールで堂々と言っていいのだろうか。他の市民の耳もあるのだが。

「いやいや、違うんです。署長を訪ねてきたんですけど、約束してなかったから会わせてもらえないんですよ」

「そんなの当然だろう。いくら仲良しこよしでも、仕事の邪魔をしちゃいけないなぁ。署長様はお忙しいんだから」

「わかってます。会いたいんじゃなくて、どこにいるかが知りたいんですよ」

「署長様は署長室にいらっしゃるよ」

成田はあっさりと言った。おれは安堵しかけたが、署長室にいるならいるでやはりおかしいと気づいた。

署長室にいて、なぜ電話に出られないのか。伝言メモには繋がるのだから、充電が切れているわけではない。電源がある場所にいて、充電を切らしてしまうような迂闊《うかつ》な署長ではないのだ。ならば、電話が繋がらない理由はないはずだった。

「本当に署長室にいるんですか」

考えてみれば、ただの平刑事がなぜ、署長の所在を把握しているのか。呼ばれたわけでもないなら、普通は知らないはずでは。きっといるはず、と推測で語っているだけではないかと疑った。

「おいおい、なんだ。友達だと思って親切にしてやったのに、疑うのかよ」

そう言って成田は、おれの背中をバンバンと叩く。友達になった憶えはないのだが。

背中の痛みをこらえながら、おれは頭をフル回転させた。そういえば署長は、こいつらがでたらめを言った理由を調べるはずだったのだ。コーはまだ容疑者なのに、とっくに容疑は晴れたと言ったこと。それだけではなく、東京に派遣した刑事たちが世良朱実の過去を調べてこなかったことや、隣の県警が大関善郎の性的嗜好について黙っていたことなど、追及しなければならないことが多々あった。あの署長のことだから、それらを忘れているわけがない。　県警内に潜む数々の問題を、ひとりで是正《ぜせい》しようとしていたのではないだろうか。

それはすなわち、県警内部の腐った部分を炙り出すことでもある。いや、隣の県警まで関わるのだから、もっと大事《おおごと》だ。問題がある警察官は、ひとりやふたりではなかったはずだ。つまり署長は、大勢の敵を作ってしまったのかもしれない。

署長は県警の暗部を調べようとした。その結果、触れてはならないことに触れてしまったのだとしたら。県警は総力を挙げて、暗部を隠そうとする。しかし、あの頭が切れる署長をごまかしきることなど不可能だ。そうなったら、相手はどう出るか。まさかとは思うが、署長を闇から闇に葬るしかないと極端な結論に達したのではないか。

警察庁からやってきたエリートキャリア様に、そんな荒っぽい真似をするとは思えない。だがそうとでも考えなければ、今の事態は説明がつかない。目の前でニヤニヤしているらっきょう顔を、おれは睨みつけた。推測が当たっているなら、この極悪空港コンビも間違いなく一味のはずだからだ。

「成田さんは警察官ですよね」

おれは口を開いた。おれの言葉は意表を衝いたのか、成田はきょとんとした顔をする。

「おお、そうだよ。知らなかったのか」

「警察官として、良心に恥じることはしてませんか」

尋ねると、成田はたちまち顔を真っ赤にした。

「なんだ、こら！　人が親切にしてやりゃ、つけあがりやがって。　良心に恥じるって、どういう意味だ。おれほどの正義の味方は世の中にいないぞ！」

まったく説得力がない主張ではあるが、迫力はたっぷりあった。怒声が玄関ホールに響き渡り、人々の視線がいっせいに集まる。まあ、肝が据わったおれにとっては別にどうということもないのだが、足が勝手に後ずさるので、この場は退散してやることにした。「失言でした、失礼しました」と誰かが詫びている声が聞こえてきた気がするものの、そんな言葉がおれの口から出ているはずがなかった。

おれは外に停めてあったママチャリに乗り、悠然と全速力で警察署から離れた。

5

ママチャリのペダルを漕ぎながら、おれはさらに考えた。大関善郎殺し、それから世良朱実殺しの犯人は、もうこの際茉凜ちゃんの両親と断定してかまわないだろう。なんだかややこしくなってきてよくわからないので、整理する意味でもこれを結論としておく。一方署長は、それとは別件のいざこざに巻き込まれた。警察内部の暗闘は、一連の殺人事件とは無関係に起きたのである。殺人事件は、署長が警察の暗部に気づくきっかけに過ぎなかった。状況はそういうことなのではないか。

ともかく、今すべきことは署長の救出だった。闇から闇に葬ったというのは、考えすぎだと思いたい。せいぜい、どこかに監禁されているくらいだろう。永久にキャリア様を監禁しておけるわけもないのに、成田たちを含めた悪徳警官どもは、いったいこの後どうするつもりか。単に頭が悪いから、後先考えずに行動したのか。

次の一手を打ちあぐねていると、おれの思考を妨げるように携帯電話が鳴った。ママチャリを停め、ポケットから取り出す。相手は公衆電話だった。まさか、署長か。そう直感して電話に出ると、大当たりだった。

「よっちゃん、逃げて！　月影にいたら危ない」

前置きもなく、いきなり不穏なことを言った。おれの背中に緊張が走る。携帯電話に向けて怒鳴った。

「おい、どこにいるんだ！　大丈夫なのか？」

「早く逃げて！　携帯のバッテリーも外して、二度と電源を入れないで。場所がわかっちゃうから」

おいおい、なんだなんだ。怖いこと言わないでくれよ。なーんちゃって、とつけ加えて、全部冗談にしてくれ。

「お前はどこにいるんだよ！　無事なのか！」

再度尋ねたが、もう通話は切れてしまった。おれは空しく、「おい！　おい！」と繰り返した。

「しゃれにならねえ……」

思わず呟いていた。署長の監禁を推測したときから緊迫感は増していたが、心のどこかでそんなことがあるわけないと高を括っていた。しかし現にこうして切羽詰まった警告を受けてしまうと、冗談でも考えすぎでもないことがはっきりする。詳細はよくわからないものの、おれの身に危険が迫っていることは確かだった。

勘弁してくれよ。おれは泣き言を言いたくなった。これは警察内部の暗闘だろ。なんでおれがそれに巻き込まれるんだよ。おれは関係ないじゃないか。

そう愚痴りたいが、今は意味がない。ともかく、署長はどうやら監禁されているわけではなく、逃げているようだ。この先どうなるかわからないが、現時点での無事が確認されてよかった。あいつのことだから、このままうまく逃げ続けるだろう。

おれもこうしてはいられない。署長が逃げろと言うなら、疑問を抱いている場合ではなかった。行く当てはないが、ひとまず東京に出て身を潜めよう。東京なら、身を隠す場所はいくらでもある。田舎者どもは臆して、大都会までは追ってこないはずだ。

しかし、着の身着のまま東京に行くわけにはいかない。一度事務所に帰って、せめて着替えや銀行の預金通帳くらいは持ち出さなければ。そう方針を決めて、ママチャリを事務所に向けた。またしても全速力で、道路を走り抜けた。

二十分ほどで帰り着き、まったくなんの警戒もせずにドアの鍵を開けた。その瞬間、「お帰り〜」という声に迎えられて硬直した。事務所の中では、成田と羽根田がでかい顔をしてソファにふんぞり返っていた。

「と～むらちゃん、まあまあ、そんなところに突っ立ってないで、こっちに来たまえ」

成田は手招きするが、その手には物騒な物を持っていた。おれの見間違いでなければ、成田が握っているのは拳銃だった。羽根田も仏頂面で、銃口をこちらに向けている。ハードボイルド探偵たるもの、一度くらいは銃口の前に身を曝してみたいと考えなくもなかったが、実際に体験してみるとかなりいやなものだとわかった。単なる憧れだけで、馬鹿なことを考えるものではない。

手招きされても、足が竦んで動けなかった。ふざけた奴らだとは思っていたが、まさか善良な市民に銃口を向けるほど無軌道な刑事とは想像を絶していた。先ほどの署長の警告といい、まるで現実のこととは思えない。今朝からの出来事はすべて、悪夢の中で起きていることではないかと疑いたくなった。

「ど、どこから入ったんだ」

玄関に鍵はかかっていた。なぜ室内で待っていられたのか、わからない。成田はおれの疑問に、楽しそうに答えた。

「いやー、それがさぁ、そこの窓が割れてたんだよね。空き巣狙いかなぁ。月影も物騒になっちゃったねぇ。ああ、嘆かわしい。だからボクたち正義の味方が、泥棒さんが入らないように見張っていてやったというわけだよ」

成田が顎をしゃくる方を見ると、なるほど窓ガラスが割られている。お前ら、そこまでして不法侵入したのか。こんな腐った警察官が存在するとは、まったく驚きだった。

「親切にも署長さんが、逃げろって警告してくれたんだろ。それなのにのこのこ事務所に戻ってくるとは、ホントに馬鹿だなー」

鼻先で嗤うような羽根田の物言いに、おれは愕然とした。こいつら、おれの携帯電話での通話を盗聴していたのだ。そんな真似は、警察にしかできない。権力を持った悪人の恐ろしさを、まざまざと感じた。

「署長は無事なのか。おれに電話したせいで、捕まったんじゃないだろうな」

こんなことになっては、署長の身の安全が案じられた。おれに電話なんかしないで、そのまま逃げればよかったのに。いったい何をやっていたのか。

「お前に電話をかけた公衆電話の位置は突き止めたんだけどさぁ、もう逃げた後だったんだよー。まあ、捕まえるのは時間の問題だけどね」

耳をほじりながら、成田が答える。捕まってないのか。おれはひとまず安堵した。

署長がまだ逃げているなら、警察庁に事態を報告して解決を図るという手段が残されている。こんな不祥事は、断固摘発しなければならないはずだ。たとえおれが今捕まっても、数日のうちに助け出されると期待できる。望みは署長に託すしかなかった。

「言っておくけど、市内の公衆電話には全部、制服警官を張りつけてあるから、もう電話はかけられないよ。あの署長も馬鹿だよねぇ。せっかくのワンチャンスなんだから警察庁《ホンシャ》に電話すればいいのに、お前に警告するのを優先するんだからさ。麗《うるわ》しい友情に、おじさん泣けちゃうよ」

そんなことを言って、成田は目許を拭う真似をする。まったく、ふざけたおっさんだ。

しかし、そのとおりだった。署長は馬鹿だ。警察庁よりも先におれに電話をするなんて。おれのことなんかより、事態の解決の方が大事だろうが。

「まあでも、短い時間に電話で説明しても、ホンシャの誰も信じなかっただろうけどね。署長もきっと、電話じゃ埒が明かないと思ったんじゃないの」

成田はつけ加える。制服警官を総動員して見張っているなら、月影署まるごとだか県警全体だかが悪事に荷担《かたん》していることになる。そんな話、確かにとても信じられない。頭がおかしくなったと思われるのが落ちだ。

「そうは言ってもね、このまま署長に逃げ続けられるのは困るわけさ。署長は今や、ボクたち善良な警察官にとっての爆弾になっちゃったからねぇ。だから早いところとっ捕まえたいんだけど、何せほら、東大出の頭がいい人でしょ。逃げ方がうまくて、どこにいるんだかわからないんだわ。そこでね、と〜むらちゃんにご協力いただこうと思ったわけ」

「協力?」

成田が何を言おうしているのか、朧《おぼろ》げに見当がついた。成田は「うんうん」と頷いてから、軽い口調でつけ加える。

「と〜むらちゃんを餌《えさ》にすれば、署長も出てくるかなと思って。さっきふん捕まえておけばよかったんだけど、と〜むらちゃんが雑魚《ざこ》過ぎるから思いつかなかったんだよねぇ。本当はお前程度の雑魚は放っておいてもいいんだけど、署長がわざわざ電話して警告するくらいだから、餌にはなるだろうと思ってこうしてわざわざ出張ってきてやったわけだ。わかる?」

誰が雑魚だ。署長のおまけ扱いされておれのプライドは大いに傷ついたが、そんな小事に拘《こう》泥《でい》している場合ではない。そういうことなら何がなんでも、署長の足手まといになるわけにはいかなかった。

「県警全体が、あんたらと同じ考えなのか」

おれは質問をすることで、時間を稼いだ。どうにかして、こいつらの隙を窺わなければならない。

「全体ってわけじゃないけどね。月影署は、まあほとんどかな。県警も捜査課はみんな同じ考えだよ」

と成田。そこに羽根田がつけ加える。

「東大出のおぼっちゃん署長なんて、せいぜい二年くらい甘やかしておけばおとなしく東京に帰ると思ったのに、あれこれほじくり出そうとするから参ったよ。頭がいい人は疲れるぜ」

おれはふたりが得意げに喋っている間に、自分が跳べる距離を目で測っていた。いける。問題は、どうやってふたりの注意を逸らすかだった。

ええい、ままよ。当たって砕けろ。

「あっ、全裸美女の幽霊!」

おれは極悪空港コンビの背後を指差した。ふたりは「えっ、どこどこ?」と言いながら振り返る。おいおい、こんな子供騙しの手に引っかかるなよ。おれはうまくいったことに驚きながらも、すかさず身を躍らせていた。事務机の上にジャンプし、それを踏み台として割れた窓に飛び込んだのだった。

第十章　ドミノは倒れるよどこまでも

1

「あっ、待てこら」

「撃つぞ、この野郎」

物騒な声が背中を追ってきたが、さすがに白昼の町中で発砲する度胸はなかったようだ。肩から地面に落ちたおれは痛みに泣きそうになりつつも、すぐに立ち上がって走り出した。ママチャリに乗っている暇はない。ともかくこの場を遠ざかるのが先決だった。

ふたり分の足音が背後に響いたが、おれがちょこちょこと右左折を繰り返すとやがて遠ざかっていった。あいつら暴飲暴食で体力がなさそうだから、こんな追跡劇には向いてないのだろう。不摂生な生活をしている奴らが相手で助かった。

とはいえ、油断は禁物だった。市内に制服警官が配備されていると、成田は言った。おれの逃走は、一瞬で周知されるに違いない。制服警官の目には絶対に触れないようにしなければならなかった。

携帯電話は、署長に言われたとおりバッテリーを外してある。これを使ってどこかに連絡するわけにはいかない。署長がしたように公衆電話を探したいところだが、本当に市内すべての公衆電話に制服警官が張りついているのか。もしかしたら漏れがあるかもしれないと、藁にも縋《すが》る思いで考えた。

記憶している公衆電話の場所を、いくつか回った。おばあちゃんがやっているたばこ屋の前、公園脇の電話ボックス、バス停前の定食屋。すべて、近くに制服警官が立っていた。畜生、本当だった。本当に月影署全体が、悪事に荷担しているのだ。おれはいまさらながら、鈍いショックを覚えた。日本に生まれ育ったおれは、いくら不祥事が明るみに出ようとも、なんだかんだ言って警察は正義の側にいると思っていた。なのにおれが目にした光景は、それがただの思い込みに過ぎなかったと雄弁に物語っている。知らないうちに別の国に紛れ込んでしまったかのような、強烈な違和感があった。

ともかく、一刻も早く月影を離れなければならない。そのためには隣県に逃げ込むのが一番だが、おそらく酒香川を渡る橋にはすべて、見張りがつけられているだろう。それに、どうやら隣県の県警も一味らしい。ならば、そちらに逃げるのは得策ではない。

西に逃げても酒香川を渡れない。東や南に向かうと、月影市を横断することになる。できるだけ早く月影を抜けたいなら、山を越えて北を目指す道しかなかった。

北で隣接する県に逃げ込めば、そちらの県警はまともかもしれないし、回り込んで東京に出ることもできる。悔しいが、今は多勢に無勢だ。ひたすら逃げることだけを考えるべきだった。

時刻は午後四時半を回っている。結局昼飯を食べそびれたが、空腹感などかけらもない。それよりもおれは、焦りに支配されていた。日が暮れてしまえば、山を越えるのが難しくなるからだ。急ぎつつ、なおかつ制服警官の目につかないよう、山を目指さなければならない。

大通りは避け、なるべく細い道を進んだ。だが道の前後を塞がれると万事休すなので、路地には入り込まないようにした。曲がり角から角へ、さささささっと忍者のように移動する。怪しいことこの上ないが、人に見られていないときはそのような動きをする方が安全だった。通行人の姿があるときだけは、何食わぬ顔でゆっくりと歩いた。

目指している山は美雲山《みくもさん》といって、月影市民の目印のようなものだった。美雲山が見えている方が北、と思えば道にも迷いにくい。とはいえ、山と言ってしまうのは少し大袈裟で、丘に毛が生えたようなものである。一応森林はあり、山越えはいい散歩コースだ。ついでに言うと、世良朱実の死体が発見されたのもこの美雲山だった。

事件のそもそもの始まりの場所を目指しているのは、運命のいたずらのようにも感じられた。山に入ってしまえば身を隠すことも可能だろうから、ひと安心できる。とはいえ、暗くなって動けなくなったら終わりだ。おれは懐中電灯を持っていないし、たばこを吸わないからライターもない。いや、仮に持っていたとしても、明かりを点けて移動すれば、ここにいますよと敵に居場所を教えるようなものだ。どう考えても、日没前に山を越える必要がある。

三十分ほどこそこそと歩き続けて、ようやく市街地を抜けた。山までは、視界を遮るものがない一本の田舎道が通じている。警察の車がこの辺を巡回していないことを祈りながら、道をジョギングで進んだ。本当なら全速力で駆け抜けるべきところだが、さすがにもう疲れた。山越えの体力も温存しなければならない。

山道のとば口に辿り着いたときには、五時十五分過ぎだった。日没まで、あとどれくらいの時間があるのか。ふだんは日暮れなんて気にしたことがないから、まったくわからない。山越えには一時間くらいかかるだろうが、峠を越えてしまえば暗くてもなんとかなる。せめて日があるうちに、山の向こう側に行きたかった。

山道の左右は森で、街灯なんてものはない。道はアスファルト舗装《ほそう》されておらず、単に土を踏み固めてあるだけだ。それでも、歩きにくくはないのがありがたい。おれは朝からママチャリで市内を駆け回り、昼飯も摂らず、そして拳銃を振り回す悪徳刑事から走って逃げたので疲労困憊《こんぱい》していた。これから一時間かけて山越えをするなんて、勘弁して欲しいのが本音だ。しかし歩みを止めたら、どうなってしまうかわからない。おれは逃げながら、成田たち悪徳警官がこの事態をどう収拾するつもりなのかと考えてみたのだ。おれと署長を捕まえたところで、口止めなどできるわけがない。あいつらにしてみれば、警察庁に事態を知られてしまうわけにはいかないはずだ。ならば、おれたちを黙らせる手段はひとつしかない。事故に見せかけて殺す。警察官がそこまでやるとは思いたくないが、冷静に考えればそれ以外に手立てはないのだった。

つまり、これは命懸けの逃避行なのだ。昨日までごく普通に、のんびりした田舎町での探偵稼業に精を出していたのに、今こうして生き延びるために逃げていることが信じられない。信じられないが、これが現実ならば足を動かさなければならない。疲れたからと休んでしまえば、死が追いついてくる。膝が笑い出しそうになるのを感じながら、おれは前へ前へと急いだ。

それにしても、成田と羽根田だけが悪徳警官だというならまだわかるが、月影署丸ごととは解《げ》せない。月影っ子は藩祖下柳隆秀の薫陶《くんとう》以来、正義を信奉する堅物ばかりではなかったのか。どこでどう間違って、全員が悪事に荷担するようになったのだろう。月影っ子気質など、実はとうの昔に廃《すた》れていたのか。考えても答えの出ない問いを頭の中でぐるぐると巡らせていると、気が遠くなってくる。

「……村さーん」

朦朧としていたおれの耳に、微かな声が聞こえた。極限の疲労が生み出す幻聴だろうか。そんなことを思いながらも足を機械的に動かしていると、またしてもおれを呼ぶ声がした。最初は男の声で、今度は女の声だ。女の声には、なんとなく聞き憶えがある。おれは初めて立ち止まり、振り返った。遠くに人工の明かりが見える。ゆらゆら動いているのは、歩いている人が持つ懐中電灯だからか。ふと気づけば、日はまだ落ちていないが木々の枝に囲まれて辺りはかなり暗い。遠目からも、懐中電灯の明かりがはっきり見えた。

「十村さーん」

おれを呼ぶ声は、明らかに近づいていた。しかもかなり速いスピードで。疲れきっているおれに比べ、声の主たちは元気があるようだ。なぜおれを追ってきているのか。声の主たちは味方なのか。考えあぐねたが、引き返すという選択肢はなかった。ここで声の主たちを待つか、歩き続けるか。歩き続けるのをおれは選んだ。

しかし、彼我のスピードの差はいかんともしがたかった。「あっ、いた」という声が聞こえたかと思うと、複数の足音が走って追いついてくる。おれも走って逃げようとして、躓《つまず》いて転んでしまった。「あーあー」という声に続いて、数人分の足に囲まれた。

「大丈夫ですか。相当足腰に来てるみたいですね」

そんな言葉を頭上で聞くとともに、両腋に腕が差し込まれた。強い力で引き起こされる。真っ先に目に入ったのは、半ば呆れたような友梨の顔だった。腰に手を当て、おれの様子をしげしげと観察している。

「大丈夫なんですか？　この程度の山道でへばっちゃうなんて、鍛え方が足りないんじゃないですか」

山道を登っててへばったわけじゃないよ。おれの朝からの奮闘ぶりを聞かせてやりたい——、などという話をしている場合ではなかった。おれを立ち上がらせたのはコーとリョーだった。その他、友人BCもいる。なぜお前らがここにいるのか。

「どどどどうしてどうしてどうして」

「どうしてあたしたちが十村さんを追いかけてきたか、ですか？　呂律《ろれつ》が回ってませんよ」

うるさい。ちゃんと通じてるんだからいいだろ。早く答えろ。

「おれが、怪しげな動きで走ってる十村さんを見かけたのさー」

友人Bが手を挙げて発言する。おれの忍者走りを見たのか。誰にも見られないよう、警戒していたつもりだったのに。

「なんか、あまりにも動きが変だし、誰かから逃げてるようだったから、声をかけられなかったんですよねー。でもちょっと心配で、コーにその話をしたのさー」

「で、ぼくが友梨に、十村さんは何をしてるの？　って訊いたわけさ」

「訊かれたあたしは十村さんの携帯に電話してみたけど、ぜんぜん繋がらないでしょ。しかもなんだか、市内にやたらお巡りさんの姿が増えてるし。まさかと思ったけど、十村さんが何かやらかして警察に追われてるのかなと考えたわけ。当たってます？」

おれは何もしてないが、警察に追われているのは事実だ。だからがくがくと頷いた。

「何やったんですか、十村さん？　警察に追われるなんて、犯罪者ですか」

「違う。おれもよくわからないんだが、どうやら署長が県警の不正を暴いたみたいなんだ。そうしたらおれまで追いかけられることになった」

「不正を？　本当ですか」

「それ以外に説明のしようがない。ともかく、月影の警察はみんな敵だ。だからおれは山向こうの県に逃げて、月影の警察の暴走を訴えようとしてるんだよ」

一同の間に衝撃が走ることを、おれは予想していた。しかし返ってきた反応は「へー」だった。気が抜けることこの上ない。これが大変な事態だということが理解できないのか。

「ちょっとすぐには信じられないけど、あのお巡りさんたちの数を見たら、あながちでたらめとも思えないわね。ともかく、逃げるなら助けますよ」

ただひとり友梨だけが、真剣に受け止めてくれた。本当か！　さすが沙英の妹だ。

「ありがたい。でも、助けるってどうやって？」

「十村さんが山の方に逃げたと聞いたから、車で追いかけてきたんです。麓《ふもと》に停めてあるので、それに乗って向こうの県まで行きましょう」

「山を下りるのか。でも、今から下りたら警察に追いつかれるかもしれない」

「南側じゃなくて、あたしたちは東側から登ってきたんですよ。ともかく東に下りて、車に乗っちゃえばこっちのもんです。検問まではやってないでしょうから」

そうか。だったらそうしよう。これで助かるかと思うと、緊張感が一気に緩む。この場に坐り込んでしまいたかった。

しかし、一刻を争う状況に変わりはないのだ。だらけている暇はない。「わかった、行こう」と返事をし、来た道を戻り始めた。途中に、東へ折れる道があったはずだ。

「十村さん、歩けます？」

コーが心配してくれる。なんだ、いい奴だな。

「大丈夫だ。下に着くまではなんとか保《も》ちそうだよ」

答えて、黙々と歩く。彼らはおれを守ってくれるつもりなのか、前に友梨、左にコー、右にリョー、後ろを友人ＢＣが固めてくれた。おれたちはひとかたまりになって分かれ道まで戻り、東を目指した。

「もうそろそろ日が暮れますねぇ」

黙っていることができないのか、コーがまた喋り出す。確かに、木々の間から見える空は赤く染まっていた。なんだか不吉な色だった。

「署長さんは無事に逃げ延びてますかねぇ」

「そうだな――」

なんの気なしに相槌を打って、おれは固まった。同時に友梨も気づいたのか、振り返ってこちらを見る。視線が正面からぶつかった。友梨は目を大きく見開いていた。その表情はどう見ても、「しまった」という感情を浮かべていた。

2

「どうして署長が逃げてるって知ってるんだ？」

おれは立ち止まり、コーに尋ねた。コーも歩みを止め、きょとんとした顔で「えっ？」と言う。

「さっき、そう言いませんでしたっけ？」

「言ってない。署長が警察の不正を暴いた、と言っただけだ」

「その結果、十村さんが逃げてるなら、署長さんも逃げてるんじゃないかと考えたのよ。ねっ、そうでしょ？」

友梨が取り繕う。一応平静を装ってはいるが、内心で慌てているのは明らかだった。おれの心に、絶望感が忍び寄る。

「言わなかったでしたっけ？　あちゃー」

せっかく友梨がごまかそうとしたのに、阿呆なコーは苦笑いを浮かべて頭を掻く。おれは素早く動いて、囲みの外に出た。

「お前たちも警察のグルだったのか。親切めかして、おれを捕まえに来たのか」

お前たち、と呼びかけているが、おれが見ているのは友梨だけだった。友梨、どうなんだ。お前はずっと、おれを騙してたのか。一度はお前を疑ったおれだが、疑惑が晴れて本当に嬉しかったんだぞ。沙英の妹のお前を、おれは疑いたくなかったんだぞ。それなのにお前は、おれを裏切るのか。嘘をついて捕まえ、警察に渡そうとしていたのか。

「グル、という言い方は聞こえが悪いですね。同じ正義の側の人間、と言ってもらいましょうか」

突然、背後から声がした。慌てて振り返ると、そこには新たな人物が立っていた。厳《いか》めしい髭面の男。コーたちが屯《たむろ》する居酒屋の店主だった。

えーっ、あんたはただの脇役じゃなかったのか。なぜこんなときに出てくるんだよ。

「十村さんもご存じでしょうが、そいつらは頭が悪いんですよ。これまではうまくやってましたけど、最後の最後にしくじっちゃいました」

悠然とした足取りで近づいてくる店主は、コーたちに向けて顎をしゃくった。言われた当人たちは怒るでもなく、「へへへ」と照れ笑いを浮かべている。

「だから目付役としておれか友梨ちゃんがついてたんですが、もう知られちまったからにはどうでもいいですね」

おれから少し離れたところで立ち止まり、店主は腕を組む。いやいや、どうでもよくないよ。おれはまだ、何がなんだかさっぱりわからないんだから。

「友梨、おれをどうするつもりなんだ。殺すのか？」

この場の唯一の命綱が友梨だと、とっさに判断した。疲れ果てているおれは、走ってこいつらを振り切ることなどできない。友梨の情に訴えるしかなかった。

「十村さん次第よ。十村さんがあたしたちの話をちゃんと聞いて仲間になってくれるなら、手荒なことはしない」

「仲間？」

悪徳警官たちの仲間になれと言うのか。そしてお前たちのように、手先になれと言うのか。冗談じゃない。それだけはできない相談だった。

「友梨ちゃん、無駄だよ。このまま警察に引き渡した方がいい」

冷徹に店主が言う。あ、いや、ちょっと待って。一応、話を聞くだけ聞くよ。

「どういうことなんだ、友梨。話してみろよ」

時間を稼ぐためにも、促した。友梨は一歩前に出てくると、おれを一心に見つめて訴える。

「十村さんは誤解してるのよ。あたしたちが悪いことをしてると思ってない？　でも、あたしたちが何をしたと言うの？」

「何を、って?」

言われてみれば、おれは何も知らなかった。署長が逃げろと言うから逃げて、警察が追いかけてきただけだ。むしろ、なぜお前たちが追いかけてくるのか、それを訊きたい。

「あたしたちは悪いことなんて何もしてないわ。むしろ、さっきマスターが言ったとおり、正義の側にいるんだから」

「正義の側って、警察の一味なんだろ。あいつら、おれの事務所に窓を割って侵入して、拳銃で脅したぞ。それが正義だとでも言うのか」

「らっきょう顔とパンチパーマのコンビでしょ。あの人たち、やり方が乱暴なのよ。話してわかってもらおうなんて気は、ぜんぜんないんだから」

友梨の言葉に、おれは一縷《いちる》の希望を見いだした。悪いのはあの極悪空港コンビだけなのか。なんだ、そうだったのか。よかった、よかった。

「ねっ、マスター。十村さんは何も知らないのよ。このまま一緒に来てもらって、全部話せばきっとわかってもらえるわ」

友梨は髭面の店主に向けて、頼んでくれる。そうだそうだ、話せばわかるよ。

「しかし、署長はどうやらすべて見抜いたようだぞ。あの署長は放っておけない。となると、この探偵さんも同じだろう」

いや、だから、おれは何も聞いてないんだって。同じじゃないよ。

「ねえ、十村さん。仲間になってくれるわよね。たとえ署長さんが消えることになっても、あたしたちの側にいてくれるわよね」

友梨の口調はまるで懇願だった。お願いだから仲間になってくれと、おれに懇願しているのだ。だが、おれの気持ちは瞬時に固まった。たとえ署長さんが消えることになっても、だと？ そんな条件つきで、おれが仲間になれるわけないじゃないか。見くびらないで欲しい。

「署長を消すつもりか。そういう判断をするってことは、一連の殺人事件もお前らが嚙んでるんだな」

当てずっぽうだった。まだ全体の構図が見えたわけではない。しかし、この追跡劇と殺人事件が無関係でないことは、もはや明白だった。こいつらは殺人事件に関係しているから、こんなふうにおれを追いかけてくるのだ。

「ほら、友梨ちゃん。この探偵さんもそんなに馬鹿じゃないよ。署長を見捨てて、自分だけ助かろうなんて気はないみたいだし。早く警察に引き渡そう」

これが結論とばかりに、店主は言い切る。おれは慌てた。

「ちょっと待ってくれ。友梨、大関善郎を殺したのはお前たちなんだな。それを正義と言ってるんだな」

今の話の流れからすると、そうとしか思えなかった。大関善郎が茉凜ちゃん殺しの犯人だとしたら、確かに許せない。だが、証拠がなく警察は大関を逮捕できない。だから大関を殺したというわけか。警察もそれを知っていて、黙認した。そういうことなんだろ。

「かわいい子供を残酷に殺すなんて、絶対に許せないさー。あんな奴は死刑でいいのさ」

それまでおとなしくやり取りを聞いていたコーが、ここは黙っていられないとばかりに両手を握り締めて主張した。飲酒運転をした程度でも死刑にすればいいと言うくらいだから、大関善郎のことはとうてい許せなかったわけだ。リョーを始めとするその他の友人たちも、「そうだそうだ」と頷く。阿呆どもはあっさり、自分の罪を認めてしまった。

「友梨、お前も加わってたのか」

「あたしはそのとき、韓国に行ってた。その話は嘘じゃないわ」

友梨はこちらの反応を窺うようにしながら、首を振る。店主が横からつけ加えた。

「友梨ちゃんはそんな汚れ仕事に携わらなくてもいいから、完璧なアリバイを作っておいてもらったのさ」

それを聞いておれの頭に、ふと引っかかることがあった。完璧なアリバイか。アリバイなら、他にも主張している奴らがいたな……。

「世良朱実も、お前たちが殺したのか？」

この際だからと追及すると、コーたち四馬鹿カルテットは同時にぶるんぶるんと首を振る。またしても店主が口を出して補足した。

「だから、こいつらにはアリバイがあると言ったでしょ。本当ならもっと死体の発見は遅い予定で、そうすれば死亡推定時刻も曖昧になって、アリバイが成立するはずだったんですけどね。連絡不行き届きで、時間がずれちゃったんですよ。死体が早く見つかったのが誤算でした」

誤算とは、どういうことだ。結局お前らは、世良朱実殺しと無関係ではないんじゃないか。

「じゃあ、誰が殺したんだ?」

おれが問うたとき、なにやら大勢の人が近づいてくる気配がした。視線を転じると、いくつもの懐中電灯の明かりが見える。「あれー、何やってるんですか!」という大声は、一度聞いたら忘れられない。あれは無神経男の川端を含む、青年団一行か。

どうして今この場に、青年団がやってくるのか。彼らが敵か救い主かわからず、おれは戸惑った。

3

「あー、どうもどうも! そっちは探偵さんを追いかける係でしたか! おれたちは署長なんだけど、まだ見つけられないんですよ!」

敵だった。こいつらも仲間か。いったいどういうことなんだ。この月影で、何が起きているんだ。

「署長も山越えなのか」

青年団一行が近づいてきてから、店主が尋ねる。声が聞こえたときは、まだかなり距離が空いていたのだ。

「わからないですけどね! 一応調べてみないと! おれたちはこっちを受け持ったんですよ!」

近くに来たというのに、川端の声量は変わらない。近くで大声を出され、店主は顔を顰めていた。

「川端さん、あんたらも仲間だったんだな」

おれは割って入った。ともかく今は、少しでも時間を引き延ばし、体力の回復を図らなければならない。それに、数々の謎に解答を得たいという気持ちもあった。

「ええと、どこまで答えていいんですか！」

さすがに川端はコーほど阿呆ではないらしく、店主に確認する。しかしそれには、友梨が答えた。

「全部話していいのよ。その上で十村さんには仲間になってもらうんだから」

「ああ、そうなんですか！　探偵さん、仲間になるんですか！」

「世良朱実を殺したのは、君たちなのか」

川端の問いには答えず、逆に訊き返した。青年団が現れたときに、おれの頭にはひとつの閃きが訪れていたのだ。

「そうですよ！　友梨ちゃんから聞いたんですか！」

「おれの推理だ」

自分の名誉のためにも、言っておかなければならなかった。頭脳労働は、何も署長だけの仕事じゃない。

「あんたらは、世良朱実が結婚詐欺を働いていたことを知っていた。この月影にも被害者がいるのか、あるいは東京での悪事を耳にしたのか、どちらなのかわからないがな。そしてあんたらは、義憤に駆られた」

そう、〝義憤〟こそがキーワードだ。彼らは自分の利益のために殺人を犯しているわけではない。悪い奴を殺している、正義の味方のつもりなのだ。

「コーたちが世良朱実を殺しては、利害関係が強すぎて怪しまれる。月影の警察は目こぼししてくれても、外部から来た人がおかしいと気づくかもしれない。だから対外的な体裁を整えるためにも、コーたちはアリバイを作っておく必要があった。実行犯になれないコーたちに代わって世良朱実を殺したのが、あんたら青年団だったというわけだ。実際には連携が悪くて、コーたちのアリバイは成立しなかったが」

おそらく青年団と世良朱実の間には、なんの接点もない。だからこそ、青年団が実行役になったのだろう。一方コーたちは、大関善郎とまったく関わりがない。友梨とのすれ違い気味の接点も、おれが勘違いさえしなければ問題にされるようなことではなかった。利害関係のない安全なグループが、それぞれの殺人を担当していた。それが、事件全体の構図だったのだ。

「意外と頭いいんですね、探偵さん！」

川端は目を丸くする。おれを馬鹿にしてるだろ。

「……」

続いて、川端の後ろから幽霊のようにふらりと出てきた姿があった。声の小さい小森だった。あんたまでいたのか。でも、何を言ってるのか聞こえないよ。あーもう、こんな際なのに苛々するなぁ。

「えっ、何！」

「……っくりしました」

おれの推理が当たっているので驚いた、と言いたいらしい。わざわざ出てきて言うようなことか。

「ちょっと待て。あんたらまで関係してるってことは、もしかしてやっぱり小平秋俊さんは自殺じゃなかったのか」

署長の妙なこだわりを思い出す。署長のこだわりに従って捜査を進めた結果、この青年団一行に出会ったのだから、やはり小平秋俊の死は無関係ではなかったのか。

「冴えてますねー、探偵さん！」

あっさり認めやがった。だが、おれの推理に従えば、小平秋俊は青年団が殺したのではないことになる。では、それもコーたちの仕業なのか。

「誰がやったんだ。お前たちか？」

コーに向けて尋ねると、また四馬鹿カルテットは練習してあったかのように見事に揃ってぶるぶると首を振った。おれはその背後に、別の懐中電灯の明かりを見た。このタイミングで山に入ってくる一行が、無関係の人たちとは思えない。今度は誰が来たのか。

「あ、お疲れ様でーす」

リョーが気づいて、やってきた一行に声をかけた。えっさえっさと山道を登ってきたのは、なんと元気いっぱいの老人グループだった。ええっ、あなたたちも仲間だったの？

「ああ、探偵さんは見つけたんだー。友梨ちゃんが色気で誑《たぶら》かしてとっ捕まえたのかな」

のどかな口調でおかしなことを言うのは、老人会のリーダー格の洞口平三さんだ。友梨はすかさず、「そんなことしてません！」と抗議する。

「小平秋俊さんを殺したのは、あなたたちですか？」

先ほどのやり取りの途中で、アリバイを主張していた人たちがいたことを思い出した。青年団は小平秋俊が死んだときのアリバイがあったし、この老人会の面々はわざとらしいほど強引に大関善郎が死んだ日のアリバイをおれの耳に入れた。やはりあれは、この老人会も仲間だったからなのだ。ということは、彼らの分担は小平秋俊殺しだろうと推理したわけである。

「えっ、誰？」

しかし平三さんは、眉を寄せて首を傾げるだけだった。とぼけているのか、ボケが来て自分が殺した人の名前も忘れたのか。おれが判断に困っていると、横から川端が口を挟んだ。

「違いますよ！　小平を殺したのは、また別のグループです！」

「そうそう、私らが殺したのは、探偵さんが知らない人」

と平三さん。おいおい、すごいことをあっさり言うなよ。まだおれが知らない、埋もれた殺人があったのか。

おれは署長の言葉を思い出した。月影には未解決の殺人事件が多い、と署長は言った。小平秋俊のように、殺人とは見做されていない事件もあるのだろう。彼らがいったいどれだけの人を殺したのか、想像したら恐ろしくなった。

ドミノ倒しだ、と思った。ひとつの殺人の真相がわかったら、ふたつ目も三つ目も芋蔓式に明らかになった。しかしそれで終わりではなく、この連鎖はまだ他のドミノを倒していくのだ。ドミノ倒しはいったい、どこまで続いていくのか。

「あなたたちの仲間は、どれだけいるんですか？　他にもたくさんいるんですか？」

老人会と友梨は面識がなかった。つまり、相互に顔を知らないほど、彼らのグループは大きいということだ。何しろ月影署の警察官もほとんど仲間だというのだから、大所帯である。月影市民全員が仲間ではないか、などとあり得ない妄想さえ抱いてしまった。

「仲間っていうか、なー。生まれたときから月影ではこれが普通なんだから、仲間も何もないさー」

平三さんの口振りは、質問がおかしいと言いたげである。少なくとも彼らにとって、これは異常な事態ではないらしい。

そういうことなら、小平秋俊の遺体が密室状態の部屋で発見されたことは、謎でもなんでもなくなる。おそらく大家も、仲間のひとりなのだろう。鍵を持っているアパートの大家、第一発見者、それと警察まで仲間なら、密室状況などいくらでも作れる。まさに出来レースだった。

老人会に続いて、さらにぞくぞくと人が集まってくる。その中にはいくつか、見知った顔もあった。茉凜ちゃんパパ、その横にいるのは茉凜ちゃんママか。話が長い近所のおばちゃん、イケメン好きの主婦、おれが聞き込みで回った、大関善郎のバイト先の人々。それから《フォックスロッカー》のおばちゃん店長までいた。

「ああっ、あなた！　あなたまで仲間だったんですか。だったらどうして、おれにあんなに喋ってくれたんですか」

おれはおばちゃん店長を指差して訊いたが、それは他の人にも当てはまる疑問である。全員が口裏を合わせていたら、おれは情報をまるで得られずに困り果てるだけだったのに。

「あたし、よく知らなくてさー、ついつい喋りすぎて後で怒られちゃったわよ。てへっ」

てへっ、じゃないよ！　てへっ、とか言ってる雰囲気じゃないだろ！

考えてみれば、殺された側の遺族も月影にはいるのである。彼らまで仲間だったとは思えない。この場の人たちと同調しているのは、市民の一部なのだろう。果たしてどれくらいの数なのか。二割か、三割か。二割だとしても、とんでもない人数である。

「世良朱実は結婚詐欺師で、小平秋俊はネズミ講の被害者を増やしていたことをおれは知ってます。大関善郎なら殺していいと言うわけではないですが、世良朱実も小平秋俊も、殺すほどの悪いことはしてないんじゃないですか」

彼らが悪人を断罪しているつもりなのはわかった。しかし、殺すのはいくらなんでもやり過ぎだと思う。彼らはそれを疑問に思わなかったのだろうか。

「悪い奴は殺してやればいいのさー」

コーがいかにも頭の悪そうなことを言う。おい、みんな。こんな阿呆と同意見なのか。

一同を見回したが、異を唱える人はいなかった。それどころか、髭面の店主は重々しい口調でつけ加えた。

「人をひとり殺しただけでは死刑にならないとか、場合によってはふたり殺しても死刑にならないなんて、おかしいと思いませんか？　それだけじゃない。犯人が少年だったら正当に罰されることはないし、精神障害者の犯罪でもそれは同じだ。乱暴な運転で子供を何人も轢《ひ》き殺しても危険運転致死傷罪は適用されず、軽い懲役刑で済まされてしまう。裁判で口先だけ反省した振りをしていれば、求刑よりも短い刑期の判決しか下されない。政治家はいつもうまく言い逃れをして、大企業は都合の悪いことを隠して国民を騙す。そんなこと、許されないでしょ。正義はいったい、どこに行ってしまったんですか」

店主の熱弁を聞いていて、おれはようやく腑に落ちた。月影っ子は馬鹿がつくほど堅物なのだ。たとえ表面上はおちゃらけていても、心の底では頑固に「駄目なものは駄目」と考えている。そんな彼らにとって、今の世の中は矛盾だらけなのだろう。だから、自分たちだけのマイルールを作った。他の地域では通用しない、月影だけのマイルール。彼らは己の良心に従い、そのマイルールに則《のっと》って悪人を断罪していたのだ。あくまでそれが正義だと信じて。

「おっしゃることはよくわかりますよ」おれはまず店主に、そして集まった一同に向けて語りかけた。「おれも、日々のニュースを見てれば腹が立つことばっかりだ。おかしいと思いますよ。こんな犯人は死刑でいいよ、と考えたことは正直あります。でも、日本にはみんなで守る法律があるんです。自分たちで勝手にルールを作ったら、収拾がつかなくなるでしょ」

「法律がおかしいんだから、しょうがないさー」

そんな短い言葉で答えたのは、平三さんだ。おれはなおも反論する。

「でも、悪い奴は殺しちゃえというのは、あまりに考え方が素朴すぎませんか」

「素朴が一番だっさ」

平三さんの言葉に、一同は「そのとおりだ」とばかりに頷く。いやいや、そんな簡単に片づけないで欲しいのだが。

「じゃあ、探偵さんはおれたちの考えに賛同しないいんですね。それなら仕方がないな」

やり取りは終わりだとばかりに、店主が声を大きくした。待て待て、まだ話は終わってない。

「死体の×印はどういう意味ですか！」

おれは負けじと声を張り上げた。あの×印がなければ、署長は事件の繋がりに気づくことはなかった。彼らはよけいなことをして、発覚の種を播《ま》いたのである。わざわざそんなことをしたからには、意味があるはずだった。

「そりゃあ、罰（×）を与えるという意味ですよ！」

そんなこともわからないのか、とばかりに川端が言った。えーっ、ただそれだけのことなの？

「面倒なことになるかもしれないから、やめた方がいいとあたしは言ったんだけど」

友梨が呆れ気味に発言する。川端はそれに対して、堂々と言い切った。

「おれたちのやってることは、その辺の犯罪とは違うんだ！　正義の鉄槌《てっつい》だと明確にわかる印は、残しておくべきなんだよ！」

彼らの理屈からしたら、それも正当な行為なのだろう。おれには理解しがたいが。

「まだ疑問はある。友梨」

おれは体ごと友梨に向き直り、呼びかけた。友梨はびっくりした顔で、姿勢を正す。

「おれの役割はなんだったんだ？　なぜ、おれに仕事を頼んだ」

それが最大の疑問だった。おれを巻き込んだのは、明らかに藪蛇だった。そっとしておけば、署長は今も単に違和感を覚えているだけだったかもしれない。おれに仕事を頼んだばかりに、すべてが明るみに出てしまったのではないか。

もしかして友梨は、おれに止めて欲しかったのか。友梨だけはまだまともな感覚を持っていて、月影で起きていることはおかしいと考えた。だからおれに、それを暴いて欲しかったんじゃないのか。

しかし友梨の返答は、おれの希望的予想とはぜんぜん違った。

「裏はないですよ。頼んだとおりです。コーが無実だということを、署長に伝えて欲しかっただけです」

ああ、そうか。捜査をするのが月影警察署の人間だけなら、目こぼしすることはできた。だが部外者である署長が加わっている捜査本部の会議上で、アリバイがないストーカーを根拠もなく容疑から外すわけにはいかない。とはいえ、たまたま手違いでアリバイが成立しなかっただけで本当に犯人ではないのだから、なんとか署長の目を逸らせたい。そこで、署長の友達として有名なおれに白羽《しらは》の矢が立ったわけか。

「あんたらがちゃんと打ち合わせたとおりの時間に殺してれば、こんなややこしいことにはならなかったのさー」

コーが川端たち青年団を指差して、文句を言う。言われた青年団側は、なんだと！　とばかりにいきり立った。

「相手があることなんだから、予定どおりに行くわけがないだろ！　それを見越して、もっと長めにアリバイを作っておけばよかったんだよ！」

なんだか仲間割れが始まった。おれはその言い争いを聞きながら、遺体を解剖した大学の先生は仲間じゃなかったのだなと考えた。同じく、遺体を発見した人も。どちらかが仲間なら、おれが巻き込まれることはなかったのだ。

そもそも青年団も、世良朱実を殺し終えたらコーたちに一報を入れるくらいのことをしておけばよかったのである。そうしなかったのは、警察も仲間だという安心感から気が緩んでいたせいだろう。彼らの緊張感のなさが、かえって怖かった。

「でも、それだけじゃないだろ、友梨」おれはさらに語りかけた。「署長にコーの無実を吹き込ませることだけが目的なら、仕事はあっさり終わっていたはずだ。どうせならと、それぞれのグループのアリバイを署長に伝えさせようとしたんじゃないのか」

友梨がおれと老人会を引き合わせた目的を考えて、そんな推理に至った。あれは世良朱実殺しの理由を隠蔽すると同時に、大関善郎殺害時のアリバイをおれの耳に入れるためだったのだ。実際には、老人会と世良朱実の間に付き合いなどなかったに違いない。変だと思った。

「ああ、そうそう。さりげなくアリバイを主張したわけさー」

平三さんが応じる。あれのどこがさりげなくなのか。かなりわざとらしかったぞ。

友梨がおれの調査の邪魔をしていると感じたのも、勘違いではなかった。やはり大関善郎の名前が出てきてから、友梨は意図的に邪魔をしていたのだ。一度は調査を打ち切らせようとしたが、それだとかえって糸の切れた凧で、どこまで真相に迫るかわからない。だからあれこれ理由をつけて、おれに張りついていたのだろう。

結局騙されていたわけだが、もう文句を言う気にはなれなかった。海よりも深く反省しろと言ったくせに、などという恨み言を言うつもりはない。心の目が曇っているという非難を、心外に思っているのではない。山寺に籠って心を清らかにしろと言われたことを、しつこく根に持っているわけでもない。おれはただ、友梨に嘘をつかれていたことが悲しいのだった。

登場人物はまだまだ増えた。ついに、数人の制服警官を引き連れた極悪空港コンビもやってきた。青年団の後ろから前に出てきた成田は、ハンカチで額を拭いながら「いやー」と言った。

「参った参った。おじさんは動悸息切れ眩暈がするんだから、山登りなんてさせないで欲しいなー。これだけ人数がいるんなら、そんな雑魚探偵はさっさと捕まえて、署に連れてきて欲しかったよ」

「今、十村さんに説明中なんです。十村さんは仲間になってくれるから」

友梨が弁明してくれた。しかし成田は、「ちっちっち」と舌を鳴らした。

「こいつは署長と愛し合ってるんだから、自分だけ助かろうなんて考えるわけないさー」

おいおい、気持ち悪いこと言わないでくれ。友梨も「えっ」とか言って、口許に手を当ててるし。真に受けるなよ。

「だからとっととふん縛って、連れ帰りましょ。そういうわけで、と～むらちゃん。キミは署長と愛し合っていたけど、決して結ばれないことを儚《はかな》んで心中したってことにしてあげるから。ふたりのお手々を結び合わせて、酒香川に流してあげる」

それだけは勘弁して欲しい。そんな死に方は、死んでもいやだ。

そろそろ限界だった。おれの体力は戻りきったわけではないが、拳銃を持った奴らまでやってきてしまっては潮時だ。おれは話している途中から、自分の背後の様子を確かめていた。道を逸れると急な斜面になっていて、飛び降りるには勇気がいる。だからこそ、逃げ道はこちらしかなかった。

問題は、これだけの人数の隙をどうやって窺うかだった。破れかぶれだが、仕方がない。手はひとつだ。

「あっ、UFO!」

おれは空を指差した。全員がいっせいに、「えっ、どこどこ?」と天を見上げる。笑えることに、成田と羽根田まで釣られていた。さっきこの手に引っかかったばかりなのに、お前らは阿呆か。

すかさずおれは、斜面に飛び込んだ。最初は踵《かかと》を使って駆け下りていた。しかし、途中で木の根に引っかかってごろごろと転がることになった。「逃がすなっ! 追えっ!」という悪の組織の決まり文句が聞こえてきたが、気にしている暇はない。回転を止めようにも、自分の意思ではどうにもならなかった。

ドスン、という衝撃とともに、ようやく落下が止まった。木の幹に、横っ腹を打ちつけたのだ。かなり痛い。いやな音がしたから、もしかしたら肋骨《ろっこつ》が折れたのかもしれない。でも、死ぬよりはましだ。おれはなんとか立ち上がり、さらに斜面を下りた。急な傾斜が怖いのか、腰が引けた制服警官はかなり上の方で木の幹にしがみついていた。

ぼろぼろになりながら、ようやく下の山道に出た。連中はおそらく、道を回り込んで追いかけてくるだろう。少しでも距離を空け、隣県に逃げ込まなければならない。おれはよろよろと駆け出した。

脳裏には、沙英の言葉が甦っていた。沙英は言った。『月影は怖いところだ』と。沙英の言うとおりだった。沙英の言葉を真剣に受け取らなかったことを、強く後悔した。

日はとうに落ちていて、おれの前にはただ暗闇が広がっているだけだった。真っ暗な山道を、おれは生きるために走っている。果たしておれは、明日の朝日を拝むことができるのだろうか。

解説

三島政幸（書店員）

『ドミノ倒し』というタイトルから誰もが思い浮かべるのは、ドミノ牌を立てて並べ、端の牌を倒すと次から次へと連鎖して倒れていく、そんなシーンだろう。途中に「ピタゴラスイッチ」的な面白い効果や仕掛けを織り込んだり、たくさんのドミノを固めて一度に倒すことによって、巨大な絵画や模様を描き出すこともある。かつて、たしか八〇年代から九〇年代にかけて、ドミノ倒しの世界記録に挑戦、みたいな感じでチャレンジする様子をドキュメンタリー風に追ったスペシャル番組が時々放送されていたのを記憶しているのだが、最近はそういう番組を見かけることは少なくなった。そういえば、ドミノ牌は本来「ドミノ倒し」のための遊具ではなく、ちゃんとした遊び方があるはずなのだが、正直言って、ほとんどの日本人には馴染みがないはずだ。私も知らない。でも知らなくてもいい。『ドミノ倒し』を読むにあたっては、「ドミノ倒し」という遊びをご存じであれば充分だからだ。

本書のタイトルが『ドミノ倒し』なのだから、「ドミノ倒し」のシチュエーションを連想すれば、どういう話なのかはある程度予想できそうだ。たとえば、一つの出来事がきっかけとなって、次の事件が起こり、それがまた次の事件を引き起こす。いつの間にか、全体が壮大な事件に膨れ上がってしまい、登場人物たちにも収拾がつかなくなってしまった——「風が吹けば桶屋がもうかる」のような話の展開なんだろうなあ、と。そしてその予想は、まあおおむね正解である。しかし、ただそれだけでは終わらないのが、貫井徳郎氏の小説なのである。

月影市で探偵をやっているおれ（十村）のもとに、江上友梨という女が調査依頼をしてくるところから物語は始まる。友梨は十村の元恋人・江上沙英の妹で、沙英は既に亡くなっている。友梨によると、元カレであるコー（前山耕一）がストーカー行為を働いていた相手の女性・世良朱美が山の中で全裸死体となって発見されたという。ヘタレなコーに殺せるはずもないのだが、警察はコーを犯人と決めつけているらしい。なのでコーの無実を証明して欲しい、というのが友梨の依頼だった。

コーは「いやー」「大したことはしてないさー」「ストーカー扱いはひどいさー」「ナンパさー」と軽薄極まりない雰囲気の典型的ヘタレだし、対する警察署長は十村の幼なじみで、彼を「よっちゃん」呼ばわりし、十村の調査をそのまま捜査結果として横流ししようとする始末。そんなひとクセもふたクセもある登場人物たちに囲まれながら調査をしていると、コーが「朱美の幽霊が出た！」と告げてきた……。

と、ここまでが第一章のあらすじ。最後の最後で一個目のドミノが「パタッ」と倒れた音がしたのではないだろうか。

このドミノ倒しの続きが気になるところで、いきなり話が飛んで申し訳ないが、ここで貫井徳郎氏の作風について触れておきたい。

貫井氏の代表作のひとつでもある、デビュー作の『慟哭』は、幼女誘拐殺人を捜査する側の警察小説と、新興宗教にのめり込んでいく男の物語をカットバックで描き、衝撃の真相が明かされる物語である。『慟哭』の文庫が大ヒットしたこともあり、その印象が強すぎるためか、貫井氏の作品は「サプライズエンディング」系の小説が多い、と思われがちだ。確かにそういう小説で印象的な作品がいくつもあるが、それだけでなく、ド直球の本格ミステリから、『後悔と真実の色』『灰色の虹』などの警察小説、『空白の叫び』『乱反射』などの社会派ミステリ、「必殺」シリーズにインスパイアされたと思しき「症候群」シリーズ、『プリズム』や『被害者は誰？』など本格ミステリの定石外しに挑んだ意欲作まで、実に幅広いタイプの小説を発表されている。近年は、ミステリという枠そのものにもこだわらなくなり、ある女流作家の激動の半生を描く『新月譚』のように、限りなく文芸作品に近い作品もある。直木賞候補にも度々あがっていることからも、エンタテインメントとしての面白さと小説の完成度が高く評価されていることが分かる。

ここでもう一点、強調しておきたいのは、一つの作品がある一つのテーマだけに収まる性質のものではないことが多い、ということだ。例えば、先ほど警察小説だと紹介した『後悔と真実の色』は意外性あふれる真相と合理的な伏線の回収が待ち構えているので、本格ミステリとして楽しむことができるし、『微笑む人』では、ある事件の容疑者の過去を追ったルポルタージュという形式の小説ながら、最後には読者を煙に巻くような展開を見せるため、自分が読んだものが一体何だったのか不思議な感覚が残る。『乱反射』は、ある子供に降りかかった悲劇を中心にして、それに直接的あるいは間接的に関わる人々の群像劇のような作品だが、「マイナス44」章から始まってカウントダウン（カウントアップ？）していくことで、サスペンス性溢れる小説にもなっている。『我が心の底の光』では、ある男が成長過程で悪の道にどんどん突き進んでいく犯罪小説でありながら、読者の予想を絶対に裏切るラストが待ち受けているのだ。

このように、小説を読み始めた時と、読み終えたあとでは、同じ小説なのに全く違った印象を受けるのが、貫井徳郎氏の小説世界ではないかと思う。そうだ、もう一つ思い出した。「症候群」シリーズ三部作では最後の『殺人症候群』が、まさかあんなに重いテーマを出してくるなんて、『失踪症候群』の頃は思いもよらなかったものである。これは「シリーズ全体の印象がガラッと変わった例」とも言えるだろう。

さて『ドミノ倒し』の話に戻ろう。本書は表向きは、軽快に進むドタバタコメディ小説である。こんなに軽い乗りで読み進められる物語が貫井氏にあっただろうか、と思い返すと、あった。『悪党たちは千里を走る』だ。ひょんなことから狂言誘拐を企てて実行に移すが、狂言誘拐の首謀者だったはずの子どもが何者かによって本当に誘拐され……と、これも続きが読めない巻き込まれ型コメディであり、連続ドラマ化もされたほど、ユニークなプロットと展開が楽しめる作品だった。『ドミノ倒し』もこれと同じような感覚で読むことができるのが、第一の特徴だろう。

先ほど、死んだはずの女の幽霊が出た、というところまで紹介したが、この月影市では未解決事件が多発しているらしく、この十年間で四件もあるという。さらに、今回の死体には足の裏にバッテンのような十字のような傷跡があったらしい。もしや犯人側からのメッセージではないか、次の事件が起こるのでは、と推理する十村に対し、警察署長からは予想外の返答が。「同じ傷跡のある遺体が、すでに発見されているんだ」——ここまでが第二章だ。ほら、二つ目のドミノが「パタッ」と倒れたぞ。

こうして次から次へと想定外の展開が待ち受けているのが本書の特徴であり、このあとも新たなクセのある人物がどんどん現れてきて、事件は奇妙な方向に転んでいくのだ。さすがにこのままストーリーを追っていくわけにはいかないので、このくらいにしておこう。変な人たちが繰り広げる変な話を愉しんでいただきたい。

と、これで解説を終えてもいいくらいだが、実は本書の魅力はこれだけではないのだ。もう一つ、注目すべきポイントがある。メインのネタバレに繋がっているので、これについて詳しく書くわけにはいかないが、そのヒントとなるのが先ほど紹介した、貫井徳郎氏の小説世界の特徴、「小説を読み始めた時と、読み終えたあとでは、同じ小説なのに全く違った印象が残る」ことだ。

特に近年の貫井作品には、ミステリの構造の中に、社会批評のような要素が垣間見えることが時折ある。これも具体的な作品は挙げにくいが、市井の人々のちょっとした悪意が大きな事件を引き起こす、とか、現代社会の閉塞感から起こるテロ事件、などだ。実はそのような要素が、本書『ドミノ倒し』にも描かれている、と言えるのではなかろうか。地方都市独特の閉鎖的な雰囲気、みんなが知り合いの社会だからこそ生まれる空気から、何らかの歪みが生じたときに起こる「ドミノ倒し」、その行き着くところに何が待ち受けているのか、いや、そもそもこのドミノ倒しに最後の牌はあるのだろうか。

笑いながら読んでいると、ラストは背筋が寒くなるに違いない。作中人物たちはみんなクセのある人たちばかりだが、貫井徳郎氏もまた、クセの強い作家である。衝撃的なラストに驚いていただきたい。

本書は二〇一三年六月、小社より刊行された作品の文庫版です。

著者紹介 1968年東京都生まれ。早稲田大学商学部卒。93年に『慟哭』でデビュー。2010年，『乱反射』で日本推理作家協会賞を，『後悔と真実の色』で山本周五郎賞を受賞。他の著作に『愚行録』『新月譚』『明日の空』『微笑む人』『北天の馬たち』『私に似た人』『我が心の底の光』などがある。

検印
廃止

ドミノ倒し

2016年6月24日　初版

著者　貫《ぬく》　井《い》　徳《とく》　郎《ろう》

発行所　(株)　東京創元社
代表者　長谷川晋一

162-0814/東京都新宿区新小川町1-5
電話　03·3268·8231-営業部
　　　03·3268·8204-編集部
URL　http://www.tsogen.co.jp
振替　00160—9—1565
フォレスト・本間製本

乱丁・落丁本は，ご面倒ですが小社までご送付ください。送料小社負担にてお取替えいたします。

ISBN978-4-488-42506-7　C0193

似鳥　鶏
昨日まで不思議の校舎
〈青春ミステリ〉

超自然現象研究会が配布した〈エリア51〉の特集「市立七不思議」が影響を与えたのだろうか？　突如休み時間に流れた、七不思議の一つ「カシマレイコ」を呼び出す放送。そんな生徒は、もちろん存在しない。さらに続く、七不思議を模した悪戯。葉山君たちは、その背後にある悪意に気づく……。コミカルな学園ミステリ・シリーズ第五弾。

47306-8

西澤保彦
赤い糸の呻き
〈本格ミステリ〉

白昼、自宅で新聞紙を鷲掴みにして死んでいた男の身に何が起こったのか――〝ぬいぐるみ警部〟こと、音無美紀警部のぬいぐるみへの偏愛と事件の対比が秀逸な、犯人当てミステリ「お弁当ぐるぐる」。閉じこめられたエレベータ内で発生した不可能犯罪を描いた表題作ほか、バラエティー豊かな本格推理五編を収録する、入魂の傑作短編集。

43811-1

西澤保彦
ぬいぐるみ警部の帰還
〈本格ミステリ〉

殺人現場に遺されたぬいぐるみ。そのぬいぐるみは、何を語る？　イケメン警部・音無の楽しみは、ぬいぐるみを愛でること。遺されたぬいぐるみから優れた洞察力で事件解決の手がかりを発見する――。そしてその音無にぞっこんの則竹女史、さらにミステリおたくの江角刑事や几帳面な桂島刑事など、個性派キャラが脇を固める連作短編集。

43812-8

貫井徳郎
慟哭《どうこく》
〈本格ミステリ〉

連続する幼女誘拐事件の捜査が難航し、窮地に立たされる捜査一課長。若手キャリアの課長を巡って警察内部に不協和音が生じ、マスコミは彼の私生活をすっぱ抜く。こうした状況にあって、事態は新しい局面を迎えるが……。人は耐えがたい悲しみに慟哭する――新興宗教や現代の家族愛を題材に内奥の痛切な叫びを描破した、鮮烈デビュー作。

42501-2

貫井徳郎
プリズム
〈本格ミステリ〉

小学校の女性教師が自宅で死体となって発見された。彼女の同僚が容疑者として浮かび、事件は容易に解決を迎えるかと思われたが……。万華鏡の如く変化する事件の様相、幾重にも繰り返される推理の構築と崩壊。究極の推理ゲームの果てに広がる瞠目の地平とは？　『慟哭』の作者が本格ミステリの極限に挑んで話題を呼んだ、衝撃の問題作。

42502-9

貫井徳郎

愚行録

〈ミステリ〉

幸せを絵に描いたような家族に、突如として訪れた悲劇。深夜家に忍び込んだ何者かによって、一家四人が惨殺された。隣人、友人らが語る数多のエピソードを通して浮かび上がる、「事件」と「被害者」。理想の家族に見えた彼らは、一体なぜ殺されたのか。確かな筆致と構成で描かれた傑作。『慟哭』『プリズム』に続く、貫井徳郎第三の衝撃！

42503-6

貫井徳郎

光と影の誘惑

〈本格ミステリ〉

銀行の現金輸送車を襲い、一億円を手に入れろ――。二人の男が巧妙に仕組んだ、輸送車からの現金強奪計画。すべてはうまくいったかのようにみえたのだが……。表題作ほか、平和な家庭を突如襲った児童誘拐事件、白昼の動物園で起きた密室殺人など、名手・貫井徳郎が鮮やかなストーリーテリングで魅せる、珠玉の傑作中編ミステリ四編！

42504-3

貫井徳郎

明日の空

〈青春ミステリ〉

帰国子女の栄美は不安いっぱいで日本の高校での初日を迎えた。予想に反してクラスメイトは親切で、気になる男の子との距離も縮まり、心弾む高校生活を送るものの、やがて辛い別れを経験する。大学生となった栄美は、ある人との出会いをきっかけに、高校時代の思い出に隠された秘密を知ることになる――。忘れられない青春ミステリ。

42505-0

畠中恵

百万の手

〈本格ミステリ〉

親友の正哉が目の前で焼死した。悲しみにくれる僕の耳に、慣れ親しんだ声が聞こえてくる。遺された携帯電話から正哉が語りかけてきたんだ！　巻き込まれた火事は不審火⁉　真相を探るために僕は正哉と動き出す。少年の繊細な心の煌めきを見事に描いた青春ファンタスティック・ミステリ。〈しゃばけ〉シリーズの畠中恵、初の現代小説。

46201-7

伯方雪日

誰もわたしを倒せない

〈本格ミステリ〉

ゴミ捨て場に遺棄された覆面レスラーの死体は、後頭部の髪が無惨に切り取られていた。所轄の刑事三瓶と組む格闘技マニアの新人城島は、不思議な魅力を持つ男、犬飼の鋭い指摘を受けて事件を追う。二つの怪死事件が描く構図が反転、驚愕の真相をもたらす「覆面《マスク》」ほか端正かつ周到な仕掛けを鮮やかに結ぶ、新鋭による傑作本格推理連作集。

46501-8

人は耐えがたい悲しみに慟哭する――

HE WAILED◆Tokuro Nukui

慟哭

貫井徳郎

創元推理文庫

◆

連続する幼女誘拐事件の捜査は行きづまり、
捜査一課長は世論と警察内部の批判をうけて懊悩する。
異例の昇進をした若手キャリアの課長をめぐって
警察内部に不協和音が漂う一方、
マスコミは彼の私生活に関心をよせる。
こうした緊張下で、事態は新しい局面を迎えるが……。

人は耐えがたい悲しみに慟哭する――

幼女殺人や黒魔術を狂信する新興宗教、
現代の家族愛を題材に、
人間の内奥の痛切な叫びを鮮やかな構成と筆力で描破した、
鮮烈なデビュー作。